W0413248

KNAUR

Über die Autorin:
Natascha Lusenti, 1971 in der italienischsprachigen Schweiz geboren, ist Journalistin, Fernsehmoderatorin und Radiosprecherin. Sie hat einige Jahre in Mailand als Model gearbeitet, bevor sie sich ganz auf die Berichterstattung konzentrierte. Seit ihrer Kindheit träumt sie davon, einen Roman zu schreiben – nun liegt dieser mit *Die Welt in meinen Farben* vor und eroberte die Herzen der italienischen Leserinnen im Sturm. Natascha Lusenti lebt in Mailand.

NATASCHA LUSENTI

Die Welt in meinen Farben

ROMAN

Aus dem Italienischen
von Ingrid Ickler

KNAUR

Die italienische Originalausgabe erschien 2018
unter dem Titel »Al mattino stringi forte i desideri« bei Garzanti.

Besuchen Sie uns im Internet:
www.knaur.de

FSC
www.fsc.org
MIX
Papier aus verantwortungsvollen Quellen
FSC® C014496

Deutsche Erstausgabe Dezember 2019
Knaur Taschenbuch
© 2018 Natascha Lusenti
© 2019 der deutschsprachigen Ausgabe Knaur Verlag
Ein Imprint der Verlagsgruppe
Droemer Knaur GmbH & Co. KG, München
Licence agreement made through Laura Ceccacci Agency S.R.L.
Alle Rechte vorbehalten. Das Werk darf – auch teilweise –
nur mit Genehmigung des Verlags wiedergegeben werden.
Redaktion: Ulrike Nikel
Covergestaltung: ZERO Werbeagentur, München
Coverabbildung: pepenymi.com
Satz: Adobe InDesign im Verlag
Druck und Bindung: GGP Media GmbH, Pößneck
ISBN 978-3-426-52425-1

2 4 5 3 1

Für alle, die mich bis hierhin unterstützt haben.
Und für den Neubeginn.

Man muss der Zukunft das Glück entreißen.

Wladimir Majakowski

Prolog

Barfuß durch die Zeit

Heute Morgen bin ich aufgewacht und habe mich ausgiebig gereckt und gestreckt. Erst die Arme bis zu den Fingerspitzen und den Fingernägeln, die neugierig das Unbekannte erforschten. Dann die Beine bis zu den Füßen, die sich in alle Richtungen bewegen oder kreisen lassen, wenn ich nicht gerade auf ihnen laufe.

Ich recke und strecke mich gerne, weil man dabei so viel Raum einnehmen kann, wie man will. Warum sollte das nicht auch im Leben möglich sein?

Anschließend ließ ich meinen Gedanken freien Lauf, um in meinem Kopf ein bisschen aufzuräumen und Platz zu schaffen. Es kam mir vor, als ob ich die Falten auf einem Bettlaken oder einem Hemd glätten würde. Indem ich meine Schultern spannte und den Hals seitlich hin und her bewegte, zog ich zugleich meine Gedanken glatt.

»Geh ein bisschen zur Seite, du willst mir nur die Sonne nehmen. Komm endlich aus deiner Ecke, damit ich dich näher kennenlernen kann.«

Außerdem habe ich mir gesagt, dass es endlich Zeit wird, sich dem Sommer zu öffnen, Ballast abzuwerfen, die Schuhe abzustreifen und barfuß zu gehen. Im Park, im Haus, auf der Straße, bei einem Rendezvous oder in der Straßenbahn. Es ist an der Zeit, mir so viel Freiraum zu nehmen, wie ich brauche.

1.

Der Umzug

Der Palazzo steht direkt an der Straße, die Fensterrahmen sind grün. Salbeigrün. Sie mag die Farbe. Als Kind hat sie sich vorgestellt, dass alles in ihrer Heimatstadt salbeigrün sei, es allerdings nie laut zu sagen gewagt – aus Angst, man werde sie für verrückt halten. Irgendwann vergaß sie es. Zu lange war sie weg, doch jetzt, wo sie zurück ist, erinnert sie sich wieder daran.

Den meisten Leuten ist der Gedanke fremd, dass eine Stadt farbig sein kann, für sie ist alles grau. Und deshalb macht es ihnen auch nichts aus, dem Grau der Stadt ihr eigenes Grau hinzuzufügen. An manchen Tagen hat man den Eindruck, durch einen stummen grauen Fluss zu laufen, wenn man in den Straßen unterwegs ist. Oder durch einen stummen grauen Regen zu gehen.

Aber ist Grau überhaupt eine Farbe?

Die junge Frau weiß, dass selbst ein stummer Regen etwas zu sagen hat, und aus diesem Grund mag sie es, wenn es regnet. Denn sie versteht den Klang der Tropfen und kann unterscheiden, ob der Regen eine traurige oder eine hoffnungsvolle Geschichte erzählt. Sie hat gelernt, ihm zuzuhören, das macht sie schon lange, ganz still, während die anderen sich lauthals über das schlechte Wetter beschweren. Dabei wäscht der Regen alles weg, was die Menschen in die

Luft gepustet haben. Im Augenblick regnet es jedoch nicht, und nichts ist grau.

Sie betrachtet den Palazzo und hat den Eindruck, als würde er sie in sich einsaugen wollen. Die Sonne scheint, und die Wolken am Himmel sehen aus, als ob jemand sie aus weißem Karton ausgeschnitten und auf eine blaue Wand geklebt hätte. Sie fühlt sich ein bisschen so wie eine dieser Wolken. Nur hat man bei ihr zu wenig Klebstoff verwendet, an einer Ecke löst er sich bereits wieder.

Abrupt wendet sie den Blick vom Himmel und senkt den Kopf, um zu verhindern, dass sie tatsächlich eine Wolke wird. Dann blickt sie erneut auf das Haus mit den grünen Fensterrahmen. Sie hat immer noch ein ungutes Gefühl, hineinzugehen. Die weit geöffnete Tür kommt ihr vor wie das aufgerissene Maul eines unbekannten Raubtiers, dem man besser nicht zu nahekommt. Es erinnert sie an die wasserspeienden Kreaturen, die die Fassaden mancher Kirchen zieren oder die mit weit aufgerissenen Mäulern drohend auf den Dächern manch eines herrschaftlichen Hauses hocken.

Unbeweglich steht sie da, die Füße leicht nach innen gedreht, in beiden Händen eine Transportkiste. Sie trägt eine hüftlange rote Jacke, die bis zum Hals zugeknöpft ist, dazu graue Skinny Jeans. Sie mag Grau, obwohl Grau eine Farbe ist, die ihre Launen hat, aber die haben alle Farben. Doch im Augenblick will sie nicht wissen, welche Laune ihre graue Jeans hat, sie braucht sie heute, um ihre rote Jacke zum Schweigen zu bringen.

Wenngleich dieser Tag nichts Gutes zu versprechen scheint, wird sie sich der Herausforderung stellen. Jetzt, wo sie darüber nachdenkt, sieht sie Parallelen zwischen dem Kontrast der grauen Jeans zu der roten Jacke und dem Inhalt der beiden Boxen. Sie mögen sich nicht, geraten immer wieder aneinander. Egal, wenn sie bei ihr bleiben wollen, müssen sie sich zusammenraufen. Die junge Frau bereut es inzwischen, die Jacke angezogen zu haben, das Rot ist einfach zu aufdringlich.

Erneut hebt sie den Blick. Fünf Stockwerke. Sie muss ins zweite. Wenn sie es richtig verstanden hat, gibt es am Ende der Treppe zwei Türen, eine geradeaus und eine rechts. Zwei Stock die Treppen hoch mit zehn Kartons, falls es keinen Aufzug gibt. Und in jedem unzählige Stimmen.

Im Augenblick hört sie zwei. Eine aus jeder Transportkiste, die sie dabeihat. Die eine ist schwach, ein leises Wimmern. Die andere ist lauter, klingt rot. Ein aggressiver Ton, der das ganze Rot aus ihrer Jacke zu ziehen droht, und wenn sie nicht aufpasst, bleibt nichts Rotes mehr übrig, dann gibt es bloß noch Grau.

Weiß sie denn nicht mehr, dass die Farbe Rot für Gefahr steht?

Rot war ihr als Kind sympathisch, vielleicht wegen Rotkäppchen, das sich im Wald verlaufen und es am Ende trotzdem geschafft hat. Ist sie etwa in Gefahr, weil sie ihre Füße nach innen gedreht hat wie zwei Straßen, die sich zu nähern scheinen und dann wieder auseinanderdriften? Man kann mit seinen Füßen nicht in verschiedene Richtungen gehen. Unmöglich. Zwei Füße, eine Richtung. Die beiden müssen sich einig sein.

Sie hört jetzt deutlich, dass die Stimmen aus den beiden Boxen nach ihr rufen.

In der einen sitzt eine graue Katze mit schwarzen Tupfen auf der Nase. Das changierende Fell scheint sich der Umgebung anzupassen, an klaren Herbsttagen glänzt es bräunlich wie eine Kastanie, die von der Sonne beschienen wird. Sie hat weiße Pfoten und hellgrüne Augen wie Blätter, die sich gerade entfalten. In der anderen befindet sich ein weißer Kater mit großen schwarzen Flecken auf dem Rücken und kleinen schwarzen Flecken in der Mundhöhle, die allein seine Besitzerin kennt, denn sie ist die Einzige, die der Kater in seiner Nähe duldet, wenn er gähnt. Dann starrt sie aufmerksam in sein Mäulchen wie ein Zahnarzt bei einem Patienten, betrachtet fasziniert die kleinen schwarzen Flecken auf der rosafarbenen Schleimhaut, die aussehen wie ein unbekanntes Universum.

Bei diesem Anblick muss sie immer lächeln. Die Schönheit liegt manchmal im Verborgenen. Eine Laune der Natur. Die kleinen Flecken erinnern sie an die Perlenketten, die sie als Kind aufgefädelt hat. Wenn der Faden riss, rollten die Perlen nach allen Seiten und schienen sich ein Rennen zu liefern, als würden sie wetteifern, welche am schnellsten war.

Die junge Frau heißt Emilia. Ihr langer schwarzer Pony fällt ihr weit ins Gesicht wie ein Vorhang. Die Katze heißt Lù, sie war zuerst da. Der Kater heißt Leo. Als sie die Namen ausgesucht hat, war ihr wichtig, dass beide mit dem gleichen Buchstaben beginnen. Aus Gründen der Gleichberechtigung. Irgendwann fiel ihr dann auf, dass sein Name einen Buchstaben mehr hat als ihrer. Ein Problem. Seitdem spricht sie den Namen ganz schnell aus, sodass sie eine Silbe verschluckt und kaum noch ein Unterschied zu erkennen ist. Natürlich war es ein Fehler, der sich jedoch nicht mehr rückgängig machen ließ.

Heute ist wieder einer dieser Tage, an denen Emilia kein gutes Gefühl hat. Aber da muss sie durch, es gibt kein Zurück. Sie muss in dieses Haus gehen, muss zumindest die Boxen abstellen. Die eine ist ziemlich schwer, Lù hat immer Appetit. Die andere ist kaum leichter, denn Leo ist schreckhaft, und auch Angst wiegt schwer. Wobei Emilia das Gefühl hat, das Gewicht ihrer eigenen Angst könnte mindestens so groß, wenn nicht größer sein als das der beiden zusammen.

Sie hat die Stadt verlassen, in der sie einige Jahre lang lebte, und ist zurückgekommen. Wenngleich man nie wirklich zurückkommen kann. Dort hatte sie einen Job in der Marktforschung, eine spannende Aufgabe, die ihr die Möglichkeit bot, einen Blick in das Leben anderer Menschen zu werfen. Bei ihren Interviews zur Markteinführung eines neuen Reinigungsmittels oder eines neuen Autos versuchte sie sich immer vorzustellen, wie die Männer und Frauen, mit denen sie gerade sprach, wohl lebten.

Sie mochte ihre Tätigkeit, aber man wollte ihren Vertrag nicht verlängern, und deshalb ist sie jetzt wieder in ihrer Heimatstadt. Mit kleinem Gepäck. Das meiste hat sie verkauft: Möbel, Bücher, Geschirr, und das Angebot einer Freundin angenommen, ein Jahr lang in ihre Wohnung zu ziehen.

Emilia versteckt sich hinter ihrem langen Pony, fühlt sich damit als Teil einer Theaterkulisse – als stünde sie unter einem Bühnenhimmel. Obwohl sie Angst hat, geht sie weiter, zählt die Schritte. Das hat sie seit Langem nicht mehr gemacht. Sie zählt sie immer doppelt, damit sie mit einer geraden Zahl vor dem Haus ankommt. Zwei. Vier. Sechs. Beim neunten Schritt ist sie fast an der Tür und verkürzt die Schrittlänge. Zehn. Dann überschreitet sie die Schwelle aus eloxiertem Aluminium.

»Suchen Sie jemand Bestimmtes? Hier im Haus gibt es keinen Tierarzt.«

»Nein. Ich werde für eine Weile die Wohnung im zweiten Stock übernehmen, Nummer fünf.«

»Wie heißen Sie? Ich bin Franca.«

Emilia stellt sich vor und zieht die Schlüssel aus der Tasche.

»Die Katzen dürfen nicht in den Hof, das wissen Sie, oder nicht?«

»Sie kommen nie raus, sie sind daran gewöhnt, in der Wohnung zu bleiben.«

»Sind sie etwa krank?«

Die junge Frau schweigt, verkneift sich die Antwort, die ihr auf der Zunge liegt: dass sie einfach Angst haben und keine Veränderungen mögen.

»Ich habe noch nie eine Katze so jämmerlich miauen gehört. Das legt sich hoffentlich? Ich wohne nämlich Ihnen gegenüber. Außerdem bin ich möglicherweise sogar allergisch gegen Katzenhaare. Sie lassen die Tiere wirklich nicht raus?«

Emilia hat geahnt, dass es Schwierigkeiten geben könnte, und bedauert, dass es nicht regnet – das Geräusch der fallenden Tropfen würde das Geschwätz der Frau übertönen. Überdies hat der Regen viel zu erzählen. Zunächst füllen sich die Wolken mit lauter Geschichten, dann platzen sie, und wenn es endlich zu regnen beginnt, saugt die Erde die Geschichten in sich ein.

Zögernd, fast ängstlich betritt sie die Wohnung. Tränen steigen ihr in die Augen, halten sich für Regen und fallen in schweren Tropfen auf den Boden. Da erst wird ihnen klar, wer sie wirklich sind.

Lù schiebt die Nase aus ihrer Kiste. Leo drückt sich in die hinterste Ecke. Als hätte er den Wolken den Klebstoff geklaut, um sich damit an der Wand der Box einen Halt zu verschaffen. Wenigstens hat er aufgehört, das Rot aus ihrer Jacke zu saugen. Er beschwert sich nicht mehr, der vorwurfsvolle Klang seiner Stimme hat sich in ein leises Knurren verwandelt, der Kater ächzt und stöhnt, es klingt wie in einem Zeichentrickfilm, wenn der Verfolgte auf eine Klippe zurennt und keinen Ausweg aus der drohenden Gefahr mehr sieht.

Die Wohnung ist außer der Küche so gut wie leer. Im ersten Zimmer, in das sie schaut, steht ein Sofa, das mit einem weißen Laken abgedeckt ist. Ob es sich oder eine falsche Geschichte verstecken will, fragt sie sich unwillkürlich. Auf dem Boden liegt eine Matratze. Emilia zieht die Jacke aus, rollt sie zu einem Kopfkissen zusammen und streckt sich aus, erst auf dem Rücken, dann auf der linken Seite, denkt dabei an die Frau im Treppenhaus. Sie hat keinen Willkommensgruß erwartet, aber genauso wenig einen derart frostigen Empfang. Jetzt weiß sie wenigstens, was auf sie zukommt. Sie nimmt sich vor, noch vorsichtiger zu sein und die Wohnung bloß dann zu verlassen, wenn es unbedingt nötig ist.

Sie wendet den Blick ihrer grauen Katze zu. »Lù, das ist unser neues Zuhause, jedenfalls für eine Weile. Ich weiß, es gibt hier kaum Versteckmöglichkeiten. Tut mir leid, doch etwas Besseres kann ich dir nicht bieten.«

Mit dem Kater spricht sie nicht. Ihm ist das ganz recht, er hat am liebsten seine Ruhe, vor ihr und überhaupt. Leo ist wütend. Emilia ist erschöpft. Lù hat Hunger.

2.

Der Spaziergang

Was für ein hässlicher Fußboden«, sagt Emilia, die in der Verbindungstür zwischen zwei Räumen steht und den linken Fuß auf die weißen Steinfliesen des einen Zimmers stellt. »Der dagegen ist richtig schön«, fährt sie fort und stellt den rechten Fuß auf das Fischgrätparkett des anderen Zimmers.

Der linke Fuß hebt sich ein wenig, weil der Küchenboden kalt ist, bevor er sich eher widerwillig wieder senkt. Er erinnert sie an Leo, der sie von nebenan mit seinem gesunden gelben Auge beobachtet und tastend eine Pfote aus der Kiste schiebt. Auf dem anderen Auge ist er blind. Emilias rechter Fuß ist eingeschlafen. Sie hebt ihn an, schüttelt ihn und lässt ihn kreisen, dabei hört sie das Knacken des Knöchels, das sich mit Lùs wütendem Miauen mischt.

»Soll ich deinen Fressnapf auf die Fliesen stellen, damit du den Schock über den hässlichen Anblick mit der Freude über deine erste Mahlzeit in der neuen Wohnung überdecken kannst, oder ziehst du den schönen Holzfußboden vor, um den Genuss zu vergrößern?«

Emilias Füße sind nackt. Sie ist überzeugt, dass man barfuß sein muss, um mit einer neuen Wohnung Kontakt aufzunehmen. Eigentlich streift sie bei jeder Gelegenheit ihre

Schuhe ab, selbst im Kino, sobald das Licht ausgegangen ist. Dann zieht sie die Knie bis unters Kinn und drückt die nackten Füße auf das Samtpolster des Sitzes. Erst kurz vor Ende des Films schlüpft sie rasch wieder in die Schuhe, damit die anderen Besucher nichts bemerken. Allerdings macht sie das nur im Sommer, weil der Kontakt mit dem Samt nicht halb so viel Spaß macht, wenn sie Strümpfe trägt.

Jetzt, ohne Arbeit und mit zu viel Zeit, ist alles anders geworden.

Würde ihr das Kino genauso viel Spaß machen wie früher? Vermutlich nicht, denn was man immer haben kann, verliert seinen Reiz. Und wenn einem die Stunden und Tage zu lang werden, entsteht eine Leere, die Angst macht. Aber sie will es alleine schaffen. Zu ihrer Mutter geht sie auf keinen Fall zurück, sie hat ihr nicht einmal Bescheid gesagt, dass sie wieder da ist.

Emilia braucht Zeit für sich, und das würde sie nicht verstehen, vielleicht würde sie ihr nicht einmal zuhören. Bevor sie sich zum Umzug entschloss, hat sie versucht, einen neuen Job zu finden. Vergeblich, ihr Lebenslauf war wohl nicht attraktiv genug. Da half es nicht einmal zu versichern, dass ihr jede Tätigkeit recht sei, weil sie unbedingt Geld verdienen müsse, um die Miete für ihre Wohnung bezahlen zu können und ihre immer hungrige Katze ausreichend zu füttern. Die Personalchefs lächelten, offenbar hielten sie ihre Bewerbung für einen Scherz, bedankten sich für das Interesse und wünschten ihr viel Glück für die Zukunft.

Lù streicht ihr um die Beine und miaut. Ihr ist es völlig egal, wo sie etwas zu fressen bekommt, und sie wird langsam ungeduldig. Emilia lächelt, für sie hat dieser Augenblick eine besondere Bedeutung.

»Ich finde, wir sollten das Zimmer mit dem hässlichen Fußboden etwas netter machen«, sagt sie, während sie ein Schälchen mit Katzenfutter füllt. Immerhin ist es der einzige Raum, in dem Möbel stehen.«

Lù versenkt ihre kleine Schnauze in den Fleischbrocken, die sie regelmäßig jeden Nachmittag um sechs Uhr serviert bekommt.

»Und du willst nichts, Leo?«

Emilia schleudert die Frage wie eine Frisbeescheibe gegen die Wand und kauert sich vor die schwarz-orange gestreifte Hartplastikbox. Drinnen ist es dunkel, einzig Leos linkes Auge blitzt heraus. Es ist trüb blau, der Rand schwarz gepunktet, und sieht aus wie eine Murmel im Wasser. Wenn er Angst hat, macht er dieses Auge auf, mit dem er zwar nichts sieht, in dem man dafür sehr gut seine Gefühle lesen kann. Nebenan schmatzt Lù genüsslich, ein angenehmes Geräusch. Ihren Katzen beim Fressen zuzuhören erzeugt in ihr das Gefühl, etwas Gutes getan zu haben.

Das Telefon piept. Emilia angelt nach ihrem braunen Rucksack und zieht es heraus. Eine Nachricht von Lisa, die ihr die Wohnung überlassen hat und vor einigen Tagen nach Texas geflogen ist. Zu einer Tante, die vor vielen Jahren Italien und ihrem Leben dort den Rücken gekehrt hat. Auslöser war damals ein Mann, inzwischen lebt sie wieder allein, nachdem die Kinder aus dem Haus sind und der Mann sie verlassen hat. Eine wunderschöne Geschichte von einer Frau, die konsequent ihren Weg geht und weiß, dass die Zeit alle Wunden heilt und sich die Dinge irgendwann von selbst erledigen.

Die Freundin kennt Emilia seit ihrer Kindheit, als noch alle Farben in ihrem Leben in Ordnung waren. Bislang ist sich Lisa nicht sicher, was sie machen will, ob sie in Amerika bleibt oder zurückkommt. Die Möbel jedenfalls hat sie verkauft, und innerhalb eines Jahres will sie sich endgültig entscheiden. So lange kann sie die Wohnung benutzen und sie gegebenenfalls später übernehmen. Die Miete hat die Freundin im Voraus bezahlt, der Eigentümer ist mit allem einverstanden.

Dieses Jahr in der Schwebe ist eine Art Zwischenzeit, die ihr ganz allein gehört. So wie die Stunden nachmittags im Kino, wo man sich über nichts Gedanken machen muss. Eine Zeit, die in der Endabrechnung nicht zählt, weil sie niemand richtig bemerkt. Sie liest Lisas Nachricht.

> Morgen kommt ein Typ wegen des Sofas, wenn er es nimmt, zahlt er dir fünfzig Euro. Hau sie auf den Kopf und denk an mich. Hab dich lieb. Mit der Tante ist alles okay. Texas ist ein bisschen komisch, ich komme mir vor wie auf dem Mond. Geht's dir gut?

Geht es ihr gut, fragt sich Emilia. Sie weiß es nicht, und so beschließt sie, sich etwas Zeit mit der Antwort an Lisa zu lassen. Jeden Tag wird sie herauszufinden versuchen, ob und warum sie glücklich ist. Eine schwierige Frage. Deshalb nimmt sie sich erst mal die kleinen Dinge vor. Zu wissen, dass sie nicht gleich antworten muss, macht sie glücklich. Oder besser gesagt: Es könnte sie glücklich machen, wenn sie nicht daran zweifeln würde, ob sie jemals eine Antwort findet. Kurzum: Emilia weiß nicht, ob es ihr gut geht – hingegen weiß sie, dass sie entscheiden muss, ob sie auf dem Sofa mit dem verschmutzten Laken oder auf der Matratze am Boden schlafen will. Und in welchem Zimmer.

Aber das hat noch Zeit, jetzt braucht sie erst einmal frische Luft.

»Guten Abend.«

Emilia hat gehofft, ihre Nachbarin von gegenüber nicht zu treffen. Allein deshalb nicht, weil sie ungekämmt ist und der Pony ihr noch mehr in den Augen hängt als sonst. Solchen Frauen gefallen keine ungepflegten Haare und erst recht keine zu langen Ponyfransen, man könnte schließlich vermuten, sie wolle sich dahinter verbergen.

Tatsächlich sind ihre Haare ein Zufluchtsort, eine Art Versteck, doch Frauen wie ihre neue Nachbarin mögen so was nicht. Sie denken, man schäme sich. Woher soll sie schon wissen, dass Emilia bereits früher Schwierigkeiten hatte, sich den Raum zu nehmen, den sie braucht. Auch jetzt wirkt es, als wollte sie sich verstecken, damit sie nicht auffällt und nicht zu viel Raum einnimmt.

»Guten Abend. Haben Sie keine Waschmaschine?« Ohne eine Antwort abzuwarten, redet França weiter. »Sie kommen nicht zur Eigentümerversammlung, oder? Ich dachte, vielleicht anstelle Ihrer Freundin? Obwohl sie keine Eigentümerin ist, hat sie ein paarmal teilgenommen. Am Donnerstag, also übermorgen, ist wieder eine Zusammenkunft. Wir müssen wegen der Heizung entscheiden, bevor es kalt wird.«

Wenn sie nur daran denkt, was sie alles entscheiden muss, bevor es kalt wird, läuft Emilia ein Schauer über den Rücken.

»Entschuldigen Sie bitte, ich muss weiter.«

Die Nachbarin verabschiedet sich und geht ins Haus zurück, versäumt es jedoch nicht, zuvor noch einen missbilligenden Blick auf Emilias Füße zu werfen. Offenbar gehört sie zu den Frauen, die keine Ballerinas mögen. Emilia kann das nicht verstehen. Diese Schuhe sind wunderbar, sie versprechen Leichtigkeit und Anmut dort, wo fast niemand hinschaut. In ihren samtweichen Ballerinas, die den Fuß wie eine zweite Haut umschließen und ein Schleifchen vorne am Rand haben, fühlt sie sich wie eine Balletttänzerin.

Der Waschsalon ist ein langer Schlauch. Auf der Seite zur Straße hin stehen die großen Waschmaschinen und die Trockner, in der Mitte befindet sich die Kasse, die den Raum in zwei Hälften teilt, und auf der anderen Seite gibt es einen schmalen Bartresen. Von dort gelangt man in einen kleinen Innenhof mit Tischen und Stühlen. Ein Ort für alle, die keine Heimat haben oder denen es nicht gut geht. Genau das Richtige für Emilia an diesem Nachmittag.

Im Schaufenster hängt das Poster einer jungen Frau, die einem amerikanischen Reklameplakat der Fünfzigerjahre entsprungen zu sein scheint. Neben ihr steht ein Plastikkorb mit schmutziger Wäsche. Ihre blonden Haare sind kurz geschnitten, der Mund ist leicht geöffnet. Der Rock ihres engen Kleides ist etwas nach oben gerutscht und gibt den Blick auf ihre halterlosen fleischfarbenen Strümpfe frei. Sie beugt sich nach vorne, um das Bullauge der Waschmaschine zu öffnen.

Ob sie diese Pose ebenfalls hinbekommt? Emilia sieht sich um, und als sie niemanden entdeckt, öffnet sie leicht den Mund, zieht die Augenbrauen hoch, legt die linke Hand auf die linke Wange, schiebt den Po lässig nach hinten und streckt den Brustkorb nach vorne. Plötzlich entfährt ihr ein »Oh«. Prompt wird sie rot. Fast so rot wie ihre Jacke. Gefahr.

Sie ist aus ihrem Versteck gekommen, ohne aufgepasst zu haben. In der Ecke gegenüber sitzt nämlich ein Junge, den sie übersehen hat, mit einem Comic auf dem Schoß. Seine langen Locken sehen wie ein zerrupftes Wollknäuel aus, mit dem Leo bestimmt gerne spielen würde.

»Ciao.«

Die Stimme ist so zart wie der Duft einer Lakritzschnecke, die sie als Kind gerne gegessen hat. Und sie bleibt im Ohr hängen wie die Lakritze damals in den Zähnen.

Emilia legt die schmutzige Bettwäsche auf den Boden, wählt eine Waschmaschine oben in der Reihe aus und wirft eine Münze in den Schlitz des Waschmittelautomaten. Die Laken sind rot und rosa. Irgendwann einmal hat ein Mann sie gefragt, warum sie keine weißen Laken benutze. Sie hätte ihm am liebsten geantwortet, dass man sich in weißen Laken nicht so gut verstecken könne und man in Rot und Rosa weniger blass wirke, das weiß sie noch genau, aber was sie wirklich gesagt hat, ist ihr entfallen. Bestimmt war es irgendeine Rechtfertigung.

Emilia hasst konkrete Fragen, denen man schlecht ausweichen kann.

Während sie die Laken in die Maschine stopft, versucht sie den Umschlag des Comics zu erkennen. Der Junge liest *Tim und Struppi auf dem Mond*. Manchmal bewegen sich seine Lippen, als würde er sich die Geschichte selbst vorlesen, manchmal lacht er leise. Sie lässt sich Zeit, um möglichst lange in seiner Nähe zu bleiben. Auf alle Fälle ist ihr das lieber, als an die Bar zu gehen, wo alle anderen sitzen.

Zwei Frauen plaudern miteinander und trinken Rotwein. Ein Mann beugt sich über den Tresen, stellt ein leeres Glas darauf und ordert ein zweites Bier. Offensichtlich langweilt er sich ziemlich.

Klack. Emilia schließt die Tür der Waschmaschine und wartet, ob alles funktioniert. Der erste Waschgang beginnt, das Wasser steigt bis über die Laken, und das penetrant duftende Waschmittel lässt große Blasen entstehen, die sie gerne weggepustet hätte wie in ihrer Kindheit die Seifenblasen. Statt an die Bar zu gehen, setzt sie sich auf einen Stuhl in der Nähe der Waschmaschine und schlägt das Buch auf, das sie mitgebracht hat, ohne sich wirklich darauf konzentrieren zu können.

»Nic, willst du Großmama Hallo sagen?«

Ein junger Mann kommt auf das Kind zu. Er hält ein Handy in der Hand und streckt es ihm entgegen. Der Junge nimmt es, verlässt den Waschsalon und steuert draußen eine Bank an. Emilia beobachtet ihn durchs Schaufenster. Er muss seine Großmutter sehr mögen, denn er spricht mit ihr, als würde er ihr ein Geheimnis anvertrauen, dabei gestikuliert er heftig mit der freien Hand.

»Entschuldige, kannst du kurz ein Auge auf ihn haben, damit er keinen Unsinn macht? Ich gehe rasch mal auf die Toilette. Er heißt übrigens Nicola.«

Sie fährt herum. »Ja, in Ordnung.«

Schon ist der Mann weg. Undeutlich hört sie die Stimme des Jungen.

»Papa sagt, ich muss mir die Haare schneiden lassen, doch ich will nicht. Mir gefallen lange Haare. Außerdem sind sie gar nicht zu lang.«

Emilia tritt näher an die Scheibe heran und betrachtet den schmalen Rücken des Kindes unter dem blaugrauen *Star-Wars*-T-Shirt. Seine kastanienbraunen Locken, in denen orangefarbene Lichtreflexe blitzen, fallen ihm bis in den Nacken.

»Er meint, so sehe ich wie ein Mädchen aus«, sagt der Junge und nickt, als hätte die Großmutter ihm den Rat gegeben, gar nicht darauf zu achten. Seine Stimme klingt jetzt entspannter. »Weißt du eigentlich, dass die Rose und der Kaktus Pflanzen sind, die sich verteidigen? Gestern hat Mama Rosen für den Balkon gekauft. Als ich eine anfassen wollte, hat sie mich gestochen, das hat ganz schön wehgetan.«

In diesem Moment überkommt Emilia große Lust, mit einer Bürste durch den widerspenstigen Lockenschopf zu fahren, um ihn zu zähmen. Und seine Gedanken scheinen genauso widerspenstig zu sein: Sie stellt sich vor, dass sie wie bunte Luftballons oder dicke Wolken aus seinem Kopf aufsteigen. Und wie schön es wäre, mit ihm auf einer solchen Wolke durch die Luft zu fliegen. Seine Gedankenwolken würden bestimmt reichen, einmal kreuz und quer über die ganze Stadt zu schweben.

Als der Junge entdeckt, dass er beobachtet wird, verstummt er, steht auf und geht ein Stück weiter weg, damit sie ihn nicht mehr hören kann. Kurze Zeit darauf taucht der Vater wieder auf, nimmt seinem Sohn das Telefon aus der Hand und hält es sich selbst ans Ohr.

»Mama, kann Nic am Donnerstag zu dir kommen? Ich habe eine Eigentümerversammlung, da muss ich hin.«

Eine Eigentümerversammlung an einem Donnerstag? War das Zufall, oder wohnte er etwa im selben Haus? Wenn

Kinder dabei sein dürfen, würde sie sich vielleicht überlegen, ebenfalls hinzugehen.

Als der Junge in den Waschsalon zurückkommt, sich wieder hinsetzt und nach seinem Comic greift, spricht sie ihn an.

»Was liest du da?«

Er schaut auf den Umschlag, als hätte er es vergessen. *»Tim und Struppi auf dem Mond.«*

»Gefällt es dir?«

»Ja, ich kenne es bereits.«

»Und warum liest du es noch mal?«

»Weil es mir gefällt.«

Emilia würde nie auf die Idee kommen, ein Buch ein zweites Mal zu lesen. Oder sich einen Film zweimal anzuschauen. Das betrachtet sie als reine Zeitverschwendung, weil es immer wieder neue Bücher und neue Filme gibt.

Bei Kindern scheint das wohl anders zu sein, denkt sie und versucht sich zu erinnern, wie es bei ihr war. Wieder und wieder hat sie dasselbe Märchen auf ihrem Plattenspieler angehört, ganz allein in ihrem Zimmer auf dem Boden liegend, und den Text mitgesprochen.

Mumienpulver für das ewige Leben färbt Nacht und Kleidung pechschwarz.

Die Stimme klang rau, und sie lachte wie eine Hexe. An dieser Stelle lief ihr immer ein kalter Schauer über den Rücken. Dieses bösartige Lachen war wie Gift, das sich jahrelang in ihren Träumen einnistete, genau wie die Schreie der Hexe, als sie in den Abgrund stürzt. Emilia hat sich selbst später als Erwachsene nie Horrorfilme angesehen, weil dieses Märchen sie nie losließ. Noch heute bekommt sie Albträume, wenn sie an die böse Stiefmutter von Schneewittchen denkt.

Inzwischen weiß sie nicht mehr, welche Stelle ihr am meisten Angst eingejagt hat: wenn das Gesicht der Königin sich in eine Fratze verwandelt, die ihren ganzen Neid und Hass widerspiegelt, oder wenn sich die Prinzessin gegen die Tiere des Waldes zur Wehr setzt, die eigentlich ihre Freunde sind und ihr helfen wollen.

Eine Stimme holt sie in die Gegenwart zurück: »Nic, wir gehen.«

Der Vater des Jungen leert die Waschmaschine und legt rasch T-Shirts, Socken, Hosen und einen Trainingsanzug zusammen. Er sieht gut aus, kein Gramm Fett zu viel auf den Hüften, muskulös, ohne dass es übertrieben wirkt. Ein sportlicher Typ eben.

Sein Sohn winkt ihr zum Abschied: »Das nächste Mal erzählst du mir, was du liest.«

3.

Die Zeit sei mit dir

Bei den Abenteuern von Tim auf dem Mond gefällt Nicola am besten, dass die Leute dort ohne Sauerstoff leben können, dass es einen Zirkus im Weltall gibt und dass sie nach zwei Clowns suchen. Er mag sogar den Bösewicht.

Struppi liebt er natürlich besonders und fände es schön, wenn Papa ihm einen Hund erlauben würde. Allerdings einen, der größer ist als Struppi und braunes Fell hat, damit man den Sand vom Spielplatz nicht so sieht. Und vor allem nicht die Schlammspritzer, wenn er mit ihm durch den Matsch gerannt ist.

Leider will Papa keinen Hund. Weder einen großen noch einen kleinen, weder einen braunen noch einen weißen. Er sagt, er habe keine Zeit. Daraufhin hat er es bei der Großmutter versucht, aber die hat angeblich auch keine Zeit.

Inzwischen ist er überzeugt, dass der größte Feind der Erwachsenen die Zeit ist. Sie scheinen regelrecht gegen die Zeit zu kämpfen, schauen ständig auf die Uhr oder auf das Handy und behaupten, dass sie spät dran sind. Nie haben sie Zeit, um mit ihm zu spielen oder Minions auszumalen, was ihnen bestimmt guttun würde. Der Junge jedenfalls ist davon begeistert, er malt die kleinen Wesen mit einem zyklamfarbenen und einem lila Farbstift aus. Wobei er Lila nur für den Rand benutzt oder wenn er etwas stärker betonen will, sonst nimmt er immer das Zyklamrot, das wie ein kräftiges, dunkles Pink aussieht.

Es ist die Lieblingsfarbe seiner Mutter, sie hat ihm den Stift geschenkt. Jedes Mal wenn er ihn benutzt und über das Papier fährt, hat er das Gefühl, sie sanft zu streicheln. Gerade malt er ein großes Auge mitten auf die Stirn eines Minions und glaubt dabei ihren warmen Atem an seinem Ohr zu spüren. Es fühlt sich wunderschön an, sein Ohr scheint zunehmend größer zu werden, um möglichst viel von der warmen Luft aufzunehmen. Vielleicht hat er ja inzwischen bloß noch ein Ohr, weil das zweite von dem ersten aufgesaugt worden ist. So ähnlich wie bei den Minions, die lediglich ein Auge haben.

Wenn Mama hinter ihm steht und ihm beim Zeichnen zusieht, lächelt sie. Er kann es nicht sehen, wohl aber hören, denn für ihn macht sogar ein Lächeln ein Geräusch. Und deshalb weiß er immer, ob jemand lächelt, egal ob er es sieht oder nicht. Sein Papa behauptet zwar zu wissen, ob er das Gesicht verzieht, ohne hinzusehen, das habe er im Gefühl, doch ob jemand lächelt, kann er nicht hören. Was nach der Überzeugung des Jungen bestimmt daran liegt, dass sein Vater sich keine Zeit zum Zuhören nimmt.

Seine Mutter ist nicht ganz so schlimm, sie bemüht sich zumindest öfter. Und wenn sie ihm beim Malen zuschaut, dann sind sie sich ganz nahe. Seine zweite Großmutter, Mamas Mutter, behauptet immer, er sehe aus wie sie als Kind. Er findet das nicht, sondern meint, dass er aussieht wie sie als Erwachsene.

Es stimmt ihn traurig, dass er sie so selten sieht, gerade mal zwei Tage in der Woche. Von Geburt an hat sich Papa mehr um ihn gekümmert, während sie den ganzen Tag aus dem Haus war und gearbeitet hat. Sie hielten das für eine gute Lösung, aber dann haben seine Eltern sich getrennt, und seitdem lebt er allein mit seinem Vater.

Häufig ist er bei der anderen Großmama, Papas Mutter, die in der Nähe wohnt. Sie findet, er sehe aus wie sein Vater. Sie ist nämlich davon überzeugt, Kinder würden dem Elternteil ähneln, mit dem sie am meisten zusammen sind. Da irrt sie sich seiner Meinung nach, denn es kommt darauf an, wer am tiefsten in ihrem Herzen wohnt, und das ist bei ihm seine Mama.

Leider hat auch sie viele Fehler. Immer kommt sie zu spät, immer muss sie irgendwas anderes erledigen und hat zu wenig Zeit für ihn. Sonst könnte er öfter hören, wie sie lächelt. Bei anderen Erwachsenen hört er es eigentlich nie.

Bei Kindern hingegen schon. In der Schule oder auf der Straße hört er es – es klingt wie das Glockenspiel über seinem Bett, das er eigentlich nicht mehr braucht, weil er zu groß dafür ist. Papa würde es am liebsten wegwerfen, genau wie die Bilderbücher. Er braucht immer Platz in der Wohnung, ohne zu wissen, wofür.

Eine Waschmaschine will er nicht, weil man dann ebenfalls einen Trockner braucht, für den wiederum der Platz fehlt. Also könne man sich die Waschmaschine gleich sparen und lieber weiter in den Waschsalon gehen, argumentiert er. Wäre Nicola sicher, dass sein Vater häufiger lächeln würde, wenn er mehr Platz hätte, dann würde er gerne auf sein Glockenspiel und die Bücher verzichten.

»Papa, darf ich *Star Wars* gucken?«

»Nein, das hast du mittlerweile tausendmal gesehen.«

Jeden Tag das Gleiche: Papa hat es eilig. Wie immer und mit allem. Nichts macht er mit Ruhe und erst recht nicht mehrmals. Der Junge steht auf der Schwelle zum Arbeitszimmer und hält sich am Türrahmen fest.

»Papa, darf ich *Star Wars* gucken?«

»Nein, habe ich das nicht gerade gesagt? Bestimmt hast du den Film mittlerweile tausendmal angeschaut.«

Immerhin hat er aufgehört, auf seinem Handy zu tippen, und sieht ihn prüfend an. Und in diesem Moment sehen sie sich tatsächlich ähnlich. Manchmal gefällt ihm das, jetzt jedoch nicht, jetzt macht es ihn wütend. Er will nicht sein Gesicht haben.

»Das stimmt nicht. Ich habe ihn nicht tausendmal angeschaut. Außerdem ist es jedes Mal anders.«

Als sein Vater den Blick erneut seinem Handy zuwendet, baut sich Nicola vor ihm auf, ist sichtlich sauer.

»Warum verbietest du mir etwas, ohne richtig zuzuhören?«

Papa reagiert nicht, ist mit den Gedanken ganz woanders und lächelt.

»Wenn du machen kannst, was du willst, dann will ich auch machen können, was ich will.«

»Du bist zehn Jahre alt und machst das, was ich sage.«

»Warum hast du gelächelt?«

»Wann?«

»Eben gerade.«

»Weil ich etwas gelesen habe, das mir gefallen hat.«

»Schön, du hast etwas, das dir gefällt, und ich habe etwas, das mir gefällt.«

»*Star Wars?*«

»Genau. Vielleicht würde es dir ja genauso gefallen, guck dir den Film bitte mal zusammen mit mir an.«

»Du musst bald ins Bett.«

»Wenigstens eine halbe Stunde.«

»Nein.«

Der Junge ballt die Fäuste und knurrt, seine Lippen sind zu einem schmalen Strich zusammengepresst.

»Es reicht. Geh in dein Zimmer und beruhige dich.«

»Bei Mama darf ich immer *Star Wars* schauen!«

»Hör auf damit, Nic! Du hast den Film wirklich tausendmal gesehen, irgendwann ist Schluss. Ende der Diskussion. Ab ins Bett!«

Beleidigt stampft er mit den Füßen auf und verschwindet in seinem Zimmer. Dort setzt er sich aufs Bett, greift sich das Plüscheichhörnchen, das mit anderen Stofftieren in Reih und Glied auf der Kommode sitzt, und drückt es mit aller Kraft gegen seine Brust. Er will die Wut zurückdrängen, die ihn zu durchbohren droht. Und damit er nicht explodiert, beginnt er leise zu weinen.

Warum darf er den Film nicht so oft sehen, wie er will? Warum lächelt Papa öfter, wenn er auf sein Handy schaut, als wenn er ihn ansieht? Warum muss er so früh ins Bett? Er kommt sich vor wie Tim, als ihm auf dem Mond der Sauerstoff ausgeht.

Bei dem Gedanken an Tim fällt ihm die Frau wieder ein, die sie im Waschsalon getroffen haben. Irgendwie war sie komisch. Auf dem Heimweg hat er mit Papa darüber geredet. Zumindest war sie anders als die anderen Frauen. Jetzt weiß er endlich, warum. Sie hat nicht ständig auf ein Handy gestarrt. Vielleicht besitzt sie gar keins, überlegt er, jedenfalls hat er keins gesehen. Und eine Uhr genauso wenig. Dafür hatte sie ein Buch in der Hand. Und sie schien nicht in Eile zu sein, wirkte ganz entspannt und zufrieden, obwohl sie im Grunde einfach dasaß und nichts tat.

Sein Vater hat zwei oder drei Bücher auf dem Nachttisch liegen, die alle irgendwas mit Glück im Titel haben. Wieso kann das Glück ein Verbündeter im Kampf gegen den Feind sein? Eine Art Laserschwert wie bei *Star Wars*? Und wieso braucht man Bücher, um glücklich zu werden? Das weiß man schließlich selbst am besten. Indem man eben das tut, was einem gefällt. Minions ausmalen zum Beispiel, vor allem mit einem zyklamfarbenen Stift, oder den Lieblingsfilm so oft anschauen, wie man will.

»Hast du dich beruhigt?«, erkundigt sich der Vater, der ihm gefolgt ist, sich auf die Bettkante setzt und seinen Sohn in den Arm nimmt.

Der schmiegt sich an ihn, weil er seinen Papa sehr liebt. Wenn sie zusammen sind, ist er glücklich. Warum geht es Erwachsenen nicht genauso? Warum haben sie ständig irgendetwas anderes zu tun?

»Liest du mir *Tex Willer* vor?«

Sein Vater nimmt den Comic vom Nachttisch und verzichtet auf einen Kommentar zu dem Plüschtier. An diesem Abend haben sie bereits genug diskutiert. *Tex Willer* war früher sein Lieblingscomic, und seit Nicola das erfahren hat, muss er ihm daraus vorlesen. Der Junge liebt Cowboy- und Indianergeschichten, besonders die Schießereien. Am besten gefallen ihm die Sätze, die von ihm selbst stammen könnten, zum Beispiel wenn der Cowboy an der Theke sitzt und ruft: *Zwei große Steaks mit ganz viel Pommes!* Und er ist fast ein bisschen stolz, dass sein Vater in seinem Alter die gleichen Geschichten gemocht hat.

Sich Papa als Kind vorzustellen tut gut, denn damals war die Zeit bestimmt noch nicht sein Feind. Sicherlich hat er sich genau wie er als Superheld gefühlt, der unsichtbar durch die Zeit reisen kann. Außerdem trägt Tex ein gelbes Hemd, und Nicola mag Gelb.

»Morgen werden die Haare geschnitten, und jetzt wird geschlafen«, beendet der Vater das Vorlesen und klappt den Comic zu.

Dieses ewige Haareschneiden, denkt der Junge, immer das Gleiche. Papa bringt ihn zum Friseur, geht dann einkaufen oder zur Bank oder zur Post.

»In einer halben Stunde bin ich wieder da, in Ordnung?«

»Ja, das passt, es dauert noch ein bisschen«, antwortet der Friseur, der genauso redet wie sein Vater und genau wie der gegen die Zeit kämpft.

Morgen wird er wieder auf dem Stuhl sitzen, man wird ihm den Plastikumhang umlegen, und er wird dem Mann mit der Schere sagen, dass er bloß ein bisschen abschneiden soll, um anschließend die Augen zu schließen, bis er ihn lächeln hört. Wie immer hat er kein gutes Gefühl, weil er weiß, dass seine Haare am Ende nicht so sein werden, wie er sie gerne hätte. Er stellt sich in seiner Fantasie vor, wie er den Friseur überredet, ihm eine Frisur zu schneiden, wie er sie will und nicht wie sein Vater es wünscht.

Bitte schön, junger Mann, machen Sie es sich bequem. Wie geht es Ihnen?

Können Sie den Umhang nicht ganz so fest knoten? Sonst quetschen Sie mir die Gedanken aus dem Kopf.

Tut mir leid, Signore, entschuldigen Sie bitte.

Und nicht so kurz wie beim letzten Mal. Ich mag es, wenn die Stirn bedeckt ist.

Selbstverständlich, wie Sie wünschen.

»So, du kannst die Augen öffnen«, hört er am Tag darauf den Friseur sagen. »Wie gefällt es dir?«

»Mhm.«

»Stimmt etwas nicht?«

Der Mann sieht irritiert aus, dieses Mal lächelt er nicht. Egal, er hat sowieso keine Lust, mit ihm zu reden. Es gibt Wichtigeres, über das es sich nachzudenken lohnt, zum Beispiel über die Frisur der Frau aus dem Waschsalon.

Emilias rotes Heft

Immer wenn sie sich langweilte oder ihr zu viele Fragen durch den Kopf gingen, beschloss Mama, einen Kuchen zu machen. Sie achtete darauf, dass stets alle Grundzutaten im Küchenschrank vorrätig waren: Mehl, Hefe und Puderzucker. Wenn etwas zur Neige ging, kaufte sie es sofort nach. Backen gehörte einfach dazu, sie musste nicht mal eine Einkaufsliste schreiben.

Manchmal schickte sie mich zum Einkaufen. Bevor ich das Haus verließ, um zur Schule zu gehen, kam sie aus der Küche und sagte etwa: »Bring auf dem Rückweg Äpfel mit.« Ich wusste schon, welche sie wollte. Die mit der gelben Schale, die länger hielten. Und selbst wenn die Schale zu schrumpeln begann, war das Fruchtfleisch innen noch saftig. Vielleicht mag ich deshalb so gerne die Farbe Gelb. Im Obstkorb lagen immer Äpfel, und im Kühlschrank lagen immer Eier. Gelb von außen, gelb von innen. Die Farbe Gelb hat keine Angst vor dem Altern.

Als kleines Kind verstand ich es noch nicht, später hat meine Mutter es mir erklärt. Es war Samstagnachmittag, und ich machte Hausaufgaben am Küchentisch, meinem Lieblingsplatz, während sie eine Springform einfettete. Papa war nicht da, er war samstags um diese Zeit nie da. Nach dem Mittagessen gab er mir einen Kuss und verabschiedete sich von uns mit dem Versprechen, in ein paar Stunden wieder zurück zu sein. Das sei der einzige Tag, an dem er seine Gedanken in der Stadt spazieren führen könne, pflegte er zu sagen.

»Du musst dich gut um deine Gedanken kümmern, Emilia«, schärfte er mir ein, wenn er an meinem Zimmer vorbeiging und sah, wie ich aus dem Fenster ins Nichts starrte, den Kopf auf die Hände gestützt.

Nachdem er an diesem Samstag gegangen war, hatte Mama den Küchenschrank geöffnet, die Butter auf die Wachstuchdecke gelegt und die Form eingefettet. Dabei fuhr sie sich mit einer Hand über die Stirn. Sie litt mal wieder unter Kopfschmerzen, ich kannte die Geste gut. Als ob sie dem Schmerz sagen wollte, er möge es gut sein lassen, wenigstens dieses eine Mal. Sie flehte ihn an, streichelte ihn.

Dann sah sie mich an und sagte: »Es tut mir gut, immer den gleichen Kuchen zu backen, zumal er jedes Mal besser wird und ich inzwischen eine echte Apfelkuchenspezialistin bin. Ich könnte sogar an einem Wettbewerb für den besten Apfelkuchen im Viertel teilnehmen. Schließlich kenne ich jeden Handgriff aus dem Effeff, ohne über die Zutaten, die Mengen, die Backzeit nachdenken zu müssen. Und wenn ich die Äpfel in Spalten schneide, teile ich zugleich meine großen Sorgen in mehrere kleine Häppchen, sodass sie weniger bedrohlich wirken. Und noch etwas: Mit dem Kuchen schiebe ich meine Trauer in den Ofen, damit meine Tränen trocknen. Du musst auch etwas finden, Emilia, das allein dir gehört und an das du dich klammern kannst, wenn die Sonnenstrahlen es nicht mehr durch die Wolkendecke schaffen.«

Ich denke, dass der Apfelkuchen für meine Mutter der Regenbogen war, während sie darauf wartete, dass der Himmel über ihr wieder heiter wurde.

Am besten gefiel mir, wenn sie mit der Gabel durch die Teigkruste stach und mit einem kleinen Messer den überschüssigen Teigrand wegschnitt. Der Kuchen könne durch die Löcher atmen, erklärte sie mir, er sei etwas Lebendiges und brauche genau wie wir Menschen Luft. Als ich älter wurde, habe ich begriffen, dass mein Vater aus genau diesem Grund am Samstag spazieren ging. Er gönnte seinen Gedanken Luft, damit sie atmen konnten. Und jetzt, da er es nicht mehr tun kann, fällt mir die Aufgabe zu, diese Familientradition am Leben zu erhalten.

Wir hatten ein kleines Sofa in der Küche stehen, weil sie der größte Raum war. Wenn sich meine Mutter dort hinsetzte, legte ich meinen Kopf in ihren Schoß, und sie streichelte mir übers Haar. Keiner sprach, keiner fragte, wo

der andere gerade mit seinen Gedanken war. Ich dachte fast nie an etwas, sondern schaute dem Kuchen zu, wie er während des Backens seine Farbe veränderte. Als Teig goldgelb, wurde er im Ofen goldbraun.
Seitdem ist Gelb meine Lieblingsfarbe. Weil sie keine Veränderungen fürchtet. Sie hat nicht einmal Angst, dass sie ein bisschen zu braun werden könnte. Und ich habe dadurch gelernt, dass es Zeit braucht, wenn etwas entstehen soll, das es vorher so nicht gab, und dass man immer die richtigen Zutaten parat haben muss.

4.

Heute Morgen bin ich aufgewacht

Lù mag es nicht, wenn sich eine Tür vor ihr schließt. Leo akzeptiert die geschlossene Tür zum Bad, nicht aber die zum Schlafzimmer. Emilia ist gerade aufgewacht und hört, wie er empört mit der Pfote dagegenschlägt und mit den Krallen an ihr kratzt, während Lù herzzerreißend miaut, das einzige Geräusch, das sie von sich geben kann.

Als sie noch sehr klein war, ist sie einmal in einem Schrank eingesperrt gewesen. Stundenlang, niemand hat sie gehört. Weder Emilia noch ihre damalige Mitbewohnerin. Wenn Lù miaut, wird sie ganz rot um die Nase, rot vor Anstrengung und Frust. Gefahr.

Seit jenem Tag weiß Emilia, dass sie nie eine Tür schließen darf, ohne vorher nachzusehen, wo Lù ist.

In der Küche steigt der Kaffee in der Maschine hoch. Kaffee ist für Emilia eine ernste Sache, fast genauso ernst wie ihre Haare. Sie trinkt ihn ausschließlich morgens, da sie weiß, dass die Vorfreude größer ist als der tatsächliche Genuss. Zwar hat sie am späten Vormittag und am frühen Nachmittag erneut Lust auf einen Kaffee, doch sie bleibt stark und stellt sich vor, wie schön es am nächsten Morgen sein wird, wenn es nach Kaffee duftet und das Brodeln und Zischen der Kaffeemaschine das baldige Tröpfeln der heißen, dunklen Flüssigkeit ankündigt. Emilia hat beschlossen, dieses Ritual beizubehalten, und so ist die Tasse Kaffee am Morgen, die einzige des Tages, beinahe heilig für sie geworden.

Überhaupt ist der Morgen ihre Lieblingszeit, und aus diesem Grund hat sie es sich angewöhnt, zeitig aufzustehen. Für sie ist es ein gutes Gefühl, vor allen anderen auf den Beinen zu sein, und weil sie die Gewohnheiten ihrer neuen Mitbewohner noch nicht kennt, stellt sie den Wecker sogar eine halbe Stunde früher als sonst.

Dabei ist es gar nicht lange her, dass Emilia alles egal war, dass sie Stunden und Tage nicht zu unterscheiden vermochte und keinerlei Lust zum Aufstehen hatte. Wenngleich diese Phase lediglich von recht kurzer Dauer war, hat sie ihr dennoch Angst gemacht und sie völlig aus der Bahn geworfen.

Damals holte sie Lù ins Haus, die gerade mal zwei Monate alt war. Sie wollte jemanden haben, der sie ablenkte und um den sie sich kümmern konnte. Eines Tages, als sie im Bett lag und weinte, sah das Kätzchen sie mit weit aufgerissenen Augen an, als würde es ihr Vorwürfe machen. Das war das Signal. Sie trocknete ihre Tränen, stand auf und machte schnell das Bett, bevor sie in die Küche ging und sich einen Kaffee kochte.

Später kam Leo dazu, nachdem sie in einer Zeitschrift einen interessanten Artikel entdeckt hatte: *Goldene Regeln für das Zusammenleben von zwei Katzen*. Sie schnitt ihn aus, befestigte ihn mit einem Magnet am Kühlschrank und begann, nach einer zweiten Katze zu suchen.

»Und was sind die goldenen Regeln für das Zusammenleben von Menschen?«, murmelt sie jetzt, während sie mit ihrem Kaffee am Fenster steht und einen Schwarm Vögel beobachtet, der sich auf dem Baum gegenüber niedergelassen hat.

Und während sie darüber nachdenkt, erkennt Emilia, dass sie vorrangig zwei Probleme zu lösen hat: Sie muss einen neuen Job finden und neue Freunde suchen.

Wenn sie noch studieren würde, könnte sie einen Zettel am Schwarzen Brett aushängen. An der Uni war sowieso alles einfacher. Man schaute sich die Angebote und Gesuche an und gab eigene auf. Das Schwarze Brett war seinerzeit ihre Lieblingslektüre, insbesondere wenn sie sich nach langen Stunden in der Bibliothek die Beine vertreten wollte. Besonders gerne war sie morgens dort, da hatte sie Ruhe und stellte sich vor, die Anzeigen seien offene Wohnungstüren, durch die sie in das Leben der Menschen schauen konnte, die die Zettel aufgehängt hatten. Heute hätte sie gerne so ein Schwarzes Brett wie an der Uni, aber sie studiert ja nicht mehr, besitzt nicht mal einen Abschluss und kennt kaum jemanden.

Deshalb wäre es sehr schön, Freunde unter den Mitbewohnern zu finden, überlegt Emilia. Und praktisch zudem, dann könnte sie an die Wohnungstür klopfen und fragen, ob sie ihr zum Beispiel mit Salz oder anderen Dingen aushelfen könnten. Keine schlechte Idee, das mit den Freunden im Haus. Emilia nimmt ein Blatt Papier und einen Stift und beginnt zu schreiben.

Sie weiß, dass sie sich beeilen muss, sonst herrscht im Haus ein ständiges Kommen und Gehen. Auf keinen Fall will sie gesehen werden. So mutig ist sie nun auch wieder nicht. Ohnehin würde die Tatsache, dass sie als Letzte eingezogen ist, den Verdacht sofort auf sie lenken, da kein anderer

Bewohner bislang einen Aushang gemacht hat. Bis auf Mitteilungen der Hausverwaltung ist das Schwarze Brett, das neben der Eingangstür hängt, leer. Man hat sich offenbar nicht viel zu sagen in diesem alten Palazzo.

Emilia öffnet die Wohnungstür und tritt auf den Flur hinaus. Dass sie vergessen hat, Schuhe anzuziehen, bemerkt sie zu spät. Kurz hält sie inne, geht dann jedoch weiter. Wenn sie umdreht, verlässt sie vielleicht der Mut. Und überdies verursacht man barfuß weniger Geräusche. Suchend schaut sie sich um. Keiner da, stellt sie erleichtert fest. Sie hat freie Bahn und eilt nach unten, nimmt auf der Treppe immer zwei Stufen auf einmal.

»Bitte, lieber Gott, mach, dass niemand kommt. Kein Briefträger, keine Nachbarin oder sonst wer«, schickt sie ein Stoßgebet gen Himmel.

Am Schwarzen Brett sieht sie nichts außer der Einladung zur Eigentümerversammlung. Auf der Tagesordnung steht ein einziger Punkt: notwendige Wartungsarbeiten an der Heizung, bevor die kalte Jahreszeit beginnt. Die Einladung hängt da wie eine letzte Traube am Rebstock, die langsam vertrocknet. Einsam und allein. Niemand braucht etwas. Niemand bietet etwas an. Verstohlen sieht sie sich um, bevor sie ihr Blatt Papier aufhängt, auf das sie mehr geschrieben hat, als sie eigentlich wollte.

Zweifel steigen in ihr auf. Ist die Mitteilung vielleicht zu umfangreich? Der Text zu aufdringlich? Wenn Emilia aufgeregt ist, schießt sie leicht übers Ziel hinaus. Das weiß sie, ohne etwas daran ändern zu können. Die einzige Alternative wäre, gar nichts zu tun, aber das will sie erst recht nicht. Ein letztes Mal liest sie den Text durch.

Heute Morgen bin ich aufgewacht und hatte den Wunsch, euch zu fragen, wann ihr das letzte Mal glücklich gewesen seid. Um zu erfahren, ob euch das Glücklichsein leichter-fällt als mir. Und wenn, warum. Manchmal, vor allem abends, schaue ich in die Fenster fremder Wohnungen und frage mich, ob die Leute hinter den Scheiben glücklich sind und wie sie das machen.

Oder ich überlege mir, bei was mir der Atem stockt. Dann kommt mir zum Beispiel als eines der ersten Dinge ein Ballonflug in den Sinn. Wenn es hingegen darum geht, wann ich das letzte Mal so richtig glücklich war, will mir einfach nichts einfallen. Höchstens vielleicht der Moment gestern Abend, als ich den Bauch meines Katers gestreichelt habe und er laut schnurrte.

Mir kam die Idee, euch diese Frage zu stellen, als ich die Einladung zur Eigentümerversammlung gelesen habe, wobei ihr dort sicher über wichtigere Dinge zu sprechen habt als über Glücksgefühle. Doch wer weiß: Möglicherweise sind es ja auch für euch die kleinen Dinge, die glücklich machen. Dinge, denen man zu wenig Beachtung schenkt wie dem Streicheln und Kraulen des Katers. Und dem des eigenen Körpers natürlich genauso, wenn wir gerade dabei sind.

Emilia fühlt sich ein bisschen wie damals, als sie während einer Theateraufführung vor Weihnachten ungewollt eine despektierliche Bemerkung machte, die der Lehrerin so gut gefiel, dass sie den Satz dem Drehbuch hinzufügte.

Würden die Mitbewohner genauso reagieren und Gefallen an ihrer ungewöhnlichen Mitteilung finden, fragt sie sich, während sie die Treppe hinaufrennt, dabei drei Stufen auf einmal nehmend, und keuchend ihre Wohnung erreicht.

»Mission erfüllt!«, ruft sie stolz ihren beiden Verbündeten zu, als sie die Küche betritt.

Wie gerne hätte sie jetzt einen Kaffee.

5.

Wie Geschichten entstehen

Heute Morgen bin ich aufgewacht und hatte Lust, mir Zöpfe zu flechten, bis mir einfiel, dass ich mir gestern die Haare abgeschnitten habe.

Die Schüler sitzen am Boden und verstummen schlagartig. Die lebhaftesten schauen sich an und lachen verlegen. Manchmal kann man sich hinter einem Lachen sehr gut verstecken. Ein Mädchen mit einem Pagenschnitt fährt sich mit der Hand über den Nacken und starrt zu der Wand, auf die die Sätze projiziert werden. Die Kinder haben die Hauptfigur bestimmt, ihre Wünsche und den Gegenspieler. So entstehen Geschichten, hat Francesca gesagt, die mit diesem Projekt Mut machen will, aus einzelnen Worten eine Geschichte zu basteln. Emilia, die den Kindern ein Beispiel geben soll, hat für ihre Geschichte den gleichen Anfangssatz gewählt wie für ihren Aushang am Schwarzen Brett.

Seitdem sind drei Wochen vergangen. Noch hat niemand auf diesen anonymen Hilferuf geantwortet, mit dem sie einfach darauf aufmerksam machen wollte, dass es sie gibt. *Hier bin ich*, lautete ihre Botschaft. Wie bei einer Flaschenpost, die man in der Hoffnung ins Wasser wirft, dass jemand sie herauszieht und die Nachricht liest. Sie ist ein wenig demoralisiert, weil niemand reagiert. Kein Kommentar, keine blöde Bemerkung, nicht einmal ein Kaugummi, der auf dem Zettel oder unmittelbar darunter klebt.

»Entschuldigung, können Sie den Anfang der Geschichte laut vorlesen?«, bittet ein Junge in der ersten Reihe.

Emilia dreht sich zur Wand. Noch tut sie sich schwer, sie hat das Gefühl, eine große Verantwortung zu tragen. Eine zu große Verantwortung. Es gibt Geschichten, die werden unter einem besseren Stern geboren als andere, genau wie bei Kindern. Und es gibt Menschen, die dafür verantwortlich sind. Genauso funktioniert das in einer Schreibwerkstatt, und Emilia ist die Aufgabe zugefallen, den Schülern anhand einer Geschichte, die sie sich ausdenkt, zu erklären, wie es geht.

Lisa hat die Bekanntschaft mit Francesca vermittelt. Es werde ihr bestimmt guttun, sich an dem Projekt Kreatives Schreiben für Grundschulkinder zu beteiligen, meinte sie in einer E-Mail. Das sei besser, als trübsinnig zu Hause zu sitzen.

»Ich weiß nicht, was ich schreiben soll«, sagt ein Junge, der weiter hinten sitzt.

Sie liest den Namen auf dem Klebezettel an seinem Pullover ab.

»Antonio, sag mir, was dir einfällt, wenn du den Anfang von dieser Geschichte liest.«

Der Junge starrt weiter auf sein leeres Blatt.

»Schreib es einfach ab, damit das Papier schon mal die Stimme der Geschichte hört und dann vielleicht selbst etwas dazu sagen kann. Was meinst du?«

»Papier kann nicht sprechen, und ich mag den Anfang dieser Geschichte nicht. Ich bin doch kein Mädchen und habe keine langen Haare.«

Francesca kommt näher und legt ihm eine Hand auf die Schulter. Ihre Stimme ist ganz ruhig.

»Wenn dir der Anfang der Geschichte nicht gefällt, dann verändere ihn einfach. Erinnerst du dich daran, was ich vorhin gesagt habe? Hier gibt es nichts, was man falsch machen kann. Wenn du willst, darfst du zum Beispiel der Gegenspieler sein oder jemand, der dem Mädchen hilft, das unglücklich über seine kurzen Haare ist. Was würde dir besser gefallen?«

Antonio seufzt. »Kann ich vielleicht das Haar der Hauptfigur sein?«

Emilia lächelt ihm zu und schüttelt leicht den Kopf. Das würde zu sehr aus der Norm herausfallen und eine völlig ungewohnte Wendung erfordern. Während sie den Jungen beim Schreiben betrachtet, der mit der linken Hand den Stift umklammert und die Lippen fest aufeinanderpresst, denkt sie an die Worte, die sie vor einigen Stunden auf ein neues Blatt Papier geschrieben und an das Schwarze Brett im Palazzo gehängt hat. Mit einem gelben Farbstift, weil sie das Gefühl hatte, dass ihre Nachricht ein mit Zucker verquirltes Eigelb brauche. Ihre Mutter hat das immer für sie gemacht, wenn sie sich nicht wohlfühlte.

So langsam begann Emilia sich über die Gleichgültigkeit ihrer Mitbewohner zu ärgern. Sie kam sich vor wie Alice im Wunderland, der niemand glaubt, weil alle etwas Besseres zu tun haben, zum Beispiel hinter der Zeit herzulaufen oder einen Nicht-Geburtstag zu feiern. Das hat sie bewogen, heute etwas über Bücher zu schreiben.

Heute Morgen bin ich aufgewacht und habe den Bücherstapel neben dem Bett betrachtet. Es sind nicht viele. Wegen des Platzes. Besser gesagt, Platz hätte ich eigentlich genug … Eher fehlt mir etwas zum Draufstellen. Deshalb habe ich nicht so viele Bücher, wie ich es mir wünschen würde. Durch Bücher fühle ich mich nämlich beschützt, egal ob es neue oder alte sind. Die alten, deren Papier brüchig ist, lese ich ganz vorsichtig, denn wenn man beim Umblättern nicht aufpasst, kann man leicht eine Seite beschädigen. Trotzdem haben gerade abgegriffene Exemplare einen besonderen Reiz für mich. Die lädierten, die keiner will, weil sie achtlos in einer Ecke aufgestapelt sind oder weil sie zu zerlesen wirken. Ich kaufe gern solche Bücher, die eine Geschichte zu erzählen haben. Eine Geschichte, die kein anderer außer mir mehr hören möchte.
Genauso klebe ich Porzellanteller wieder zusammen, die mir runtergefallen und zerbrochen sind. Ich mag alle Geschichten, die sich hinter den Dingen verbergen, und bewahre sie in mir auf, damit die Stille nicht zu lastend wird.

Emilia hilft den Kindern dabei, ihre Jacken anzuziehen und die Rucksäcke aufzusetzen. Das Mädchen mit dem Pagenkopf schaut sie aufmerksam an und läuft plötzlich mit wehenden Ponyfransen auf sie zu. Dann spürt sie den Kopf an ihrem Bauch und die um ihre Taille geschlungenen Ärmchen. So viel Zuneigung hat sie nicht erwartet, Tränen steigen ihr in die Augen. Sie schiebt die Zehen fester in die Schuhspitzen, als wollte sie dort ihre Tränen einschließen. Nach einer Zeit, die ihr schier endlos vorkommt, löst sich die Kleine von ihr, nimmt ihren Mantel vom Haken und zieht ihn an, um den anderen Kindern ins Freie zu folgen, ohne sich noch einmal umzudrehen.

Als niemand mehr da ist, verabschiedet sich Emilia von Francesca und verlässt ebenfalls das Klassenzimmer. Auch sie dreht sich nicht noch einmal um.

Draußen regnet es. Im Regen lassen sich Tränen besonders gut verstecken. Warum hat sie die Tränen so lange zurückgehalten? Wollte sie vor den Kindern ihre Gefühle verbergen? Wann wird sie es endlich schaffen, aus ihrem Käfig herauszukommen und ihr Herz aus der schalldichten Kiste zu holen, in die sie es gepackt hat?

Emilia geht durch den Regen. Was wäre, wenn ihr durchsichtiger Schirm kein gewölbtes Dach, sondern ein rundes Gefäß wäre, das sie ganz umschließen würde und zudem die hellseherischen Fähigkeiten einer Kristallkugel hätte? Vielleicht wüsste sie dann im Voraus, ob sie eine Antwort auf ihre Nachricht am Schwarzen Brett bekommen hat. Und wenn es nur ein Aufkleber auf dem Zettel ist.

Womöglich ein gelber Minion mit einem riesigen lächelnden Auge, der in einem Schwimmring in Gestalt einer überrascht dreinblickenden Ente steckt. Sie würde bestimmt darüber nachdenken, welche Geschichte der Minion dort auf dem Wasser wohl hört. Eine Nachricht aus einer Flaschenpost? Warum sonst sollte er wohl mit einem Schwimmring unterwegs sein?

»Was ist das Gelbe dort auf dem Zettel, ich sehe nicht mehr so gut?«

Emilia steht vor dem Schwarzen Brett, schaut auf den gelben Fleck. Als sie die Stimme hört, versucht sie herauszufinden, wem sie gehört. Vergeblich, schließlich ist sie keine Katze, die eine Stimme sofort erkennt. Als sie sich umdreht, muss sie nach unten blicken, weil die Gestalt, die hinter ihr steht, zwergenhaft klein ist und dazu dünn wie eine Zuckerstange.

»Das Gelbe da, sehen Sie?« Die Frau deutet auf den Minion. »Ist das ein Aufkleber?«

Erneut wendet sie sich zum Schwarzen Brett um und fragt sich, wer ihn wohl dorthin geklebt hat.

»Ja, es ist eine Figur aus einem Film. Sie heißt Minion.«

»Wie?«

»Minion.«

»Aha. Dann muss ihn ein Kind auf den Papierbogen geklebt haben.«

Natürlich, denkt Emilia. Ein Kind, das Geschichten mag. Ein Kind, das gerne liest. Oder hat es den Minion bloß aus einer Laune heraus aufgeklebt, ohne nachzusehen, was auf dem Zettel steht?

»Immer interessant, was man hier neuerdings so alles entdeckt. Ich komme extra runter, um die Aushänge mit den Geschichten zu lesen, heute bin ich ziemlich spät dran, ich hatte keine gute Nacht. Sonst gehe ich gleich morgens nach dem Aufstehen. Jetzt ist es bereits nach zwölf.«

Wenn die Augen der spindeldürren Frau besser wären und sie ihr nicht den Rücken zudrehen würde, könnte sie ihre Verlegenheit erkennen und die Röte sehen, die ihr ins Gesicht gestiegen ist. Gefahr.

Die Kleidung der alten Dame riecht nach Mottenkugeln. Emilia fühlt sich an das Haus ihrer Großmutter mit dem blauen Sofa erinnert. Dort roch es genauso. Besonders stark in ihrem Kleiderschrank. Immer wenn sie von dort nach

Hause kam, musste sie ihre Kleider ausziehen, damit ihre Mutter sie in die Waschmaschine stecken konnte. Dennoch mochte Emilia den Geruch und mag ihn noch heute. Er lässt sie an ihre eigenwillige Großmutter denken.

»Gefallen Ihnen die Geschichten?«, fragt die Frau. »Für mich sind sie wie ein Tiramisu. Wenn ich sie lese, spüre ich, wie meine Gedanken sich vermischen, von unten nach oben, und selbst die schwersten werden mit einem Mal ganz leicht und luftig. Ich glaube, dass sie von einer Frau geschrieben worden sind, was meinen Sie?«

Natürlich mag Emilia Tiramisu, und vielleicht hat sie aus diesem Grund das Gefühl, von etwas Weichem eingehüllt zu werden. Sie wundert sich, dass eine so winzige und zerbrechliche Person etwas derart Gewaltiges auszulösen vermag. Sogar die Stimme ist ganz fein, zurückhaltend wie der Geschmack von Lakritz, der nach dem Lutschen erst langsam von der Zunge verschwindet.

»Warum tun Ihnen die Geschichten gut?«

»Sie leisten mir Gesellschaft. Ich fühle mich weniger allein. Also wasche ich mir morgens ganz kurz das Gesicht und gehe sofort runter. Um zu sehen, ob es eine neue Geschichte gibt.«

Die Frau schaut Emilia direkt ins Gesicht, als wollte sich ihr Blick durch ihre langen Haarfransen bis in ihre Augen bohren.

»Verzeihung, wo ist meine gute Erziehung geblieben! Ich habe mich noch gar nicht vorgestellt: Mein Name ist Gina.«

Emilia nimmt ganz vorsichtig die dargebotene Hand, die ihr locker und gewichtslos vorkommt wie ein Schaumgebäck, das jeden Moment zerbröckeln kann.

»Wohnen Sie hier?«

»Ja, allerdings bin ich erst vor Kurzem eingezogen.«

»Entschuldigen Sie vielmals, ich kann nicht so lange stehen. Haben Sie schon zu Mittag gegessen? Oder kann ich Ihnen einen Kaffee anbieten? Ich wohne im vierten Stock.«

Emilia zögert.

Die alte Dame bemerkt das und lächelt: »Tut mir leid, vielleicht bin ich ein bisschen vorschnell. Immerhin sehen wir uns ja zum allerersten Mal.«

Sie wirkt wie jemand, dem gerade eingefallen ist, dass sich die Zeiten geändert haben und er nicht allein auf der Welt ist.

»Ich komme gerne auf einen Kaffee mit, danke.«

Als sie die Wohnung betritt, traut Emilia ihren Augen nicht. In Ginas Küche sieht es genauso aus wie früher zu Hause. Selbst das Sofa ist ähnlich. Sie setzt sich und bereitet sich auf ein längeres Gespräch vor. Und darauf, die Geschichten der einsamen Frau anzuhören, die mittlerweile Kaffee gekocht hat und erzählt, warum ihr die Geschichten guttun.

»Seitdem sie da hängen, fällt es mir nicht mehr so schwer, zum Briefkasten zu gehen.«

»Warum?«

»Können Sie sich vorstellen, wie schlimm es ist, nie Post zu bekommen? Ich habe mir die ganze Zeit eingeredet, dass der Briefträger neu ist, sich im Haus noch nicht so gut auskennt und die Briefe an mich woanders einwirft. Wenn man nie Post kriegt, fühlt man sich einsam und von der ganzen Welt verlassen. Es ist, als hätte man dich vergessen, als würdest du langsam von der Bildfläche verschwinden. Jetzt kann ich wenigstens so tun, als wären die Geschichten am Schwarzen Brett allein für mich, als wären sie Briefe aus meinem Briefkasten. Was, ich gebe es zu, ein bisschen egoistisch von mir ist. Denn die Geschichten sind so schön, dass sie von vielen gelesen werden sollten.«

Gina stellt zwei Tassen und ein Schälchen mit Zucker auf ein Tablett.

»Entschuldigen Sie, ich rede unentwegt von mir und zudem lauter trauriges Zeug. Sie sind erst kürzlich eingezogen? Und in welchem Stock wohnen Sie?«

Emilia berichtet von ihrer Wohnung oder richtiger von Lisas Wohnung im zweiten Stock. Dass sie sie lediglich vorübergehend bewohnt und dass sie einen Job sucht, jedoch noch nichts gefunden hat. Und am meisten erzählt sie von ihren Katzen.

»Ich hatte nie ein Haustier, obwohl sie bestimmt eine gute Gesellschaft sind.«

Gina hat sich neben sie auf das Sofa gesetzt. Sie ist so klein, dass Emilia an die Kekse aus *Alice im Wunderland* denken muss, auf denen *Iss mich* steht. Je nachdem, wie viele man davon verspeist, wächst oder schrumpft man. Eine Metapher für den Mut, den Alice braucht, um sich aus der misslichen Lage zu befreien, in die sie sich gebracht hat: Sie macht sich ganz klein, um zu verschwinden, ohne von jemandem gesehen zu werden. Oder sie macht sich ganz groß, um ihre Feinde zu beeindrucken. Jetzt, wo Emilia darüber nachdenkt, fällt ihr ein, dass ihre Leidenschaft für Taschen aus diesem Zeichentrickfilm stammen muss. Die großen Taschen, in die Alice die Mutkekse gesteckt hat, scheinen tief in ihr Gehirn eingedrungen und dort haften geblieben zu sein.

Nach einer Weile erhebt sie sich. »Es war sehr schön, Sie kennengelernt zu haben. Ich komme bestimmt gerne bald wieder.«

Nachdem sie sich verabschiedet hat, steigt sie die Treppen zum zweiten Stock hinunter und öffnet die Wohnungstür ganz vorsichtig, damit die neugierige Lù nicht herausschlüpft. Leo dagegen hat noch nie die Nase über die Türschwelle gesteckt. Ihn würden nicht einmal Alice' Mutkekse locken, er mag sich so, wie er ist. Für ihn ist es herausfordernd genug, sich in einer neuen Wohnung zurechtfinden zu müssen.

Als Emilia ein Blatt aus der Schreibmappe nimmt, stellt sie fest, dass der Vorrat fast aufgebraucht ist und dass sie nicht vergessen darf, neues Papier zu kaufen. Erst einmal aber setzt sie sich an den Küchentisch und schreibt.

Heute Morgen bin ich aufgewacht und habe mich gefragt, wie es wäre, ohne Taschen zu leben. Ohne Taschen hätte ich vielleicht nicht den Mut, das Haus zu verlassen, und würde in der Wohnung bleiben. Taschen sind wichtig für mich. Das ist wahrscheinlich mit ein Grund, warum ich Kängurus mag. Besonders Kängurubabys. Es muss toll sein, sich herumtragen zu lassen und die Nase und die Ohren lediglich dann aus dem Beutel zu stecken, wenn man mit Sicherheit weiß, dass nirgends Gefahr droht. Sonst bleibt man eben im Warmen. Und schläft. Oder träumt mit offenen Augen von Abenteuern, in denen der Held immer gewinnt.
Taschen habe ich in Hosen, Röcken und Jacken, so viele und so große wie möglich. In die Taschen meiner Jacken

und Mäntel passen sogar Bücher, die man nicht umsonst Taschenbücher nennt. Dort sind sie genauso sicher wie die Kängurubabys im Beutel der Mutter. Zu kleine und schiefe Taschen machen mich nervös, weil man nichts hineinstecken kann oder Angst haben muss, es könnte etwas herausfallen. Am schlimmsten sind aufgesetzte Taschen, dann lieber gar keine. So was macht mich richtig wütend, das ist Betrug, es wird etwas versprochen, was nicht zu halten ist.

Emilia überlegt, noch hinzuzufügen, dass sie Küchenschürzen mag, weil die meistens vorne schöne große Taschen haben. Genau wie die weiße Schürze, die Alice über dem blauen Kleid trägt. Sie ist von einem Weiß, das ihr etwas bewusst gemacht hat: Es ist möglich, gleichzeitig etwas zu zeigen und etwas zu verstecken. Auf den ersten Blick ein Widerspruch, doch Emilia weiß, dass das nicht stimmt. Sie weiß es, weil sie genau das macht, wenn sie eine Geschichte für das Schwarze Brett schreibt.

6.

Hilf mir, Obi-Wan Kenobi

Der Mann öffnet die Tür des Palazzo, in dem er eine Wohnung besitzt. Er telefoniert. Hinter ihm steht der Junge mit den jetzt kurzen Haaren. Seine Schuhe und der Saum seiner Jeans sind nass, weil es regnet, aber er achtet nicht darauf. Er singt ein Lied über die Tiere im Wald, die sich gegen die Jäger auflehnen. Man muss ihm ganz nahe kommen, damit man hören kann, was er singt. Der Junge mag Tiere sehr, Tiere sind Freunde. Sie verbünden sich, damit der Wald nicht zerstört wird und sie dort in Frieden leben können, genau wie es früher gewesen ist, als noch keine Jäger da waren. Der Mann mit dem Telefon merkt nichts von den Geschichten, die sich um ihn herum abspielen.

»Massage ist gut zur Muskelentspannung, sind wir uns da einig? Sie machen heute ein paar Dehnungsübungen und werden sehen, dass Ihre Rückenschmerzen bald verschwinden.«

Der Junge bleibt vor dem Schwarzen Brett stehen, stellt sich auf die Zehenspitzen und fängt an zu lesen. Dabei denkt er darüber nach, dass das mit Papas neuem Job gut klappt. Er macht diese Arbeit erst seit Kurzem. Als sie noch mit Mama zusammenwohnten, hat er von zu Hause aus an seinem Schreibtisch gearbeitet, jetzt hilft er anderen, in Form zu bleiben. Als Personal Trainer. Sein Sohn ist stolz darauf, dass so viele Leute ihm vertrauen, und hofft, dass er sich vielleicht sogar selbst hilft und nicht mehr so nervös ist.

Warum, fragt er sich, bringt man die Zettel am Schwarzen Brett nicht ein Stück tiefer an, damit auch kleine Leute und Kinder sie lesen können? Die Tiere sind da gescheiter. Sie wissen, dass es viele kleine Arten gibt und dass die großen Rücksicht darauf nehmen müssen. Wenn im Wald Hinweisschilder für sie existieren würden, müssten sie ganz unten an den Baumstämmen befestigt werden, damit selbst die Kleinsten alles gut lesen können.

Heute Morgen bin ich aufgewacht und habe den Bücherstapel neben dem Bett betrachtet.

Dem Jungen gefallen die Anfänge der Geschichten, immer die gleichen Worte. Seine Lieblingsgeschichte aber beginnt ganz anders: *Vor vielen Jahren, in einer weit entfernten Galaxie …* Er dreht sich zu seinem Vater um und will gerade *Schau mal* sagen, doch er schweigt. Papa hat sowieso keine Zeit, ihm zuzuhören, er muss einen Termin ausmachen. Deshalb liest er weiter. Er steht bereits so lange auf den Fußspitzen, dass er fast umfällt, mit Mühe kann er sich in letzter Minute abfangen.

»Nic, hast du was gesagt?«

Der Mann bückt sich, um den Briefkasten aufzuschließen. Es ist mühsam, weil für ihn der Briefkasten zu weit unten ist. Und jetzt klemmt zu allem Überfluss der Schlüssel.

»Nein.« Die Stimme des Jungen scheint aus einer fernen Galaxie zu kommen.

»Gehen wir. Was treibst du da eigentlich?«

»Ich lese.«

»Einen dieser komischen Zettel, die seit Kurzem am Schwarzen Brett hängen?«

»Die sind nicht komisch. Das sind Geschichten. So wie die Märchen, der Anfang ist immer gleich.«

Wie bei *Krieg der Sterne*, denkt er, ohne es laut auszusprechen. Sein Vater weiß ohnehin nicht, wie *Krieg der Sterne* anfängt. Der Junge hat gelernt, dass man mit Erwachsenen bloß über Sachen reden sollte, die sie kennen. Weil sie gar nicht genug Zeit haben, sich etwas vorzustellen, das sie nicht kennen, wie etwa die Jedi-Ritter und Darth Vader.

Wenn er allein in seinem Zimmer spielt, ist er immer Darth Vader, der dieses grässliche Atemgeräusch unter seiner Maske macht und die Leute erwürgt. Mit der Hand oder mit der Kraft seiner Gedanken. Ohne Gnade. Er verehrt Darth Vader, da er der Stärkste ist und kein Mitleid kennt. Man weiß immer, was man von ihm zu erwarten hat.

Allerdings ist es erst zwei Jahre her, dass er all diese Figuren und ihre Geschichten kennengelernt hat. Es begann damit, dass er auf dem Heimweg von der Schule ein Filmplakat mit zwei gekreuzten Lichtschwertern in verschiedenen Farben sah und zu Hause seine Mutter fragte, was *Krieg der Sterne* sei. Zwar hatte sie den Film nicht gesehen, ihm aber erklärt, dass es eine berühmte Filmserie mit mehreren Folgen sei und dass sie sich das gerne gelegentlich gemeinsam ansehen könnten.

Seit diesem Tag ist er davon fasziniert. Seine Lieblingsfolgen hat er bestimmt zwanzigmal gesehen, die erste mehr als dreißigmal. Die Geschichten am Schwarzen Brett kommen ihm vor wie ein Hologramm aus *Krieg der Sterne*. Ein Hilferuf von Prinzessin Leia.

Hilf mir, Obi-Wan Kenobi, du bist meine einzige Hoffnung.

Papas Handy piept, er hat eine Nachricht bekommen. Nicola mag das Geräusch nicht, weil es bedeutet, dass sein Vater keine Zeit für ihn hat. Warum klingelt das Handy nie dann, wenn man zur Abwechslung mal ein bisschen Zeit für sich haben möchte? Das Handy ist ein Feind der Kinder, es meldet sich immer im falschen Moment und nie dann, wenn man es braucht. Zur Abwechslung passt es jetzt mal ganz gut, denn er muss nachdenken. Über Obi-Wan.

Du bist meine einzige Hoffnung.

Die Person, die die Geschichten ans Schwarze Brett hängt, muss verzweifelt sein, genau wie Prinzessin Leia. Und es muss sich um eine junge Frau wie sie handeln. Womöglich hat sie ebenfalls so eine merkwürdige Frisur und versucht sich alleine zu verteidigen, selbst wenn sie es ohne Verbündete gar nicht schaffen kann.

Papa streicht ihm über die Haare. Sie sind nass, weil er nie einen Schirm mitnimmt, er mag keine Schirme. Nicola hat sich daran gewöhnt und behauptet nun, dass er auch keine Schirme mag. Tex Willer denkt schließlich genauso.

»Das ist viel besser. Endlich siehst du wie ein richtiger Junge aus.«

Er fragt sich, wo seine abgeschnittenen Haare wohl sein mögen. Vor Kurzem waren sie noch auf seinem Kopf, mit seinen Gedanken verbunden, alle zusammen spielten sie Darth Vader, obwohl man sie unter der Maske nicht sehen konnte. Jetzt weiß er nicht einmal, wo sie sind. Vielleicht wird er sie eines Tages in einem Gully entdecken, oder es regnet so stark, dass sie wieder hochgespült werden und im

Rinnstein schwimmen wie von den Bäumen gefallene Blätter. Dann könnte er sie in die Hand nehmen und sagen: *Ich bin euer Vater,* natürlich mit der Stimme von Darth Vader. Möglich sogar, dass sich seine Haare ohne Darth Vader, Tex Willer und die Minions, die so dumm sind, dass man über sie lachen muss, langweilen.

»Wo willst du hin?«

Sein Vater hat den Knopf für den Aufzug gedrückt, und Nicola hört ihn schon kommen, doch er ist sicher, dass die Zeit noch reicht. Blitzschnell rennt er zum Schwarzen Brett zurück, zieht ein Bündel Aufkleber aus der Tasche und klebt einen davon unter die neueste Geschichte, die er gerade gelesen hat.

Dabei murmelt er: »Entschuldige, Obi-Wan, ich muss Prinzessin Leia irgendeine Antwort geben. Es gibt neue Hoffnung.«

Obi-Wan hätte niemals einen Minion als Nachricht hinterlassen und würde sich darüber vermutlich ärgern, nur hat er gerade nichts anderes zur Hand.

»Niiiic!«

Der Mann hat noch nicht alle iiis ausgesprochen, die sich dehnen wie eine Regenjacke im Wind, wenn man an der Kapuze zieht, als der Junge neben ihm im Aufzug steht und ihn anlächelt. Er drückt auf den Knopf mit der Drei.

»Was essen wir?«

»Wir bestellen uns etwas, ich habe vergessen einzukaufen.«

»Ein dreifingerdickes Steak mit einem Haufen Pommes!«

Sein Vater lacht. Er kennt diesen Spruch und weiß genau, dass er sich auf Tex Willers Lieblingsessen bezieht.

»Willst du ein Bonbon, Papa? Ich habe noch zwei. Das gelbe oder lieber das grüne? Ananas oder Apfel?«

Er versucht die Bonbons, die in der Hosentasche festkleben, vom Stoff zu lösen und lässt seinem Vater die Wahl, der sich für das grüne entscheidet.

»Ach du liebe Güte, die sind ja höllisch scharf!«, ruft er aus. »Bist du sicher, dass die kein Loch in den Magen brennen?«

Der Junge lacht. Er stellt sich vor, sie seien in Texas und er würde ein gelbes Hemd tragen. Als er klein war, wollte er unbedingt so eins haben, leider hat Mama keins gefunden. Genauso wenig Cowboystiefel, die wie die von Tex aussahen und mit denen er damals in der Schule angeben wollte. Heute nicht mehr. Inzwischen würde er niemals als Cowboy verkleidet in die Schule gehen, höchstens durch die Stadt schlendern. Und die Stiefel im Haus tragen.

Er steckt sich das gelbe Bonbon in den Mund. Als er merkt, dass das nicht wirklich zu Tex Willer passt, fühlt er sich verpflichtet zu ergänzen: »Und wir müssen die Pferde wechseln, Amigo!«

Lächelnd schließt der Mann die Wohnungstür auf.

»Yippiieee!«, schreit der Junge und rennt so schnell in sein Zimmer, dass man die Staubwolke hinter ihm zu sehen glaubt, die von dem trockenen texanischen Boden aufsteigt.

»Papaaaaaa!«

Nicht lange, und er kommt wieder zurückgerast, presst eine Hand auf den Mund und fuchtelt mit der anderen hektisch herum.

»Nic, ich verstehe kein Wort. Nimm die Hand vom Mund, du blutest ja.«

Sein Sohn nickt und deutet mit der linken Hand auf die linke Wange, greift dann mit der rechten in den Mund und hält sie gleich darauf seinem Vater hin.

»Ich habe einen Zahn verloren! Als ich auf das Bonbon gebissen habe, ist er rausgefallen!«

Während er sich ins Bad bringt lässt, damit er sich säubern kann, betrachtet er seine blutige Hand und tut, als wäre er wie sein Held von einer Kugel getroffen worden. Dramatisch lässt er sich zu Boden sinken und hält sich mit schmerzverzerrtem Gesicht den Bauch.

Sein Papa spielt mit und reicht ihm ein Glas Wasser. »Hier, ein ordentlicher Whisky, damit du bald wieder zu Kräften kommst.«

»Kann ich den Zahn mit zu Großmama nehmen und ihn dort unter das Kopfkissen legen?«, erkundigt er sich und verlässt Texas, um in eine andere Welt einzutauchen.

Mittwoch ist sein Lieblingstag, da schläft er bei seiner Großmutter. Meistens gibt es Gnocchi und Schokoladenpudding zum Nachtisch. Wenn er früh dort ist, macht er in der Küche Hausaufgaben und beobachtet sie dabei, wie sie den Pudding aus der Form auf einen Teller stürzt.

Sobald sie die Küche verlassen hat, um Wäsche aufzuhängen oder die Blumen zu gießen, steht er auf, beugt sich ganz weit zum Boden und überlegt. Für sein Gehirn wäre es bestimmt nicht gut, auf den Kopf gestellt zu werden. Wieso ist es dann für den Pudding wichtig, andersherum auf einen Teller gestürzt zu werden? Er weiß es nicht. Und mit dem Kopf nach unten fallen einem sowieso keine komplizierten Dinge ein.

»Kann ich Großmama anrufen? Ohne dass du zuhörst?«

»Willst du ihr von deinem Zahn erzählen?«

Nicola zögert. Er will ihr eher von der schlimmen Schussverletzung erzählen und dem vielen Blut, das er verloren hat, und vor allem will er sie heimlich etwas fragen, das sein Vater nicht hören soll.

»Darf ich ihn nun morgen mitnehmen?«

»Ja. Ich lege ihn beiseite, damit die Zahnfee ihn nicht vorher findet.«

»Papa?«

Der ist gerade dabei, den Raum zu verlassen, hat einen Fuß bereits im Flur. Vorher hat er noch schnell die Nummer seiner Mutter gewählt und dem Jungen das Telefon in die Hand gedrückt.

»Hier liegen zu viele Plüschtiere herum, Nic. Du musst dich von einigen trennen. Was wolltest du sagen?«

»Nichts.«

Er redet nicht gerne mit Menschen, denen er nicht ins Gesicht sehen kann. Erst recht nicht mit seinem Vater, wenn der schon wieder in Gedanken einen Teil seiner Spielsachen aussortiert. Gestern hat er angekündigt, die Plüschtiere müssten weg, ein Zehnjähriger brauche so etwas nicht mehr. Woraufhin der Junge ihn entsetzt ansah und kaum antworten konnte.

Jetzt denkt er, dass Papa mal den Kopf nach unten halten sollte, damit seine schlechten Gedanken herausstürzen würden wie der Pudding aus der Form.

Wenngleich er inzwischen groß ist, hängt Nicola an seinen Stofftieren. Abends, wenn er noch nicht schlafen möchte, stellt er sie um sich herum auf und spielt mit ihnen. Sie sind seine Wächter und achten darauf, dass ihm nichts passiert. Deshalb muss er keine Angst im Dunkeln haben, er weiß schließlich, dass sie bei ihm sind und am nächsten Morgen noch bei ihm sein werden.

»Ciao, Nonna. Ich möchte dich was fragen. Kann ich morgen Stofftiere mitbringen und sie bei dir lassen? Ach ja, ich habe einen weiteren Zahn verloren. Links unten, neben dem von letzter Woche. Wenn das so weitergeht, habe ich bald keine Zähne mehr.«

Nicola lacht, weil er sich fragt, wie zum Teufel man ein dickes Steak und Pommes ohne Zähne essen soll. Er schaut in den Flur. Aus dem Wohnzimmer hört er den Fernseher, er möchte sichergehen, dass sein Vater ihn nicht belauscht. Wahrscheinlich hebt er gerade nebenbei ein paar Gewichte, das macht er gerne.

»Bist du noch da? Meinst du, dass ich mir bei der Zahnfee etwas für Papa statt für mich wünschen kann? Er ist immer so müde, daran bin ich schuld. Bestimmt braucht er eine Pause, um sich von mir zu erholen. Ich habe ihn gebeten, den Zahn zu verstecken, damit die Fee ihn nicht findet.« Er hält inne, dann legt er die Hand über den Hörer und flüstert: »Morgen Abend, wenn ich bei dir bin, schiebe ich ihn unter das Kopfkissen, dann kann ich mir etwas wünschen, ohne dass er es mitbekommt. Es muss eine Überraschung sein. Ein Geburtstagsgeschenk. Meinst du, die Zahnfee kann da was machen?«

Die Großmutter antwortet, sie halte die Fee für vernünftig genug, um zumindest über den Vorschlag nachzudenken. Dann fällt dem Jungen ein, dass er zusätzlich ein Plüschtier um Hilfe bitten könnte, zum Beispiel den Igel. Den wollte sein Vater ihm eigentlich gar nicht kaufen, er musste erst lange betteln, bis er sich erweichen ließ und ihm diesen sehnlichen Wunsch erfüllte. Warum versteht Papa einfach nicht, dass man die Anzahl von Stofftieren genauso wenig begrenzen darf wie die von Freunden?

»Weißt du, Nonna, ich hätte gerne die Superkraft, damit mir ganz schnell Zähne nachwachsen. Dann könnte ich sie mir abends alle rausreißen, unter das Kopfkissen legen und mir etwas wünschen. Und über Nacht würden sie sich in Goldstücke verwandeln. Dann müsste Papa nicht mehr arbeiten gehen.«

In diesem Moment klingelt es an der Wohnungstür, und er wird aus seinen Wunschträumen zurück in die Realität geworfen. Er weiß genau, wer draußen steht.

Der Junge legt so schnell auf, dass seine Großmutter sich kaum verabschieden kann, geht auf den Flur und beobachtet missmutig, wie sein Vater dem Eindringling die Jacke abnimmt.

Natürlich, mach ruhig das Licht an, tu so, als wärst du hier zu Hause, denkt er und schluckt die Worte hinunter, bevor sie ihm versehentlich über die Lippen kommen. Am liebsten würde er jetzt die Zähne putzen, den Pyjama anziehen und sich ins Bett legen. Ohne etwas zu essen. Leider hat er, ehrlich gesagt, Hunger.

Wer weiß, wie lange das dauert, schimpft er in sich hinein. *Erst müssen sie sich begrüßen und sich alles Mögliche erzählen. Und wenn ich zu Papa sage, dass er sich beeilen soll, weil ich Hunger habe, dann hört er mir nicht zu. Ich könnte genauso gut mit der Wand sprechen.*

Sprechblasen mit Totenköpfen, Ausrufezeichen, Fragezeichen und mit fetten schwarzen Blitzen dringen aus seinem Kopf. Er ist stinksauer. Ewig ist der Eindringling da. Das war's wohl mit Tex Willer im Bett. Er muss ohne Vorlesen einschlafen, mit eingeschaltetem Nachtlicht, weil er, wenn sie da ist, mehr Angst im Dunkeln hat als sonst. Sie will ihm seinen Vater wegnehmen. Nicola verharrt kurz auf der Türschwelle zum Wohnzimmer, atmet tief ein und aus und stapft entschlossen hinein.

»Weißt du, Papa, wie toll es wäre, Gedankenlesen als Superkraft zu haben? Jetzt zum Beispiel würde ich gerne wissen, was du gerade denkst.«

»Was meinst du damit genau, Nic?«, erkundigt der Mann sich, während der Eindringling an ihm klebt und blöde lacht.

»Ich wüsste zu gerne, wann es endlich etwas zu essen gibt – ich habe Hunger.«

»Bin ich etwa dein Diener? Was ist mit deinen Hausaufgaben, sind die fertig?«

»Ja, sind sie, und du sollst sie kontrollieren. Bei ein paar Aufgaben bin ich mir nicht sicher.«

»Soll ich sie mir anschauen?«, bietet die Besucherin an.

Warum redet sie so, als wären wir Freunde?, schießt es ihm durch den Kopf.

»Nein«, erklärt er laut und fügt in Gedanken hinzu: *Wir sind keine Freunde. Du bist ein Eindringling und willst mir meinen Papa wegnehmen.*

Nicola will nicht, dass sie sich einmischt. Sie müsste eigentlich merken, dass er immer die Tür zwischen ihnen zu schließen versucht, um sie draußen zu halten, wenn er mit seinem Vater reden will. Genauso wie sie und er es mit ihm machen, wenn sie sich im Schlafzimmer einschließen und zu ihm sagen, dass er sie nicht stören soll. Er findet das unfair. Immerhin ist das hier sein Zuhause und nicht ihres. Doch auch das kann er nicht laut sagen.

Er wendet sich ab, um in sein Zimmer zurückzugehen.

»Nic, Beatrice hat dich freundlich etwas gefragt«, ruft ihm sein Vater hinterher, »deshalb kann sie eine höfliche Antwort erwarten. Und falls du so hungrig bist, dass du sofort etwas essen musst, habe ich keine Zeit, deine Aufgaben zu kontrollieren.«

Der Junge hat sich auf sein Bett gesetzt, einen Lieblingsband von Tex Willer in der Hand, und fühlt sich in einer grünen Hölle gefangen wie sein Held.

»Nein, danke.«

Er wirft die zwei Worte in die Luft wie eine Frisbeescheibe und wünscht sich, dass sie ihr an den Kopf knallt und sie eine Weile still ist. Er hofft sogar, dass sie Papa ebenfalls trifft und sie beide still sind. Ob sie vielleicht darüber lachen und sich tief in die Augen schauen? Wenn er sie gelegentlich dabei überrascht, hat er das Gefühl, dass Rauch aus seinem Kopf quillt und zur Decke steigt. Womöglich kann der Rauch sogar die Decke durchdringen und die im Stockwerk darüber und so weiter, bis er sich am Ende im Himmel verliert. Wer weiß, ob man den Rauch aus seinem Kopf nicht noch in anderen Galaxien sehen kann.

Warum sieht Papa die Rauchzeichen nicht?

Ihm kommt die Szene in den Sinn, in der Darth Vader zu Luke Skywalker sagt, dass er sein Vater sei. Woraufhin Luke fragt: *Warum hast du mir das nicht früher gesagt?*

Als er den Film das letzte Mal gesehen hat, ist ihm klar geworden, was Luke in dieser Szene fühlt. Er ist enttäuscht, denn er hat Obi-Wan Kenobi vertraut. Nicola würde gerne verschwinden können, genau wie in *Krieg der Sterne*. Das wäre eine Superkraft.

Bereit für den Sprung in den Hyperraum.

Zum Glück ist morgen Sport, und dann geht er zu Mama.

Emilias blaues Sofa

Das erste Mal, dass mir das Blau aufgefallen ist, war bei meiner Großmutter. Ich übernachtete gerne auf ihrem Sofa. Einem Schlafsofa oder einem Sofa zum Schlafen. Mir haben immer Dinge gefallen, die mehrere Funktionen haben.

Meine Großmutter war eine schöne Frau und eine gute Verkäuferin. Sie war überzeugend und hatte vor allem ein Lächeln, bei dem man vergaß, das Geld zu zählen, das in ihre Tasche wanderte. Ich weiß es, weil ich ihr ab und zu geholfen habe.

Sie arbeitete im Bahnhofskiosk, und wenn ich nach der Schule zu ihr ging, durfte ich mir einen Kaugummi nehmen und Comics lesen, musste allerdings versprechen, beim Umblättern vorsichtig zu sein und die Seiten nicht zu zerknicken. Und wenn ich keine Lust mehr zum Lesen hatte, durfte ich ihr helfen. Sie holte dann die kleine hölzerne Trittleiter, damit ich die Kunden vor dem Verkaufstresen besser sehen konnte. Und sie mich. Dennoch war es schwierig, über die Zeitschriftenstapel hinweg das

Geld entgegenzunehmen, mit dem die Leute ihre Zigaretten oder ihre Lotterielose bezahlten. Meine Arme waren nicht lang genug, aber die Kunden waren vom Lächeln meiner Großmutter so abgelenkt, dass es ihnen gar nicht auffiel. Das Geld wanderte von ihren Taschen zuerst in meine Hände, dann in die meiner Großmutter und schließlich in die Kasse.

Außerdem ist mir in Erinnerung geblieben, dass sie immer rot lackierte Fingernägel hatte und neben dem Ehering einen schmalen Reif mit einem blauen Stein trug. Einem Talisman, der wie Sandsäcke bei Überschwemmungen als Schutzwall gegen allerlei Ungemach wirken sollte. Meine Großmutter liebte alles, was blau war, und deshalb besaß sie ein blaues Schlafsofa.

Wenn ich bei ihr übernachtete, erzählte sie mir, wie sie als junge Frau durch die Berge gewandert war. Ich lag unter der warmen Decke auf dem Sofa und hörte andächtig ihren Geschichten zu. Wie sie damals von zu Hause wegging, eine neue Sprache lernte und niemals zurückkehren wollte. Doch sie kam zurück. Ihre Mutter hatte ihr geschrieben, wie sehr sie sie vermisse, und ihr fehlte der Mut, ihr diesen Wunsch auszuschlagen. Danach heiratete sie meinen Großvater. Ihre Mutter hatte ihn ausgesucht. Zu ihrem Schutz. Ich habe heute noch ihr Hochzeitsfoto an meinem Kühlschrank kleben. Es zeigt Großvaters typisches Lächeln, wenn er auf etwas stolz war. Und an diesem Tag war er stolz, immerhin heiratete er das schönste Mädchen des ganzen Dorfes.

Dass sie nichts als ihre Armut mit in die Ehe brachte, störte ihn nicht. Ihr Lächeln machte das mehr als wett. Und es war unbezahlbar. Die Männer, die bereitwillig ihren Lohn bei ihr ausgaben, glaubten wahrscheinlich, sie würde ihretwegen lächeln, wegen einer witzigen Bemerkung oder wegen eines Kompliments, das sie ihr gemacht hatten. Und mein Großvater dachte das Gleiche und war immer eifersüchtig. Vor allem auf ihre Träume, in denen kein Platz für ihn war.

Tagsüber können Menschen so tun, als wäre alles in Ordnung, aber wenn die Lichter ausgehen, bringen die Träume die Wahrheit ans Licht. Da ist kein Platz für andere. Und so beschloss Großmutter irgendwann, alleine zu schlafen, und kaufte das blaue Sofa. Ihre Träume beanspruchten Platz, brauchten ein Stück Himmel, um zu überleben.

In ihrem Zimmer gab es viele Schlupfwinkel, wo sich die Träume verstecken konnten, und wenn sie die Tür hinter sich zumachte, holte sie sie wieder heraus. Das Sofa stand in einer Ecke. Ecken sind gute Zufluchtsorte, das hat mir Großmutter beigebracht. Und sie hat mir gezeigt, wie man kaputte Dinge repariert. Eines Morgens rutschte ihr die Kaffeetasse aus der Hand und fiel zu Boden, zersprang in viele Stücke. Ich aß gerade ein Marmeladenbrot und meinte betroffen: »Oh!«

Sie hob die Scherben auf und sagte: »Das bringen wir später wieder in Ordnung.«

Sie hatte immer Klebstoff im Haus. Ich glaube, dass sie das Reparieren lernte, als sie ihrer Mutter nachgab und sich bereit erklärte, aus der Fremde nach Hause zurückzukehren. Damals muss etwas in ihr zerbrochen sein. Und auch diese Bruchstellen hat sie kitten können. Als ich das letzte Mal bei ihr übernachtete, sagte sie zu mir: »Es gibt Menschen, die Dinge kaputt machen, und es gibt Menschen, die sie wieder in Ordnung bringen. Du musst dich entscheiden, Emilia, zu welcher Gruppe du gehören willst.«

Ich denke, dass Großmutter mit meiner Entscheidung zufrieden wäre, wenn sie es noch miterlebt hätte.

7.
Gelb

Emilia sitzt auf dem Boden. Von einer Wand zur anderen hat sie eine Schnur gespannt, die genau über ihrem Kopf einen Dreißig-Grad-Winkel bildet. Schon immer liebte sie es, Winkel mittels eines Seils zu messen, wie es Forscher machen. Durch den Winkel entsteht eine Ecke, in der sich Träume verstecken können. Niemand käme auf die Idee, dort nach Träumen zu suchen. Und genau aus diesem Grund verbergen sie sich dort, kauern sich in einer Ecke zusammen oder hängen kopfüber wie Fledermäuse von der Decke.

Sie hat sich im Schneidersitz niedergelassen, vor ihr eine aufgeschlagene Tageszeitung, und beugt sich über die Seite mit den Stellenanzeigen. Den Kopf hat sie in die linke Hand gestützt, in der rechten hält sie einen gelben Marker. Ein paar gelbe Kreise gibt es bereits auf der schwarz-weißen Zeitung.

Ihr Blick wandert zu einem weißen Blatt Papier, das an der Schnur festgeklammert ist. Darauf steht: *Man muss die Freude aus der Zukunft reißen*. Diesen Satz aus einem Gedicht von Wladimir Majakowski hat sie in ihrem Herzen versteckt. Daneben sind gelbe und grüne Blätter befestigt, die von der durch das Fenster fallenden Herbstsonne beschienen werden. Sie hängen seit einigen Tagen dort und gewöhnen sich langsam an die neue Umgebung. Emilia ist sicher, dass es sich um Blätter des *Platanus hybrida* handelt, sie hat sie unter einem mächtigen Baum gesammelt, an dessen Stamm eine Plakette mit diesem Namen angebracht war. Immer wenn sie dort ist, legt sie ihre rechte Hand auf die Rinde und begrüßt den Baum. Sie weiß nicht genau, ob er ihre Geste versteht, geht jedoch davon aus, dass ihm die Berührung guttut, schließlich hat selbst ein Baum Gefühle.

»Hallo, Platane.«

Wenn niemand in der Nähe ist, sagt sie das laut, sonst flüstert sie. Am liebsten geht sie morgens ganz früh in den Park, weil zu dieser Zeit kaum jemand unterwegs ist und sie ungestört mit den Bäumen sprechen kann.

Emilia sammelt gerne Blätter, die von den Zweigen gefallen sind. Es kommt ihr vor, als würde sie den Schluss einer vorgezeichneten Geschichte neu schreiben. Sie gibt den Blättern eine zweite Chance, und im Gegenzug erwartet sie, dass sie die Verstecke bewachen, in denen sich ihre Träume verbergen.

»Und du? Was machst du, um der Zukunft die Freude zu entreißen? Wie löst du das Problem?«

Schnurr.

Emilia reibt ihre Nase über Lùs Rücken, die ihren Schwanz daraufhin steil wie eine Antenne in die Luft reckt.

»Was machst du da? Suchst du mit deinem Schwanz das Glück?«

Schnurr.

»Ich weiß, was du willst. Du willst die Freude aus der Gegenwart reißen. Sofort. Und du hast recht.«

Miau.

Leo verlangt desgleichen nach Aufmerksamkeit. Emilia hat das Gefühl, als würde er den Sinn ihrer Worte verstehen und darauf antworten. Er miaut nämlich in verschiedenen Tonlagen, mal länger, mal kürzer, mal lauter, mal leiser. Es ist wie ein Alphabet der Liebe für sie beide. Ihre Katzen haben ihre eigene Sprache. Allerdings reden sie ausschließlich mit ihr. Jede für sich. Nie kommunizieren sie zu dritt, obwohl Emilia es wiederholt versucht hat.

Sie nimmt die Dose mit den Makrelen aus dem Küchenregal, öffnet sie, verteilt den Inhalt auf die beiden Futternäpfe, stellt sie auf den Boden und setzt sich auf einen der beiden Stühle am Tisch.

»Möchtet ihr Mayonnaise dazu?«

Sie holt die Tube aus dem Kühlschrank und gibt einen Kleks auf beide Näpfe.

»Mhm, ihr nutzlosen Flohträger, ihr wisst nicht einmal, was das ist! Für mich ist Mayonnaise etwas Besonderes, für das es sich zu leben lohnt. Ich hätte zu gerne mit Majakowski Makrelen mit Mayonnaise gegessen und dazu Wodka getrunken.« Sie kehrt auf ihren Platz am Tisch zurück. »Die Mayonnaise könnte farblich passen. Sie ist gelb, ein blasses, fast schüchternes Gelb. Vielleicht ein wenig müde. Was meint ihr?«

Bei Gelb muss sie an die Geschichte denken, die sie gestern ans Schwarze Brett gepinnt hat. Inzwischen hat sie sie wieder abgenommen und an der Schnur neben den Platanenblättern festgeklammert. Das macht sie mit ihren Geschichten immer so, jeden Abend, bevor sie schlafen geht. Meist kurz vor elf. Sie hat mehrere Zeiten ausprobiert und herausgefunden, dass gegen elf ganz selten jemand kommt oder geht. Was würde sie tun, wenn irgendwer sie dabei beobachtet, wie sie den Zettel vom Schwarzen Brett abnimmt? Besser nicht daran denken.

Heute Morgen bin ich aufgewacht und habe entschieden, dass mein Tag gelb sein soll. Wahrscheinlich weil mir im Schrank ein gelb-weiß gestreiftes T-Shirt untergekommen ist. Das habe ich irgendwann an einem Tag gekauft, an dem es die Sonnenstrahlen nicht schafften, den Nebel in meinem Kopf zu vertreiben. Es hat mir sehr geholfen. Ein bisschen Sonne allein für mich.
Gelb erinnert mich an meine Kindheit, an die Nachmittage, wenn man die Regeln der Erwachsenen nicht einhielt. Und an die Schwimmflossen, mit denen man ins Wasser ging, und an das Gesicht, das sie machten, wenn sie wieder in den Schrank zurückgelegt wurden. Man vertröstete sie auf das nächste Jahr, aber sie gaben zu bedenken, dass niemand wisse, was nächstes Jahr sein werde. Nicht mal nächsten Monat oder nächste Woche.
Das Sommergelb ist eine Plaudertasche, das Herbstgelb nicht. Die verfärbten Blätter, die ich zwischen Buchseiten trockne, sind ganz still und hören einfach zu. Sie sind Teil einer Geschichte außerhalb der Zeit geworden. Ohne Schluss. Ihr sagt vielleicht, dass es keine Geschichten ohne Schluss gibt, doch es ist schön, daran zu glauben.

Diese Geschichte hängt also jetzt neben Majakowski. Niemand kann ohne einen Hauch Gelb leben, ohne ein bisschen Sonne allein für sich selbst. Es erinnert sie an Eigelb mit

Zucker. Wenn man es verquirlt, wird das Gelb ganz hell und klar, fast so weiß wie Schnee.

Emilia mag Gelb. Das kraftvoll-verwegene der Sonnenblumen ebenso wie das tiefe, bräunliche Gelb des Apfelkuchens mit den alten, runzligen Früchten. Und sie mag das Gelb der Zitronen, deren Saft sie über den Salat tröpfelt, wenn es warm ist, oder über den Brokkoli, wenn es kalt ist. Zitronengelb hat nichts Geheimnisvolles, darum passt es so gut zu Grün und zu jeder Jahreszeit. Nicht umsonst leiht der Sommer dem Winter die Zitronen, ohne dafür eine Gegenleistung zu erwarten.

Und dann gibt es noch das Gelb der Minions, das die Stille im Haus durchbrochen hat wie ein Küken, das aus dem Ei schlüpft. Nachdem jemand den Minion auf die Nachricht am Schwarzen Brett geklebt hat, haben die anderen Mitbewohner Vermutungen angestellt. Gina ist nach wie vor sicher, dass es ein Kind gewesen ist. Sie haben sich darüber unterhalten, als sie erneut bei ihr zum Kaffeetrinken im vierten Stock war. Emilia geht noch einen Schritt weiter. Sie ist fest davon überzeugt, dass es der Junge ist, den sie im Waschsalon getroffen hat und der Geschichten mag.

Andere sind weniger begeistert.

Ich hasse Gelb, hat jemand auf den Zettel geschrieben, den sie gestern aufgehängt hat. Auf den mit der Geschichte über die Farbe Gelb. Einfach so. Emilia wüsste gerne, warum, und überlegt, ob sie diese Frage vielleicht ergänzend auf den Zettel schreiben sollte, um die Farbe Gelb und sich selbst zu verteidigen. Andererseits fürchtet sie, beobachtet zu werden, schließlich ist sie froh, dass niemand weiß, wer diese morgendlichen Zettel schreibt. Doch warum dieser

Hass auf Gelb? Warum dieses starke Wort? Das würde sie ebenfalls gerne fragen, aber ihr fehlt der Mut. Dazu müsste sie schon mehrere von Alice' Mutkeksen essen und eine Riesin werden.

Sei zufrieden mit dem, was du hast. Diese sieben Wörter hat wieder ein anderer mit kaum leserlicher Schrift auf den Zettel gekritzelt.

Emilia zuckt mit den Schultern. Um dem Gelb ins Gesicht zu sehen, darf man nicht zufrieden sein. Gelb ist kein gutes Versteck für Ungewissheit und offene Rechnungen. Wobei es nicht so ist, dass sie keine hätte oder sie nicht gerne begleichen würde.

Wenn sie an Rechnungen denkt, fällt ihr prompt ein, dass sie dringend einen Job braucht. Mittlerweile war der junge Mann da und hat Lisas Sofa abgeholt. Das bisschen Geld ist ein Tropfen auf den heißen Stein gewesen, auf ihrem Bankkonto herrscht gähnende Leere. Zwei Vorstellungsgespräche, die sie hatte, sind nicht gut gelaufen.

Sicherlich sind Sie qualifiziert, nur haben wir uns etwas anderes vorgestellt.

Und wie, bitte, sehen Ihre Vorstellungen aus?, hätte sie gerne nachgehakt, sofern sie den Mut aufgebracht hätte.

Warum schafft sie es nicht, so zu sein, wie die Leute es erwarten? Sie muss ja nicht unbedingt den Weg fortsetzen, den sie bis jetzt gegangen ist. Lieber würde sie eine andere Geschichte über ihr Leben erzählen können als die, die in ihrem Lebenslauf steht.

Allerdings hat ihr die Arbeit in der kleinen Firma, in der sie nach dem abgebrochenen Studium einen Job fand, durchaus gefallen, da ihr genug Zeit für die Dinge blieb, die ihr Spaß machten und die sie mit offenen Augen träumen ließen. Sie verdiente genug zum Leben, um hin und wieder ins Kino zu gehen und um sich Bücher zu kaufen, die sie nicht in der Bibliothek fand.

Emilia liebt Bücher. Der Bibliotheksausweis ist ihr fast genauso wichtig wie die Fahrkarte für die öffentlichen Verkehrsmittel, und die Stadtbibliothek ist für sie eine Art Zufluchtsort. Sie mag es, die Namen und Daten derer zu lesen, die die Bücher vor ihr ausgeliehen haben. Wobei das alles nichts an der Verletzung zu ändern vermag, die wie ein Stachel in ihrem Fleisch sitzt und deren Grund sie einfach nicht versteht. *Wir haben uns jemand anderen vorgestellt.* Heute ist sie wieder einmal weinend aufgewacht wegen dieses Satzes, diesmal sogar im gelben Zimmer.

Weil Emilia keine gute Orientierung hat und jede neue Umgebung ihr Angst macht, hat sie eine Karte von Lisas Wohnung gezeichnet, den Zimmern bestimmte Farben zugeordnet und einen Zettel an jede Tür gehängt. Abend für Abend sucht sie das Zimmer aus, dessen Farbe am meisten ihrer aktuellen Gemütsverfassung entspricht, und jeden Morgen macht sie einen Vermerk auf dem Zettel an der Tür, wie sie geschlafen hat. So kann sie ihre Stimmungen nachverfolgen. Die Farbe Gelb bedeutet, dass man sich wohlfühlt und bereit ist, sich anderen zu öffnen.

Das hat Emilia irgendwo gelesen und verinnerlicht. Dass sie trotzdem im gelben Zimmer geweint hat, irritiert sie. Da sie kein Mensch ist, der sich anderen anvertraut, grübelt sie ständig herum und hat zu nichts Lust. Nicht mal zum Aufstehen oder zum Kaffeekochen. Unglücklich starrt sie an die

Decke und muss sich zwingen, die Schnur samt den festgeklammerten Blättern nicht abzureißen und alles wegzuwerfen. Es gibt sowieso nichts zu beschützen, denkt sie. Keine Träume, keinen leeren Raum, der sich mit Geschichten und zukünftigen Abenteuern füllt, und keine Versprechen, die es zu halten gibt.

Sie überlegt, ob sie sich geirrt hat.

Dann schaut sie zu Lù und Leo. Wenn sie weint, hören die beiden auf zu zanken und liegen still auf der Matratze, sehen sie mit ernsten Blicken fast anklagend an, als wollten sie ihr einen Vorwurf machen. Automatisch weicht Emilia ein Stück zurück, damit der Abgrund vor ihr sich ein wenig entfernt. Zwar weiß sie, dass er nach wie vor da ist, ganz tief und schwarz, ein Schwarz, in dem man sich verstecken kann, doch dann rückt sie so lange zurück, bis der Abgrund außer Sicht ist. Wenn sie das Schwarz nicht mehr sieht, dann sieht das Schwarz sie ebenfalls nicht mehr und kann sie nicht einsaugen. Es ist wie bei einem Magnet: Je weiter man davon entfernt ist, desto geringer wird seine Anziehungskraft.

Um dem Schwarz wirklich zu entkommen, geht Emilia nach draußen. Oder wenn es zu spät zum Rausgehen ist, läuft sie durch die Wohnung. Sie läuft gerne. Selbst wenn man die falsche Richtung einschlägt, kann man stehen bleiben, sich umsehen, zurückgehen, nach rechts oder links abbiegen, ohne groß aufzufallen. Sitzt man hingegen am Steuer eines Autos oder nimmt das Fahrrad, musst man hellwach sein. Man kann nicht einfach mitten auf der Straße anhalten und prüfen, ob man sich auf dem richtigen Weg befindet, sondern muss weiterfahren.

Wegen ihres fehlenden Orientierungssinns verläuft Emilia sich oft. Das war nie anders. Selbst in einer Gegend, die sie gut kannte wie die Umgebung der Uni, brachte sie es fertig, sich zu verirren. Sie verwechselte die Gebäude oder fand den Raum nicht, im dem die nächste Vorlesung stattfand. Und nach wie vor passiert es ihr hin und wieder, dass sie mit der U-Bahn in die falsche Richtung fährt. Manchmal ist sie verzweifelt und würde am liebsten in Tränen ausbrechen, manchmal lacht sie über sich selbst. Die einen bekommen den Orientierungssinn bei der Geburt mit wie einen goldenen Armreif, der dem Neugeborenen Glück bringen soll, die anderen nicht.

Ihre Eltern wussten nichts von solchen Glücksbringern.

Emilia geht in das Zimmer mit dem Wandschrank, in dem sie ihre Kleidung verstaut hat, wobei viele Kleider draußen hängen, um ihre Fantasie anzuregen. Das türkisfarbene Kleid zum Beispiel, das sie extra für ein Fest gekauft hat, zieht sie bei kälterem Wetter gerne mal mit Strumpfhosen und Wollpullovern an. Man weiß nie, was dabei herauskommt, wenn man Dinge miteinander kombiniert, die eigentlich nicht zusammengehören. Dann gibt es noch ein schwarzes Kleid mit weißen Punkten, das man vorne mit zwei Haken und Ösen schließt. Emilia mag es, weil es an eine Schürze erinnert, die sie als Schülerin getragen hat. Und besonders zum Träumen bringt sie ein rosa Tüllrock, der in vorderster Reihe hängt.

Emilia beschließt, in das nahe gelegene Schreibwarengeschäft zu gehen und neues Papier zu kaufen. Rasch zieht sie ihren Regenmantel an und verlässt den Raum mit dem

Wandschrank. Auf der Tür, die sie hinter sich schließt, steht: *Blaues Zimmer.*

Sie greift nach dem Blatt mit der heutigen Geschichte, um sie im Hauseingang aufzuhängen. Im Flur ist zum Glück alles still. Mühsam zieht sie eine Reißzwecke aus dem Schwarzen Brett und befestigt ihre neue Geschichte ganz oben in der Mitte. Sie fragt sich, was Gina wohl denken wird, wenn sie sie liest. Irgendwann wird sie der netten alten Dame ihr Geheimnis offenbaren, beschließt sie. Vielleicht muss sie vorher an dem Mutkeks knabbern, den sie in der Tasche hat, oder sogar ein großes Stück davon abbeißen. Ein letztes Mal betrachtet sie das Blatt Papier, atmet tief durch, dreht sich um, öffnet die Haustür und geht hinaus.

Heute Morgen bin ich aufgewacht, habe auf die Uhr geschaut und über die Macht der Gewohnheit nachgedacht. Die Macht einer immer wiederkehrenden Verhaltensweise, durch die man etwas schafft, was sonst zu groß oder zu anstrengend wäre. Aller Anfang ist schwer, besonders wenn es zur Routine werden und geordnet ablaufen soll. Unordnung und Improvisation sind der schnellere Weg, geregelte Ordnung währt dafür länger. Jeden Abend um elf Uhr einschlafen und den Wecker auf sechs Uhr stellen. Den einzigen Kaffee des Tages nach dem Aufstehen trinken. Den neuen Tag freudig begrüßen, sobald die Dunkelheit dem Tageslicht weicht und man sich entscheidet, welche Farbe man dem Himmel geben möchte.
In dem Buch, das ich gestern gelesen habe, steht, dass junge Menschen die Macht der Gewohnheit leider unterschätzen und wie gut sie tut. Ich verstehe zwar nicht, was das

mit dem Alter zu tun hat, aber ich habe begriffen, dass die Gewohnheit Platz in unserem Kopf schafft und das Blickfeld weitet. Außerdem habe ich gelernt, bestimmte Routinehandlungen zu schätzen und zu erkennen, dass sie einen vor sich selbst schützen. Und diese Gewissheit hat mich zu einem besseren Menschen gemacht. Wenngleich in winzigen Schritten, doch das ist heutzutage ja bereits was.

Emilia gefällt die Gegend, in der sie wohnt. Hier gibt es alles, was man braucht. Eine Apotheke, einen Supermarkt, einen Bäcker, einen Kurzwarenladen, einen Waschsalon, ein Lampengeschäft sowie ein Eiscafé. Und eben das Schreibwarengeschäft, das früh aufmacht. Ein besonderer Vorteil.

Als sie noch klein war, verstand sie nie, warum ihr Vater seinen Eisenwarenladen schon um acht Uhr öffnete, jetzt hat sie es begriffen. Die Leute müssen möglichst früh am Tag wissen, ob das, was sie brauchen, vorrätig ist – wenn nicht, können sie es woanders versuchen.

Vor dem Schreibwarengeschäft steht der Mann mit der Lakritzschneckenstimme und telefoniert. Er sieht sie nicht, genauso wenig wie damals im Waschsalon, weil er wie üblich ständig das Handy am Ohr hat.

Im Geschäft entdeckt sie den Jungen, der gerade mit dem Verkäufer spricht. Als sie näher kommt, bemerkt er sie und grüßt.

»Hallo.«

Emilia fällt sofort auf, dass er anders aussieht. Die Haare sind kurz geschnitten, sein Vater hat sich offensichtlich durchgesetzt.

»Was kaufst du?«

»Einen Buntstift.«

»Für die Schule?«

»Nein, zum Malen.«

»Kannst du gut malen?«

»Geht so, manchmal wird das Bild nichts. Und du? Was willst du kaufen? Stifte?«

»Nein«, erwidert sie und wendet sich erst mal an den Verkäufer. »Guten Morgen, ich brauche ein Ries weißes Papier, DIN A4.«

Der Junge schaut sie fragend an, sie kann seinen Blick förmlich spüren.

»Weißt du, was ein Ries ist?«

Er schüttelt den Kopf, einmal hin, einmal zurück.

»Das ist ein Paket mit Papier, in dem eine bestimmte Anzahl von Blättern drin ist – wie viel, das weiß ich nicht mehr genau.«

Sie lächelt ihm zu, und er lächelt zurück.

Aus dem Hinterzimmer kommt eine Frau mit einem verschlossenen Päckchen Buntstifte.

»Ich habe sie gefunden, da müsste die Farbe dabei sein, nach der du suchst.«

Emilia zieht den Fünfzigeuroschein aus der Jackentasche, den sie für Lisas Sofa bekommen hat.

»Welche Farbe hast du ausgesucht?«

»Eine meiner Lieblingsfarben.«

»Hör mal, ich weiß gar nicht mehr, wie du heißt.«

Er schaut sie von unten herauf an, noch ist er ein ganzes Stück kleiner als sie.

»Nicola.«

»Ich bin Emilia.«

Sie streckt ihm die Hand entgegen. Als er danach greifen will, fallen die Münzen zu Boden, die er umklammert gehalten hat. Emilia hilft ihm, sie aufzulesen. Seit er einmal einen Zwanzigeuroschein weggeworfen hat, gibt ihm sein Vater ausschließlich Münzen, erzählt er ihr. Damals war er noch jünger und sollte in der Bar um die Ecke Milch kaufen, und als es dort keine gab, hat er den Geldschein zusammen mit einem anderen Papier versehentlich in den Abfalleimer im Hof geworfen. Zu Hause angekommen, fragte sein Vater ihn nach der Milch.

»Es gab keine mehr.«

»Und das Geld?«

Verlegen gestand er sein Missgeschick, woraufhin sein Vater ihm über die Haare strich und nach unten ging, um nach dem Geld zu suchen. Zum Glück fand er es noch, aber Nicola hat sich so sehr geschämt, dass er bis heute keine Scheine mehr mitnehmen will.

Münzen sind ihm sowieso lieber, weil sie ihn an die Schatztruhen der Piraten erinnern und er sich vorstellen kann, er sei einer von ihnen, der inkognito im Hafen von seinem Schiff gegangen ist, um sich schnell einen zyklamfarbenen Stift zu kaufen, mit dem er seine Träume malen will, bevor es wieder hinaus auf hohe See geht. Die glänzenden Goldmünzen, die er dem Verkäufer gegeben hat, sind natürlich Teil seiner Beute, und er achtet sorgfältig darauf, dass der Verkäufer nicht zu viele einbehält. »Kannst du deinem Papa eine Nachricht von mir aushändigen?«, reißt Emilia ihn aus seinen Piratenträumen.

Der Junge schaut sie verwundert an. »Er steht draußen«, erklärt er und geht zum Schaufenster. »Noch telefoniert er, dauert aber bestimmt nicht mehr lange.«

»Ich würde dir lieber eine Nachricht für ihn geben.«

Sie nimmt einen kleinen Zettel vom Tresen und den daneben liegenden Stift und schreibt etwas.

Als sie sich zu Nicola umdreht, sieht er, dass sie unter dem Regenmantel eine gelbe Bluse trägt. Das erinnert ihn an die Geschichte vom Schwarzen Brett, die er gestern gelesen hat. Eine Geschichte über die Farbe Gelb und Prinzessin Leia, die sich beim Aufwachen entschieden hat, dass es ein gelber Tag sei.

»Hey, wie heißt dein Papa eigentlich?«

Nicola kehrt aus der fernen Galaxie zurück, in die er gerade gereist ist. »Michele.«

»Danke.«

Emilia gibt ihm den Zettel, greift nach ihrem Papier, nimmt das Restgeld und verlässt den Laden. Der Vater des Jungen bewegt sich mit seinem Handy in die entgegengesetzte Richtung. Er bemerkt sie nicht, will anscheinend zu seinem Sohn in den Schreibwarenladen. Wäre sie ein wenig länger drinnen geblieben, hätte sie verfolgen können, worüber sie sich unterhalten. Sie malt sich folgendes Szenario aus.

Hast du die Farbe gefunden, die du gesucht hast, Nic?

Ja, und Prinzessin Leia.

Was hast du gesagt?

Ach, nichts.

Der Mann tippt gerade eine Nachricht ins Handy, als sie den Jungen sagen hört: »Papa, ich muss dir etwas geben.«

8.

Im Regen

Der Junge liebt den Regen, denn wenn es regnet, gehen er und sein Papa auf Pfützenjagd. Nicht mehr so oft wie früher, aber ab und zu schon. Als sie noch mit Mama zusammengewohnt haben, waren sie öfters zu dritt unterwegs, doch irgendwann wollte sie nicht mehr, und seitdem zogen Papa und er alleine los. Immerhin hatte sie ihm die allerschönsten Gummistiefel geschenkt, die man sich denken konnte. Knallrot wie zerdrückte Himbeeren und mit Marienkäfern drauf, die aussahen, als würden sie gleich wegfliegen wollen.

Bis heute denkt er hin und wieder, dass die Marienkäfer ihn auf die Probe stellen wollten, um herauszufinden, ob sie wichtig für ihn waren. Vielleicht wussten sie ja nicht, dass er sie als seine Freunde betrachtete an diesen Regennachmittagen, an denen es keine Verbote gab. Mit ihnen konnte er nach Herzenslust in den Pfützen herumhopsen, und wenn Papa fragte: »Hast du nasse Füße?«, antwortete er immer voller Überzeugung: »Nein!«, obwohl das nicht stimmte. Hätte er hingegen ehrlich »Ja« gesagt, wäre es vorbei gewesen mit der Hopserei. Inzwischen passen ihm die roten Stiefel nicht mehr, sie stehen jetzt zur Erinnerung in Mamas Schuhschrank, und wenn er sie besucht, schleicht er sich heimlich dorthin, um nachzusehen, ob die Marienkäfer noch da sind und immer noch so lebendig wirken. Er wäre enttäuscht, wenn sie weggeflogen wären.

»Papa, gehen wir Pfützen jagen?«

Nicola weiß nicht mehr, seit wann es seinem Vater egal ist, ob er sich erkältet oder nicht. Er hat wieder mal keinen Schirm dabei. Anscheinend ist es ihm entfallen, dass seine neue Jacke keine Kapuze hat.

»Bist du nicht ein bisschen zu alt für so was?«

»Nein!«

Er setzt ein Ausrufezeichen hinter dieses Nein wie damals, wenn er gefragt wurde, ob er nasse Füße habe, und kann das Ausrufezeichen förmlich sehen, als stünde es in einer Sprechblase wie die Gespräche der Comicfiguren. Zur Bekräftigung schüttelt er den Kopf und würde sogar einen Salto machen, um überzeugender zu wirken.

»Was stand eigentlich auf dem Zettel, den ich dir gegeben habe?«

»Welcher Zettel?«

»Den ich dir vorhin …«

Papa legt das Telefon weg, greift in seine Jackentasche und holt den Zettel heraus.

»Ach so, den. Wer hat ihn dir gleich gegeben?«

Prinzessin Leia, denkt sich der Junge, aber da sein Vater das nicht verstehen würde, erklärt er laut: »Die Frau, die bei uns im Haus wohnt. Die, die sich hinter ihren Haaren versteckt.«

»Was meinst du damit?«

»Sie hat einen so langen Pony, dass man ihre Augen kaum sehen kann. Bestimmt will sie hinter den Haaren in Deckung gehen.«

»So genau habe ich sie mir noch nicht angesehen, ehrlich gesagt. Woher kennt sie eigentlich meinen Namen?«

Er hat den Namen des Empfängers auf dem Umschlag gelesen: *Für Michele*.

»Von mir. Wir haben uns im Schreibwarenladen getroffen, sie hat Papier gekauft. Du hast draußen telefoniert. Sie geht nach wie vor genau wie wir in den Waschsalon, weil sie keine Waschmaschine hat. Da haben wir sie neulich gesehen. Außerdem schreibt sie Geschichten.«

Sein Vater liest die Nachricht und hört ihm nicht zu. Weil der Regen stärker wird, zieht er sich die Kapuze über, während der Junge sich unter ein Vordach stellt.

»Papa, gehen wir Pfützen jagen?«, wiederholt er. »Nass bin ich sowieso längst.«

Der Mann, der Michele heißt, hebt den Kopf und steckt den Umschlag in die Jackentasche.

»Zieh die Kapuze über.«

»Ich hab keine.«

»Wie, du hast keine?«

Der Junge seufzt. »Ich habe dir ein paarmal gesagt, dass die Jacke keine Kapuze hat, als wir sie gekauft haben. Weißt du das nicht mehr?«

»Nein, daran erinnere ich mich nicht, tut mir leid. Warte mal«, sagt der Vater und löst seine eigene Kapuze ab.

Da es an Nicolas Jacke keinen Klettverschluss gibt, bindet er sie mit der Kordel unter dem Kinn zusammen.

»Das nervt!«, beschwert sein Sohn sich und malt Ausrufezeichen in die Luft.

»Nicola, entweder so oder wir gehen nach Hause. Willst du nun Pfützen jagen oder nicht?«

Da er weiß, wie schnell Papa seine Meinung ändern kann, ruft er: »Klaaaar!«

Jetzt ist die Sprechblase ganz dick, damit das lang gezogene a genug Platz hat.

Sie gehen in Richtung Park.

»Magst du die Frau?«

»Die sich hinter ihren Haaren versteckt? Ja, zumindest auf den ersten Blick.«

Sie schaut nie auf ihr Telefon, vielleicht hat sie gar keins, überlegt der Junge.

»In den nächsten Tagen besuche ich sie mal, um sie besser kennenzulernen. Sie hat geschrieben, dass sie im zweiten Stock wohnt und einen Job sucht, und gefragt, ob sie gelegentlich auf dich aufpassen könnte. Dann müsstest du nicht immer mit mir ins Fitnessstudio gehen, wenn ich Kurse abhalte. Was meinst du? Ich weiß, dass du es dort langweilig findest, selbst wenn du nie was sagst.«

Manchmal versteht er seinen Papa nicht. Natürlich langweilt er sich im Fitnessstudio und findet es mühsam, die Hausaufgaben in einer Ecke auf dem Boden zu machen, weil ihm nach einer Weile alles wehtut, doch das würde er ebenso wenig zugeben wie früher seine nassen Füße. Er will Papa nicht zur Last fallen. Und Mama auch nicht. Seitdem sie nicht mehr zusammenwohnen, ist alles viel komplizierter geworden.

Er fühlt sich wie ein Störenfried, macht den beiden Stress, dabei weiß er, dass sie ihn über alles lieben. Genau wie Großmutter, mit dem Unterschied, dass er bei ihr nie das Gefühl hat, sie zu nerven. Sie sagt immer, dass er das i-Tüpfelchen, das Beste in ihrem Leben sei.

Nicola will sich jetzt nicht entscheiden, will lieber schnell mit Papa in den Park, um Pfützen zu jagen und sich klatschnass zu machen, was er wohlweislich für sich behält. Und falls Papa ihn fragen sollte, ob er nasse Füße hat, wird er wie immer Nein sagen.

»Können wir sie ausprobieren? Danach sage ich dir, ob ich sie mag oder nicht?«

Papa lächelt, streicht ihm trotz der störenden Kapuze über den Kopf.

»Manchmal bist du ein wirklich sehr kluger Junge.«

»Na klar, ich schaue schließlich *Krieg der Sterne* und höre auf Meister Yoda.«

Er blickt zu seinem Vater hoch und denkt daran, dass er eines Tages genauso groß sein wird wie er, allerdings hofft er, dass das noch lange dauern wird. Nicola ist nämlich gerne ein Kind. Man kann ihm ansehen, wie glücklich er ist. Die Freude sprüht förmlich aus ihm heraus wie in den Comics, wenn jemand weint und die Tränen geradezu aus den Augen fliegen, oder wie das Wasser, das hoch aus den Pfützen spritzt, wenn man hineinspringt. Genau wie jetzt! Er landet mit gebeugten Knien auf beiden Füßen. Mitten hinein. Ob das ein neuer Rekord wird?

Die Frau mit dem Pony kommt ihm in den Sinn. Ob sie Regen wohl mag? Er nimmt sich vor, sie beim nächsten Mal danach zu fragen. Dann schaut er zu seinem Vater, der auf der Wiese steht, das Telefon in der Hand, und denkt an den Tag, als er ihm gesagt hat, dass sie keine Familie mehr sind.

Papa erklärte ihm die Trennung von Mama folgendermaßen: Wenn zwei Menschen sich nicht mehr verstehen, ist es besser, dass jeder seinen eigenen Weg geht, mit getrennten

Wohnungen, sonst wird es immer schlimmer. Der Junge hatte das Gefühl, dass es an ihm liegen könnte. Weil er zu viel Ärger machte oder weil es sie störte, dass er andauernd auf dem Sofa lag und seine Märchenkassetten hörte. Unentwegt hat er sich damals den Kopf zerbrochen, was er falsch gemacht haben könnte. Lag es vielleicht an dem Streit, als er seinen Teller nicht leer essen wollte? Mama war bereit, es ihm durchgehen zu lassen, während Papa darauf beharrte, er müsse lernen zu gehorchen. Noch als er im Bett lag, hörte er sie eine ganze Weile streiten.

Oder war der Auslöser, dass er bei seinem Freund übernachten wollte und Mama ihn zu klein dafür fand, wohingegen Papa ihn für alt genug hielt. Wahrscheinlich wollte er bloß seine Ruhe haben und die Fußballübertragung im Fernsehen sehen. Jedenfalls gab es immer Streit, und Nicola glaubte, alles sei seine Schuld. Er weinte und weinte und suchte Trost bei seinem Plüscheichhörnchen, wollte nicht einmal mehr eine Gutenachtgeschichte vorgelesen bekommen. Ihm gingen viel wichtigere Dinge im Kopf herum, im Bauch und im Herzen. Sie schwirrten durch seine Gedanken und ließen ihn nicht mehr los.

Wie konnte er es schaffen, Mama und Papa wieder zusammenzubringen?

Diese Frage drehte sich im Kreis wie seine Modelleisenbahn, mit der er so gerne spielte. Es hatte alles nichts genutzt, er zog mit seinem Vater in eine neue Wohnung, musste die Schule wechseln und verlor seine alten Freunde aus den Augen. Wenn er bei Mama war, spielten sie ab und zu noch mal zusammen, aber es war nicht mehr so wie vorher.

In der Zeit, als die Familie auseinanderbrach, suchte er Trost bei seinen Plüschtieren. Wenn er im Bett lag, den Kopf unter dem Kissen vergraben, drückte er das Eichhörnchen ganz fest an sich und weinte. Und wenn er zu müde zum Weinen war, sah er es im Schein der Nachtlampe an und flüsterte: »Ich werde dich nie verlassen.«

Das wiederholte er so oft, bis er endlich einschlief.

Inzwischen glaubt er nicht mehr daran, dass es jemals wieder so wird wie früher, diese Zeit ist vorbei. Wenigstens streiten seine Eltern sich nicht mehr. Irgendwie sieht Mama nicht besonders glücklich aus, doch darüber redet sie nicht. Jedenfalls nicht mit ihm. Und genauso wenig mit Papa, obwohl er Bücher mit Titeln wie *Finde das Glück* liest. In der Zeit seit der Trennung ist ihm übrigens ein wichtiger Unterschied zwischen den beiden aufgefallen: Mama kann sehr gut alleine sein, Papa überhaupt nicht.

Beatrice ist nicht der erste Eindringling in seinem Universum, aber im Vergleich zu ihren Vorgängerinnen scheint sie zum Bleiben entschlossen zu sein. Vielleicht hat sie noch nicht verstanden, mit wem sie es zu tun hat. Wenngleich er gelegentlich im Hyperraum verschwindet, taucht er immer wieder auf, sobald er seine Waffen repariert hat, und ist zum Kampf bereit. Er weiß genau, dass sie ihm seinen Papa nehmen möchte, und das will er verhindern. Großmutter denkt genauso, glaubt er zumindest. Als sie darüber gesprochen haben, hat sie es nicht direkt gesagt, lediglich sofort das Thema gewechselt, was sie immer macht, wenn ihr etwas nicht passt.

»Nenn sie nicht Eindringling«, hat sie ihn jedoch ermahnt. »Wie heißt sie noch mal?«

»Nonna, das habe ich dir sicherlich tausendmal gesagt. Sie heißt Beatrice.«

»Ach ja, richtig. Ist im Grunde genommen egal.« Sie machte eine nachdenkliche Pause und wandte sich anschließend praktischen Dingen zu. »Willst du einen Pudding?«

Klar wollte er einen, obwohl er spürte, dass sie ihn abzulenken versuchte. *Vergiss es, es hat sowieso keinen Sinn,* wollte sie ihm zu verstehen geben.

Es erinnerte ihn an die Schule, als die Lehrerin einmal einen komischen Spruch von sich gegeben hatte: »Jetzt erkläre ich euch die Bedeutung dieses Wortes – merken müsst ihr es euch nicht, das gehört noch nicht zum Lehrstoff.«

»Wollen wir nach Hause gehen? Ich will noch duschen«, holt ihn sein Papa in die Gegenwart des Parks zurück, wo sie ausgiebig Pfützen gejagt haben.

»Ja, ich bin hungrig.«

»Beatrice kommt zum Essen.«

Nicola greift nach der Hand des Vaters. Er sagt nichts, denkt sich nur sein Teil.

Vielleicht kommt sie ja zu dir zum Essen, zu mir sicher nicht, immerhin will sie dich mir wegnehmen.

Plötzlich kommt ihm Prinzessin Leia wieder in den Sinn.

»Papa, können wir erst noch mit der Frau sprechen, die auf mich aufpassen will? Dann könnte sie gleich anfangen.«

»Hast du dich entschieden und bist sicher, dass sie dir gefällt?«

»Ja.«

Sie gefällt ihm tatsächlich. Wenn er das nächste Mal im Hyperraum ist, weiß er, wohin er fliegt.

»Gut, wir klingeln bei ihr. Wenn sie da ist, reden wir kurz miteinander, dann sehen wir gleich ihre Wohnung.«

Der Junge weiß in etwa, wie sie wohnt. Rund um ihr Bett liegen viele Bücher, und sie mag große Taschen. Wahrscheinlich stehen welche in der Wohnung herum oder hängen an der Wand, sodass man wichtige Sachen hineinstecken kann. Oder den Kopf, wenn man nichts mehr sehen will. Er weiß das, da er die Geschichten am Schwarzen Brett liest. Nachdem er sie im Schreibwarenladen in der gelben Bluse gesehen hat, ist er sicher, dass sie Prinzessin Leia ist und durch den Aushang um Hilfe bittet.

Sein Papa liest die Geschichten nicht. Er sagt, dafür habe er keine Zeit. Manchmal fragt sich Nicola, ob die Zeit schrumpft, wenn man älter wird. Im Gegensatz zu den Füßen, die immer länger werden, sodass man jedes Jahr neue Schuhe kaufen muss. Vielleicht bewegen sich Erwachsene deshalb anders durch den Tag als Kinder. Jetzt fällt Nicola der Name der Frau wieder ein. Emilia. Einmal hat sie eine Geschichte über das Glück geschrieben. Er ist der Meinung, dass es gar nicht schwer ist, glücklich zu sein. Wenigstens zehn Minuten jeden Tag oder ein paar Stunden.

Papa öffnet die Haustür. »Du gehst schon mal zu uns hoch, und ich klingele bei der Frau.«

Während sie auf den Aufzug warten, sagt Nicola: »Ich weiß, wie sie wohnt. In einer gelben Wohnung voller Bücher.«

Bei Gelb denkt er an Eidotter.

»Papa, machst du mir einen Eierspritz?«

»Was ist denn das?«

Es ist eine von Großmamas Spezialitäten. Er mag Eierspritz, weil man das Eigelb mit dem Brot aufwischt und am Ende so satt ist, dass der Bauch noch am nächsten Tag prall ist wie ein Heißluftballon.

»Spiegelei! Wenn du die Eier in die Pfanne schlägst, spritzt es!«

Papa reagiert nicht, weil er eine WhatsApp liest. »Beatrice muss länger arbeiten und kann nicht zum Essen kommen.«

»Doppelspritz!«

Am liebsten hätte er laut gejubelt, hält sich jedoch zurück, sonst würde es bloß Ärger geben. Und gerade heute Abend will Nicola es sich nicht mit ihm verderben.

Beim Abendessen erzählt sein Vater ihm, dass die Frau aus dem zweiten Stock sehr nett zu sein scheint und gerne gelegentlich auf ihn aufpassen würde. Ein paar Nachmittage in der Woche.

»Wie ist ihre Wohnung?«

»In jedem Zimmer dominiert eine andere Farbe, und in allen hängt eine Schnur mit angeklammerten Blättern. Teils aus Papier, die beschrieben sind, teils Blätter, die von Bäumen abgefallen sind. Es erinnert an Wäsche, die zum Trocknen aufgehängt wurde.«

»Wie die Glühbirnen bei uns an der Decke.«

Nicola deutet mit der Gabel nach oben, wo eine nackte Glühbirne ein gleißend helles Licht ausstrahlt.

»Ich muss unbedingt einen Lampenschirm kaufen«, räumt sein Vater ein.

»Oder ich brauche eine Sonnenbrille«, witzelt Nicola, woraufhin sein Papa fragend mit den Schultern zuckt.

»Hast du was gesagt, Nic?«, erkundigt er sich zerstreut. »Ich habe gerade nicht zugehört. Ach ja, ich muss dir noch etwas über die Frau erzählen. Sie hat zwei Katzen.«

»Zwei Katzen?«

Warum hat sie nie darüber geschrieben, fragt er sich, ohne darüber mit seinem Vater zu sprechen. Das würde ja verraten, dass er weiß, von wem die Geschichten stammen. Und das will er nicht, weil er sie vermutlich für ein bisschen verrückt hält, genauso wie *Krieg der Sterne*.

»Ja, allerdings habe ich lediglich eine gesehen, die Katze, der Kater hatte zu viel Angst. Die Frau meint, dass er als Jungtier wohl einen Unfall hatte und man ihn danach ausgesetzt hat. Er muss Schlimmes erlebt haben, bevor er zu ihr kam. Jedenfalls sei er äußerst misstrauisch, sagt sie, würde hinken und könne auf einem Auge nichts sehen.«

Dem Jungen ist der Kater auf Anhieb sympathisch.

»Und wie heißen sie?«

»Wer?«, fragt Papa ungeduldig.

Er hat ein Stück Käse und den Salat gegessen und wartet jetzt darauf, dass Nicola sich beeilt.

»Die Katzen.«

»Keine Ahnung, ich habe nicht gefragt.«

»Und wo hat der Kater sich versteckt?«

»In einer Kiste, glaube ich.«

»Nicht unter dem Sofa?«

»Nein, es gibt kein Sofa, es gibt sowieso keine Möbel außer in der Küche. In einem Zimmer ist ein Wandschrank eingebaut, in einem anderen Zimmer liegt eine Matratze auf dem Boden. Die Frau sagt, sie wisse nicht genau, wie lange sie bleiben werde, und dass die Wohnung einer Freundin gehöre, die derzeit in Texas ist.«

»In Texas!«

Sein Vater schlägt sich mit der flachen Hand gegen die Stirn.

»Stimmt, das ist mir gar nicht aufgefallen. Ja, in Texas.«

»Es gibt also keine Möbel?«

»Nein, außer in der Küche. Dort findet sich das, was man eben so braucht. An dem Tisch kannst du Hausaufgaben machen.« Papa steht auf. »Bist du fertig?«

»Ja.« Der Junge lässt die Gabel so auf den Teller fallen, dass es scheppert. »Entschuldige!«

Zurück in seinem Zimmer, hat er große Lust, Tex Willer zu lesen. Vielleicht *Die grüne Hölle.* Seine Lieblingsgeschichte, weil sie so spannend ist und weil ihm die Matrosenanzüge gefallen. Den Offizier, der so viele Soldaten in den Tod schickt, mag er dagegen gar nicht, er ist in seinen Augen ein Verräter. Er denkt an die gelbe Bluse der Frau aus dem zweiten Stock und an Tex Willers gelbes Hemd und überlegt, ob sie wohl Rauchzeichen lesen kann.

9.

Im vierten Stock

»Was für eine schöne blaue Bluse, Gina, sie steht dir ausgezeichnet.«

Emilia schaut die Frau an, sie wirkt wie eine verstaubte Puppe, mit der seit Langem niemand mehr spielt. Dazu passt, dass ihre Gesichtszüge sich etwas Kindliches bewahrt haben. Ist das ein stummer Schrei nach Hilfe oder der Ausdruck von Mutlosigkeit? Ein Zeichen, dass ihr das Erwachsensein zu anstrengend ist und sie sich entschieden hat umzukehren, zurück zum Ausgangspunkt? Dennoch liegt in diesem alten und dabei so kindlichen Gesicht nichts Widersprüchliches, es strahlt Ruhe aus – eine Ruhe, die mit Worten nicht zu beschreiben ist. Emilia würde ihr gerne den Staub aus dem Gesicht wischen, einen bläulichen Staub, der fast die Farbe ihrer Bluse hat.

»Mein Mann mochte sie gerne. Ich hatte sie lange nicht mehr an, sie hing ganz vergessen im Schrank. Heute habe ich sie wiederentdeckt und angezogen, als ich nach unten gegangen bin, um die Geschichte zu lesen. Jetzt, wo ich darüber nachdenke, fällt mir auf, dass ich mich immer kleide, als hätte ich ein Rendezvous, wenn ich zum Schwarzen Brett gehe. Und das stimmt irgendwie sogar, denn die Geschichten sind wie eine Umarmung, sanfte und liebevolle Worte eines Menschen, der etwas Schönes zu sagen hat, auch zu mir.« Gina hält kurz inne. »Die neue Geschichte hat mich besonders beeindruckt. Sie handelt von einer jungen Frau, die ihre Mutter im Krankenhaus besucht und ihr das Gesicht wäscht, voller Fürsorge und Liebe. Hast du sie gelesen?«

Emilia nimmt eine Praline von dem Teller, den Gina auf den Couchtisch gestellt hat. Sie mag Pralinen, nicht zuletzt wegen der Farben des glänzenden Einwickelpapiers, und es fällt ihr schwer, sich für eine zu entscheiden. Sie schaut aus dem Fenster und wählt die Farbe aus, die am besten zu diesem Moment passt. Da der Himmel trist und grau ist, entscheidet sie sich für das glitzernde Rosa.

»Sogar mehrmals, nachdem ich sie geschrieben hatte«, gibt sie schließlich zur Antwort.

Gina lächelt. Sie meint ihre Zähne blitzen zu sehen, doch vielleicht ist das eine Täuschung. Die alte Dame lächelt eigentlich nie so breit, dass man die Zähne sehen kann. Möglicherweise soll niemand merken, dass sie ein Gebiss hat. Mit einem Mal fällt Emilia der Tag ein, als das Gebiss ihrer Großmutter im Mülleimer gelandet ist. Es war beim Weihnachtsessen mit der ganzen Familie. Zum Abschluss kam der Panettone auf den Tisch, dazu Kaffee, Schnaps und Likör, wie ihr Vater und Großvater es mochten. Vielleicht war jemand am Tisch in Gedanken, vielleicht war es Großmutter selbst, jedenfalls wurde das Gebiss zusammen mit den Servietten in den Abfall geworfen. Irgendwann fragte Mama nach dem Gebiss, als sie das zahnlose Lächeln ihrer Mutter bemerkte. Daraufhin durchsuchte Emilia den Mülleimer in der Küche, fischte das Gebiss heraus, säuberte es mit Natron und drückte es der Großmutter in die Hand. Zum Dank überhäufte die sie mit Küssen, was ihr durch und durch ging.

Warum brachen sich bei alten Menschen die Gefühle so intensiv Bahn? War das die Vorbereitung, dorthin zurückzukehren, woher sie gekommen waren?

»Ich habe es gewusst.«

»Was hast du gewusst?«

»Dass du die Geschichten schreibst.«

Emilia verschluckt die halbe Praline, die sie gerade auf der Zunge zergehen lässt, und fühlt sich irgendwie ertappt, als hätte sie etwas Unerlaubtes getan.

»Der Junge aus dem dritten Stock hat es mir verraten.«

»Nicola?«

»Ja.«

»Und woher weiß er es?«

Eigentlich war es als stumme Frage gedacht, die sie gegen ihren Willen versehentlich laut ausgesprochen hat.

»Er hat über einen Film geplappert, etwas mit Krieg und Sternen«, erklärt Gina. »Und von einer Prinzessin. Einer Prinzessin namens …«

»Krieg der Sterne?«, unterbricht Emilia sie.

»Genau. Er sagte, die Geschichten seien wahrscheinlich verschlüsselte Nachrichten. Hilferufe. Merkwürdig. Er schien zu glauben, jeder habe seine spezielle Art, die Hand auszustrecken in der Hoffnung, dass jemand sie ergreift. Und er glaubt, dass du es gewesen bist. Er hat ganz leise geflüstert, und als sein Vater hinzukam, ist er gleich verstummt.«

»Seit wann weißt du es?«

»Vielleicht seit zehn Tagen? Ich habe ihn eines Morgens vor dem Schwarzen Brett getroffen. Da hat er mir gestanden, dass er die Geschichten jeden Tag liest. Ihm gefalle besonders gut, dass sie alle immer gleich anfangen. Dann fügte er geheimnistuerisch hinzu, er glaube, dass die Frau, die sich hinter dem Pony versteckt, sie schreibt. Ich habe sofort gewusst, dass er dich meint, und nach und nach deine Spuren in den Geschichten gefunden.«

»Ich bin ein schüchterner Mensch. In der Uni habe ich mich immer als Letzte für die mündliche Prüfung angemeldet – wenn man zum Schluss drankommt, sind die anderen meistens schon weg. Im Beruf hatte ich anfangs ebenfalls Schwierigkeiten, erst nach und nach habe ich meine Schüchternheit überwunden. Besonders das Schreiben hat mir geholfen, es war ein gutes Gefühl, die Ergebnisse meiner Marktforschung zu Papier zu bringen. Dabei spielten auch die Gefühle der Menschen eine Rolle, die ich zu einem bestimmten Produkt befragt habe. Man glaubt gar nicht, was zum Beispiel Slipeinlagen oder die Lieblingszahnpasta alles über einen Menschen aussagen. Allerdings hat das nichts mit den Geschichten am Schwarzen Brett zu tun. Oder vielleicht doch? Ich habe meine Scheu überwunden und die Zettel aufgehängt, weil ich so lange allein gewesen bin und den Kontakt zu anderen Menschen dringend gesucht habe.«

Emilia sieht Ähnlichkeiten zwischen Gina und sich, weil sie beide keine Angst vor der Stille haben. Sie wissen, dass Wörter Zeit brauchen, um sich zu setzen, nachdem sie eine Weile herumgeflattert sind. Manche fliegen aus dem Fenster, manche lassen sich auf dem Boden oder in einer Ecke nieder. Andere verschwinden zwischen den Möbeln oder in Löchern in den Wänden. Wieder andere kleben an den Wangen derjenigen, die sie ausgesprochen haben, und das ist der Grund, weshalb sie erröten.

Gina verlor ihren Mann früh, sie hat es ihr erzählt. Anfangs war sie verzweifelt, mit der Zeit kam sie mit dem Verlust einigermaßen zurecht. Aber als einige Jahre später ihr einziger Sohn starb, traf sie das bis ins Mark.

»Und warum warst du so lange allein, meine Liebe?«, fragt sie Emilia.

Ihre junge Besucherin seufzt tief und schwer, als könnte sie damit alle Wunden und Verletzungen der Vergangenheit wegblasen.

»Weil ich wütend war. Und traurig.«

»Die Wut raubt uns das Licht, weißt du? Es ist bequem, wütend zu sein«, gibt die altersweise Gina zurück, »dann muss man nicht so genau hinschauen.«

Ja, Emilia weiß allzu gut, dass die Wut das Licht raubt und die Farben auslöscht, genau wie die alte Frau gesagt hat. Ohne Licht können Farben nicht existieren.

»Ich habe meinen Vater verloren. Und einige Jahre danach meine große Liebe. Er hat mich verlassen. Entschuldige, Gina, ich sollte dich nicht damit belasten. Du hast selbst genug gelitten.«

»Jeder trägt das Leid, das er tragen muss. Du hast die Gabe, Menschen zu erfreuen. Du machst es jeden Morgen, indem du eine Geschichte ans Schwarze Brett hängst. Deine Worte vermitteln Gelassenheit, sie sind Balsam für die Seele. Jetzt bist du nicht mehr wütend, oder?«

»Nein.«

Sie will Gina nicht die ganze Wahrheit sagen, jetzt nicht, der Augenblick ist zu schön und zugleich zu fragil. Vergänglich wie eine Seifenblase. Emilia will nicht, dass sie gerade in diesem Moment platzt, dabei weiß sie, dass die in ihr aufgestaute Wut noch immer nicht ganz verschwunden ist.

Die beiden so unterschiedlichen und gleichzeitig so ähnlichen Frauen schauen sich verständnisinnig in die Augen und lächeln.

»Wie hieß dein Vater?«

»Gianpiero.«

»Ein schöner Name.«

Emilia hat diesen Namen seit Langem nicht mehr ausgesprochen und jeden Gedanken an ihren Vater verdrängt. Mit einem Mal sieht sie sein Gesicht vor sich, und es kommt ihr vor, als würde er lächeln und sie fragen, ob er sich eine Praline nehmen darf. Sie kann sogar das Muttermal unter seinem rechten Auge erkennen. Ganz deutlich, wenngleich mit Abstand. Emilia hat Distanz seit jeher gemocht, aus der Entfernung sieht man manches klarer. Trotzdem hat sie seine Nähe gesucht, seine Hand gehalten und ihn geküsst, selbst als sie bereits älter war, sie brauchte diese Nähe, um die Distanz zu überwinden. Sogar das Muttermal hat sie geküsst. An ihrem Vater hat sie besonders geliebt, dass er keine Angst vor langen Wegen und leeren Räumen hatte, es half ihm, seinen Gedanken freien Lauf zu lassen.

Sie meint ihn fast leibhaftig vor sich zu sehen.

Welche Praline hättest du gerne, Papa, die im roten oder die im blauen Papier?

Das hat sie ihn früher immer gefragt, obwohl sie wusste, dass Rot seine Lieblingsfarbe war. Ob er dort, wo er jetzt ist, das alles vermisst? Emilia muss sich zusammenreißen, um ihm nicht eine rot eingewickelte Praline hinzuhalten, aber wie soll sie Gina erklären, dass ihr Vater vor ihnen steht, angereist durch Zeit und Raum? Wie aus einer anderen Galaxie in *Krieg der Sterne*.

Emilia liebt Süßigkeiten, das hat sie von ihm, genau wie die Zähne, strahlend weiß, dabei äußerst empfindlich und leicht schadhaft. Könnte es sein, dass ihre Mutter ihn wegen seiner weißen Zähne geheiratet hat? Wer weiß. Sie hatte früher eine regelrechte Leidenschaft für Zähne. Vielleicht sogar immer noch.

»Wie hieß dein Sohn?«

»Federico.«

Gianpiero und Federico. Das Echo der beiden Namen hallt durch die kleine Küche im vierten Stock. Emilia fragt sich, warum man bei manchen Menschen endlos lange braucht, bis man ihnen vertraut, während es bei anderen ganz schnell geht. Manchmal täuscht man sich natürlich und hätte besser abgewartet. Insbesondere Emilia mit ihrem schlechten Orientierungssinn hat häufig Probleme, wenn es um die Gefühle anderer geht. Oftmals glaubt sie, etwas verstanden zu haben, was sich dann am Ende als Irrtum herausstellt und eine falsche Reaktion provoziert.

Nicht bei Gina, da ist es von Anfang an anders gewesen. Als sie das Sofa in der Küche gesehen hat, war sie sicher, hier richtig zu sein.

»Es tut mir leid, dass ich es dir nicht früher gesagt habe.«

»Was? Den Namen deines Vaters?«

»Nein.« Sie lacht übers ganze Gesicht. »Ich meine die Sache mit den Geschichten am Schwarzen Brett. Dass sie von mir stammen. Ich hätte es dir gleich sagen sollen, als wir uns am Briefkasten getroffen haben. Du hast dich beschwert, dass dir niemand schreibt, und warst froh, in gewisser Weise durch den Aushang Post zu bekommen. Von mir. Du hast nicht gewusst, dass ich die Geschichten geschrieben habe, und ich wusste nicht, dass du sie liest. Wir waren beide blind und haben uns dennoch erkannt.«

Emilia denkt an die hässlichen Kommentare am Schwarzen Brett. Da stand zum Beispiel: *Und das am frühen Morgen*, oder: *Es reicht! Wen interessiert denn dieses Zeug?* Sie tut zwar so, als wären ihr diese Bemerkungen egal, aber in Wahrheit schmerzen sie.

»Welch schöne Worte, meine liebe Emilia. In der Tat, wir haben uns erkannt.«

Wenn sie die alte Dame neben ihr auf dem Küchensofa ansieht, kommt sie sich vor wie in einem Puppenhaus, alles wirkt so klein. Und das, was sie auf Ginas Gesicht für Staub gehalten hat, ist Zauberpulver. Ihr Vater scheint das bereits vor ihr bemerkt zu haben und ist deshalb in den vierten Stock gekommen.

Papa, hast du die Geschichte von heute Morgen gelesen?

Emilia hat den Eindruck, dass die Augen ihres Vaters feucht glänzen, und da er sich nicht die Augen reiben kann, wischt sie sich stattdessen die Tränen von ihrer Wange.

»Warum weinst du, meine Liebe?«

»Ich bin nicht ganz sicher, ich weine selten aus Freude, doch jetzt glaube ich, dass es Freudentränen sind. Danke, Gina.«

»Für was?«

»Einfach so, weil du da bist. Ich wüsste gerne, warum wir aus vollem Herzen lachen, hingegen nicht aus vollem Herzen weinen können. Hast du ein Taschentuch?«

»Warte, ich hol dir eins.«

Papa, ich lese dir meine neueste Geschichte vor, sie wird dir gefallen, glaube ich. Sie fängt an wie alle anderen: Heute Morgen bin ich aufgewacht. Es ist mir wichtig zu sagen, dass der Beginn eines neuen Tages etwas Besonderes ist, für das ich dankbar bin. Der Morgen ist meine Lieblingszeit des Tages, da kann ich meinen Gedanken freien Lauf lassen, das habe ich wohl von dir geerbt. Ja, ich werde Mama bald besuchen und sie von dir grüßen.

»Gina, stört es dich, wenn ich die heutige Geschichte laut vorlese? Ich habe sie auf meinem Smartphone.«

Emilia hat den Text abfotografiert, weil sie ihn eigentlich Lisa schicken wollte, es sich dann aber anders überlegt. Besser erst einmal abwarten, wohin das alles führt.

Sie putzt sich die Nase, während Gina antwortet, dass ihr das sehr gefallen würde. Also beginnt sie zögernd zu lesen, ihre Stimme flackert wie eine Flamme im Wind.

»Entschuldige, ich fange noch mal von vorne an«, sagt sie und wischt sich die letzte Träne aus dem linken Augenwinkel.

Du musst deine Gedanken mögen, Emilia, meint sie die Stimme ihres Vaters zu hören.

Ja, Papa. Das hast du mir immer gesagt, und es hat mir sehr geholfen. Wie ein Kompass, der die Richtung vorgibt, nicht wahr?

Ich wollte, dass du es selbst merkst. Es stimmt nicht, dass du keinen Orientierungssinn besitzt. Du hast einen, nur dass du einfach andere Wege suchst als andere Menschen. Und das ist der Grund, warum du oft den Eindruck hast, dich zu verlaufen. Dabei verläufst du dich nicht wirklich, deine Wege sind lediglich länger.

Das Gesicht des Vaters verliert seine Konturen und verschwindet schließlich ganz.

Sie blickt zu Gina hinüber.

»Woran denkst du, Emilia?«

»Daran, wie froh ich bin, dass wir uns getroffen haben. Ich bin glücklich, in diesem Haus zu wohnen.«

»Darf ich deine Hand nehmen? Manchmal denke ich, du bist meine Enkelin.«

Nickend streckt sie ihre Linke aus, Gina greift danach und drückt sie leicht. Nicht zu fest, sie hat immer Angst, ihre Finger könnten zerbrechen. Dann beginnt sie zu lesen.

Heute Morgen bin ich aufgewacht und habe darüber nachgedacht, wie es war, als ich meine Mutter im Krankenhaus besucht habe und sie mich um die Pinzette aus ihrem Necessaire gebeten hat. Ich öffnete die Schublade des Nachttischs und nahm sie heraus. Ich sollte ihr die Haare auf dem Kinn und auf der Oberlippe ausreißen. Die Besucher der Patientinnen, mit denen sie das Zimmer teilte, waren ihr egal. Sie wollte sich für die Ärzte zurechtmachen an diesem ersten Tag, an dem sie sich besser fühlte. Und das sollte man ihr ansehen.
Als ich mich über sie beugte, strömte ihr Atem in meinen Mund. Obwohl ich die Lippen zusammenpresste, fand ihr Atem seinen Weg und drang durch meine Nasenlöcher ein. Irgendwann wurde das so intensiv, dass ich dachte, ich könnte mich nie wieder von meiner Mutter lösen. Wir sagten kein Wort. Trotzdem glaube ich, wir haben nie zuvor über etwas Wichtigeres gesprochen. Allerdings dauerte es eine Weile, bis ich verstanden habe, was sie mir sagen wollte.

Würde Emilia ihre Mutter regelmäßig besuchen, dann würde sie ihr erzählen, dass sie auf einen Jungen aufpasst, der im selben Haus wohnt. Dass sein Vater zu ihr gekommen ist, um sich ein Bild von ihr zu machen und zu entscheiden, ob er ihr Nicola anvertrauen kann. Sie hat seine Vorbehalte gespürt, den gleichen kritischen Blick wie bei ihrer Nachbarin Franca gesehen. Misstrauisch.

»Warum hast du keine Möbel?«, fragte er etwa sichtlich befremdet.

Sie hätte gerne geantwortet: *Selbst wenn ich welche hätte, käme mir die Wohnung leer vor.* Stattdessen sagte sie: »Weil ich nicht weiß, ob ich bleiben werde.«

Michele ließ nicht locker. »Du wohnst inzwischen immerhin seit einer ganzen Weile hier. Warum hast du dich noch nicht entschieden, ob du bleibst?«

Ich habe mich daran gewöhnt, mich nicht zu sehr an Orte zu binden, vielleicht habe ich es damit etwas übertrieben, hätte sie sagen müssen. Sie schluckte es runter und antwortete: »Die Wohnung gehört meiner Freundin, und ich habe keinen Job.«

»Willst du deshalb auf Nicola aufpassen? Um Geld zu verdienen?«

Nein, weil ich Kinder liebe, wäre die tiefere Wahrheit gewesen. Sie hingegen schob wiederum äußere Zwänge vor: »Ja, ich habe vor einigen Monaten meine Arbeit verloren und muss Geld verdienen, wenigstens für das Nötigste.«

Daraufhin fragte er nach ihrem Lebenslauf, nach früheren Tätigkeiten und schrieb sich die Nummer ihres letzten Arbeitgebers auf.

Ihre Mutter würde an dieser Stelle bestimmt fragen, was denn mit einem eigenen Kind sei.

Emilias schwarze Haare

Meine Haare haben sich verändert, auch die Farbe. Auf meinen Kinderfotos waren sie haselnussbraun und lockig, sahen ein bisschen wie ein Blumenkohl aus. Mit der Zeit wurden sie dunkler, bekamen eine klarere Farbe. Sie hatten sich entschieden, mit allen Konsequenzen. Wie ein Fußgänger an einer Kreuzung, der überlegt, abwägt und schließlich in eine der Straßen einbiegt. Mit dem Auto geht das natürlich nicht, da musst du vorher wissen, wohin du willst, sonst bist du eine Gefahr für die anderen Verkehrsteilnehmer, die hupen und sauer auf dich sind. Ein Grund mehr, warum ich am liebsten zu Fuß gehe.

Mittlerweile habe ich schwarze Haare, die perfekte Farbe für Gedanken, die sich in einem Kopf einnisten wie Zuckerrüben in ihren Blättern. Schwarz ist ein hervorragendes Versteck. Grün ebenfalls, doch mit grünen Haaren wäre es schwierig, nicht aufzufallen. Insofern bin ich froh, schwarze und keine grünen Haare zu haben.

Als meine Mutter mit mir schwanger war, träumte sie von einer Tochter wie Schneewittchen, mit schwarzen Haaren, roten Lippen und schneeweißer Haut. Und genauso ist es gekommen, wenngleich es ein bisschen gedauert hat, bis ich so aussah wie in ihren Träumen. Als ich klein war und sie mir diese Geschichte erzählte, hörte ich ihr andächtig zu und war glücklich, eine Mama zu haben, die schon im Bauch klar und deutlich mein Aussehen gemalt hat, als würde sie mich der Welt vorstellen wollen. Warum ich wie Schneewittchen aussehen sollte, ist mir nie klar geworden, und noch weniger habe ich später, als ich größer wurde,

verstanden, warum sie mich in eine Geschichte verwoben hat, in der die Mutter früh stirbt und der Vater das Kind nicht vor der bösen Stiefmutter schützen kann. Niemand verteidigt Schneewittchen. Allein die Tiere des Waldes und die Zwerge helfen ihr. Sie glauben an das Gute und wollen sich nicht mit der Realität abfinden.
Vielleicht hat meine Mutter immer wegen Schneewittchen Apfelkuchen gebacken. Weil es ihre Art war, mich vor dem Bösen zu schützen, in das sie mich hineingeboren hatte. Ihre Art, mir zu sagen, dass ich keine Angst vor vergifteten Äpfeln zu haben brauchte und weiter an die Kraft des Märchens glauben konnte.
Leider war die Realität eine andere – vergiftete Äpfel gab und gibt es immer und überall. Das hat nichts damit zu tun, ob man an Märchen glaubt oder nicht. Märchen sind Märchen und nicht die Wirklichkeit, sagt man zumindest. Aber durch sie lassen sich Träume ausdrücken. Das Böse existiert, in den Märchen genauso wie im richtigen Leben, und niemand kann ihm entfliehen. Und die Märchen haben ein Ende wie alles andere auch.
Es passierte in der Schule. Meine Haare waren ganz kurz, die Klassenkameradin in der Bank neben mir hingegen hatte einen langen Zopf, der mir immer wie eine Schlange vorkam. Einmal zischte sie mir boshaft zu: »Du weißt wohl nicht, dass in dieser Schule keine Jungs erlaubt sind?«
Ich spürte, wie sich ihre Zähne in meinen Hals bohrten. Der Schmerz trommelte im Rhythmus ihres höhnischen Gelächters in meinem Kopf und malte Kreise hinein. Die Kreise wurden immer größer, und als ich nach Hause kam,

stürzte ich zu Mama, die mit Lockenwicklern im Haar unter der Trockenhaube saß, und weinte in ihre Schürze.
»Ich will in eine andere Schule«, schluchzte ich.
Mama hatte mir die Haare kurz geschnitten, weil sie dachte, sie würden dadurch kräftiger. Ich habe nie den Mut gehabt, ihr zu sagen, dass meine Haare wirklich kräftig genug seien. Sie waren von Anfang an kräftiger als ich und haben ihren Weg früher gefunden als ich meinen.
Möglich ebenfalls, dass die Männer in meinem Leben meine Haare mehr geliebt haben als mich. Einmal hat einer zu mir gesagt, dass die Frauen vor mir alle seidige Haare gehabt hätten, während meine sich wie Wolle anfühlen würden. Ein anderer meinte, dass es ihm am besten gefalle, wenn meine Haare nach dem Waschen und Föhnen wie die Borsten eines Besens vom Kopf abstünden. Er sei ganz vernarrt in meine Hexenhaare. Ein anderer wiederum wollte, dass ich mir einen Zopf flocht. Das würde ihn an den Zügel eines Pferdes erinnern. Mein schönster Spitzname war Schwarzhaar. Der Mann, der ihn mir verpasste, hat versichert, ich würde für immer sein Schwarzhaar bleiben, selbst wenn ich irgendwann ergraut wäre. Eine wunderbare Liebeserklärung, fand ich damals. Heute weiß ich jedoch, dass er ein Lügner war, er hat mich verlassen, bevor meine Haare überhaupt grau werden konnten.
Meine Mutter hatte früher genau die gleiche Haarfarbe wie ich, jetzt sind sie weiß. Trotzdem sehe ich sie nach wie vor mit schwarzen Haaren.

10.

Bullauge und Seifenblasen

Der Waschsalon ist ein guter Ort für alle, die kein Zuhause haben, die sich zu Hause nicht wohlfühlen oder die noch nicht fertig eingerichtet sind. Und der richtige Ort für alle, die sich überall wohlfühlen.

»Warum schaust du in die Waschmaschine?«

»Weil ich Seifenblasen mag.«

»Was magst du noch?«

Emilia schaut den Jungen überrascht an. »Eine interessante Frage. Erwachsene stellen sie selten. Meist wollen sie wissen, was man arbeitet. Oder wo man wohnt. Sie fragen dich das, um herauszufinden, wie viel Geld du verdienst und was du dir leisten kannst.«

Jetzt lächelt sie ihn an.

Nicola gefällt es, wenn sie lächelt, weil sie dann kleine Fältchen unter den Augen hat. Die Augen selbst kann man kaum erkennen, sie sind unter dem Pony versteckt, aber ihr Lächeln verzaubert die Welt, die sich immer schneller zu drehen scheint. Wenn sie ihn anlächelt, hat Nicola das Gefühl, in einem Karussell zu sitzen.

»Ich tanze gerne«, beantwortet sie seine Frage, »aber das mache ich sehr selten.«

»Und warum?«

Die Frau, die inzwischen seine Betreuerin ist, schaut wieder durch das Bullauge, hinter dem sich die Jeans und die T-Shirts in der schäumenden Lauge drehen. Sie hat den Jungen hergebracht, um zu feiern, dass sie sich hier kennengelernt haben.

Als sie ihn von der Schule abholte, hat sie das genauso gesagt: »Wollen wir unser Kennenlernen nicht vielleicht im Waschsalon feiern und ein bisschen der Waschmaschine zugucken?«

»Du magst Waschsalons wirklich?«

Statt einer Antwort lächelte sie mit geschlossenen Lippen, sodass die Zähne nicht zu sehen waren, dann ließ sie die Schultern sinken. Das erinnerte Nicola an eine Zugbrücke, die halb heruntergelassen war. Eine Taktik der Ritter, um die Absichten der sich der Burg nähernden Reiter zu erkunden.

»Ich denke schon. Hast du Lust?«

»Ja.«

Er würde mit ihr überall hingehen, denn sie schaut nicht ständig auf das Telefon oder auf die Uhr. Vielleicht ist die Zeit ja immer noch ihre Freundin, obwohl sie bereits erwachsen ist.

»Keine Ahnung, warum ich so selten tanzen gehe, eigentlich schade. Ich sollte wieder damit anfangen. Tanzen ist eines der Dinge, die ich am liebsten tue.«

»Hast du nicht genug Zeit?«

»Doch, Zeit hätte ich. Warum sollte man keine Zeit für etwas haben, das einem gefällt?«

Er hat es gewusst. Sie ist mit der Zeit befreundet.

»Und warum tanzt du dann nicht?«

»Keine Ahnung, ich weiß es echt nicht.« Emilia betrachtet die Seifenblasen durch das Bullauge der Waschmaschine.

»Übrigens fahre ich außerdem gerne mit der Straßenbahn. Wenn du wissen willst, was ich gerne mache, gehört das ebenfalls dazu.«

Nicola schweigt eine Weile. »Komisch, ich fahre auch gerne Straßenbahn, am liebsten ganz hinten, und beobachte aus dem kleinen Fenster all das, an dem man vorbeifährt. Dort steht meistens niemand, und sitzen kann man da sowieso nicht. Leider gibt es diese kleinen Fenster nicht in vielen Straßenbahnen, die meisten haben ein großes Rückfenster, und das ist nicht so schön.«

»Als ich noch an der Uni war, habe ich immer in der Straßenbahn gelernt.«

»Warum?«

»Weil ich während der Fahrt alle meine anderen Gedanken ausblenden konnte.«

Der Junge versteht nicht, was sie damit sagen will, und denkt nach. »Schreibst du deshalb gerne Geschichten für das Schwarze Brett?«

»Wie bitte?«

Emilias Gesicht wird so rot wie ihre Jacke, und die kleinen Lachfältchen um ihre Augen sind verschwunden.

»Hast du *Krieg der Sterne* gesehen?«

»Nur den ersten Teil.«

»Aha, den, wo Prinzessin Leia eine Nachricht an Obi-Wan Kenobi schickt. Das Hologramm, erinnerst du dich?«

»Ja.«

»Warum willst du nicht, dass man weiß, wer die Geschichten schreibt?«

Sie starrt ins Bullauge der Waschmaschine, ohne ihm zu antworten.

»Ich mag an den Geschichten besonders, dass sie immer gleich anfangen«, fährt er vor. »Wie in *Krieg der Sterne.* Da heißt es: *In einer fernen Galaxie,* bei dir: *Heute Morgen bin ich aufgewacht.*«

»Danke, Nicola, das ist sehr nett, dass du das sagst«, erwidert sie nach kurzem Schweigen.

»Das ist mein Ernst.«

»Egal, es ist nett. Weißt du, Erwachsene sagen nicht immer, was sie denken, vor allem ihre Komplimente sind oft gelogen.«

»Warum?«

Sie zögert einen Augenblick, denkt nach. »Vielleicht weil ihnen das, was sie bekommen wollen, wichtiger ist als das, was sie geben sollen.«

»Das verstehe ich nicht.«

Sie lacht. »Ich genauso wenig, lassen wir das. Was hältst du davon, mit der Straßenbahn zu fahren? Da kommen wir auf andere Gedanken. Vielleicht zum Flughafen?«

»Zum Flughafen? Wir wollen ja nicht verreisen. Ich fahre immer dorthin, wenn ich mit Mama zu den Großeltern fliege. Sonst nie.«

»Man kann ebenfalls einfach so zum Flughafen fahren, nicht bloß wenn man verreisen oder jemanden abholen will. Ich schaue mir besonders gerne die startenden Flugzeuge an. Dann stelle ich mir vor, wer drinsitzt und wohin die Leute fliegen. Oder ich träume davon, wo ich selbst gerne hinfliegen würde, und verreise in meiner Fantasie. Hast du Lust?«

»Ja, wir fliegen nach Texas!«

»Nach Texas?«

»Klar, dort essen wir Steaks und Pommes, genau wie Tex Willer.«

»Gut, sobald wir gelandet sind, gehst du zu Tex Willer und isst mit ihm Steaks, und ich besuche meine Freundin Lisa, die ich sehr lange nicht mehr gesehen habe und die mir sehr fehlt.«

Sie verlassen den Waschsalon und gehen zur Straßenbahnhaltestelle. Der Junge schaut auf die elektronische Anzeigetafel, sie müssen fünf Minuten warten. Zum Glück nicht länger, sonst würde er ungeduldig. Er starrt auf das Gleis und vertreibt sich die Zeit damit, sich vorzustellen, dass alle Schienen in der Stadt miteinander verbunden sind wie ein Spinnennetz. Die Freundin aus Texas fällt ihm wieder ein.

»Wer ist Lisa eigentlich genau?«

»Sie hat mir die Wohnung überlassen.«

»Wenn sie das nicht gemacht hätte, würden wir uns nicht kennengelernt haben.«

»Genau.«

Nicola mag, wie sie spricht, langsam und mit Pausen. Nicht wie die anderen Erwachsenen, die ohne Punkt und Komma drauflosreden.

Selbst in der Straßenbahn haben sie ständig das Handy am Ohr und sprechen so laut, dass man gar nicht in Ruhe nachdenken kann. Es klingt, als würden sie ihrem Pferd die Sporen geben. Wie in den Geschichten von Tex. Emilia dagegen spricht ohne Eile. Wie jetzt. Sie hat erst überlegt, bevor sie »genau« gesagt hat. Er meint die Denkblasen über ihrem Kopf zu sehen wie in den Comics.

»Dann ist Lisa ein bisschen zugleich meine Freundin.«

Dieses Mal macht sie keine Pause, sondern lacht herzhaft los.

»Ach, Nicola, du sagst ganz oft wunderbare Sachen. Ja, damit wäre sie sicher einverstanden. Ihr seid Freunde geworden durch mich.«

Fürsorglich klappt Emilia den Kragen seiner Jacke hoch. »Ist dir nicht kalt ohne Schal?«

»Ein bisschen. Mama hat ihn gewaschen, dabei ist er eingegangen, und ich habe ihn meinem Plüschpinguin geschenkt. Er lebt ja immer in der Kälte.«

Seine Mutter war bislang kein Thema zwischen ihnen.

»Hast du deiner Mama mal von mir erzählt? Und hat sie was gesagt?«

»Nein, das habe ich vergessen. Vielleicht hat Papa es erwähnt, so genau weiß ich das nicht. Beim nächsten Mal berichte ich ihr, was wir für tolle Sachen machen, so was wie früher mit Papa und ihr.«

Dann schweigt er, denkt an seine Mutter und daran, wie es wäre, wenn sie die Frau mit dem Pony über den Augen treffen würde.

»Hättest du gerne einen neuen Schal?«, fragt Emilia ihn.

»Ja.«

»Und wäre es okay, wenn ich dir einen stricken würde? Ich habe ewig lange nicht mehr gestrickt, doch ich weiß noch, wie es geht. Ein Schal ist leicht. Welche Farbe würde dir gefallen?«

Der Junge überlegt. »Schwarz! Wie Darth Vader. Kannst du ihn in Schwarz machen?«

»Na klar. Aber erzähl mir mal, warum du Darth Vader so

magst. Immerhin stellst du dich damit ja auf die Seite der Bösen.«

Beide müssen lachen.

»Er ist der Stärkste, darum mag ich ihn.«

»Ich weiß nicht, ob das stimmt, vielleicht kommt es dir lediglich so vor.«

Der Junge will gerade sagen, dass er eigentlich auf der Seite der Rebellen ist, als hinter der Kurve die orangefarbene Straßenbahn auftaucht.

»Texas, wir kommen!«

Als sie einsteigen, fragt Nicola, ob er die Fahrkarten abstempeln darf. Er steckt sie in den Fahrscheinentwerter, dann gehen sie nach hinten, und der Junge schaut aus dem kleinen Fenster.

»Hier bin ich am liebsten. Da sieht man, was die Straßenbahn alles hinter sich lässt.«

»Ich habe noch nie aus diesem Fenster geschaut. Es kommt mir vor, als wäre es allein für uns gemacht. Danke, dass du mir das gezeigt hast.«

»Gestern hat Papa übrigens einen Anruf vom Hausverwalter erhalten.«

»Vom Hausverwalter? Warum erzählst du mir das?«

»Sie wollen was mit dem Schwarzen Brett machen. Jemand hat sich über deine Geschichten beschwert, dabei weiß niemand, dass du sie geschrieben hast. Papa hat es mir erzählt, weil ich die Geschichten immer lese.«

»Und was genau haben sie vor?«

»Sie wollen einen Glaskasten davorsetzen, den man abschließen kann. Damit man nicht mehr einfach etwas hinhängen kann. Alle Bewohner werden nach ihrer Meinung gefragt.«

»Wer wird sich wohl durchsetzen?«

»Was meinst du damit?«

»Ob die Nein- oder die Jasager in der Mehrzahl sind, wenn es darum geht, das Schwarze Brett abzuschließen. Also ob es mehr Leute gibt, die die Geschichten mögen, oder mehr, die sie nicht mögen.«

»Wir könnten dafür sorgen, dass die Neinsager gewinnen, wenn wir mit allen reden.«

»Ich kenne die Leute ja gar nicht. Und außerdem habe ich an den Kommentaren gemerkt, dass einigen meine Geschichten nicht gefallen.«

Der Junge nickt. »Aber es gibt sicher viele, denen sie gefallen. Ich finde sie alle schön, obwohl ich nicht alles verstehe, weil manche Sachen, die du schreibst, für Erwachsene und nicht für Kinder sind.« Nicola kommt so richtig in Fahrt. »Und es ist egal, ob wir die Leute kennen oder nicht, wir müssen sie einfach ansprechen. Wenn wir richtig mit ihnen reden, können wir sie vielleicht davon überzeugen, das Schwarze Brett so zu lassen, wie es ist. Ohne Glaskasten.«

»Und wie sollen wir das anstellen?«

Er fuchtelt mit den Händen durch die Luft, fährt sich durch die Haare, und man sieht ihm an, wie krampfhaft er nachdenkt.

»Ich könnte beispielsweise sagen, dass die Geschichten für die Schule wichtig sind. Die Lehrerin hat mich nämlich gefragt, woher ich plötzlich so tolle Ideen habe, und ich habe geantwortet, von dem Schwarzen Brett in unserem Haus. Und jetzt will sie die Geschichten sogar lesen. Stell dir das vor.«

»Das ist eine Superidee, Nicola, ob sie funktioniert, ist hingegen eine andere Frage. Sag mal, warum kommst du nicht zur Schreibwerkstatt, die ich mit den Grundschulkindern mache? Sie sind in deinem Alter, und wir schreiben Geschichten und Gedichte. Da ist Fantasie gefragt. Wie wär's?«

»Klingt spannend, das musst du mir irgendwann mal genauer erklären. Jetzt nicht, ich überlege gerade. Wenn wir mit den anderen im Haus reden, solltest du zugeben, dass du die Geschichten schreibst.«

»Warum?«

»Sie müssen wissen, wer dahintersteckt. Und man sollte deine Augen besser sehen können.«

»Gefallen dir meine Haare nicht?«

»Na ja, sie sehen aus wie zugezogene Vorhänge.«

Emilia dreht sich schweigend um, hält sich an der Stange fest und schaut wieder aus dem Fenster nach hinten. Der Junge versteht nicht genau, was los ist, spürt lediglich, dass er jetzt besser nichts sagt.

Kurz darauf kommen sie am Flughafen an und gehen in das Stockwerk, von dem aus man die Flugzeuge starten sehen kann. Der Junge sagt, wenn er sieht, wie eine Maschine abhebt, kommen ihm die Wörter »Gefahr«, »Abenteuer«, »Spaß« und »Glück« in den Sinn.

»In dieser Reihenfolge?«

»Ja. Ich denke zuerst an die Gefahr, erst später an das Glück.«

Die nächste Stunde reden sie nicht viel, schauen mal den landenden, mal den startenden Maschinen zu. Hin und wieder lächeln sie sich an, machen einander auf irgendetwas aufmerksam. Nicola träumt von Abenteuern, von Schatzsuchern und von einer Mondlandung. Das Flugzeug verwandelt sich in eine Rakete und verlässt die Flugroute, um zum Mond zu fliegen. Er ist einer der Passagiere. Die Besatzung trägt Raumanzüge, und statt Getränke und Snacks zu servieren, bitten die Stewardessen die Passagiere um Mithilfe, die Landung vorzubereiten.

Irgendwann fragt er eine von ihnen: *Können wir durch den Hyperraum fliegen?*

In Ordnung, mein Herr, doch wir sagen es niemandem. Höchstens im Notfall, der hoffentlich nicht eintritt.

Er schaut sie verschwörerisch an und nickt, er wird nichts verraten. Sie geht zum Cockpit und schließt die Tür hinter sich.

Als Michele gegen Abend an der Wohnung im zweiten Stock klingelt, um seinen Sohn abzuholen, flüstert der Junge Emilia schnell noch etwas Wichtiges ins Ohr.

»Papa weiß jetzt, wer die Geschichten schreibt, ich habe es ihm gesagt. Und am nächsten Tag hat er die gelesen, die gerade am Schwarzen Brett hing. Es war die Geschichte, die von Fehlern handelt. Ich glaube, sie hat ihm gefallen. Kannst du mir das Blatt geben? Ich habe es an der Schnur hängen sehen.« Dann wendet er sich an seinen Vater: »Papa, warte kurz, ich habe ein Blatt mit Hausaufgaben vergessen, das ich schnell holen muss.«

Später, in seinem Zimmer, liest der Junge die Geschichte noch mal, weil er gerne wissen will, was seinem Papa so gut daran gefallen hat.

Heute Morgen bin ich aufgewacht und habe darüber nachgedacht, warum ich Angst habe, Fehler zu machen. Ich glaube, das hat mit dem Schmerz zu tun, den die Fehler, die ich bereits gemacht habe, verursacht haben. Zum Beispiel schätze ich Menschen oft falsch ein. Oder fahre mit der U-Bahn in die verkehrte Richtung. Ich habe keinen Orientierungssinn. Dadurch mache ich immer wieder irgendwelche Fehler, egal ob mit anderen Menschen oder mit Straßen. Wenn ich mich verlaufe, muss ich lachen. Wenn ich mich hingegen in einem Menschen getäuscht habe, gebe ich mir die Schuld und weine.

Dann erinnere ich mich an das Märchen, in dem ein junges Mädchen am Brunnen einer alten Frau etwas zu trinken gibt und dafür einen Wunsch frei hat. Vielleicht ist dieses Märchen meine Geschichte, ich bin gleichzeitig das junge Mädchen und die alte Frau. Wenn ich müde und erschöpft bin, fühle ich mich alt, wenn ich helfen kann, fühle ich mich jung und glücklich und bin freundlich. Zu anderen und zu mir selbst. Weil ich Gutes tue, verzeihe ich mir meine Fehler. Ich mag den Ausdruck »einen Fehler machen« lieber als »scheitern«. Vielleicht kann man ja den Fehler noch ungeschehen machen. Wie in der Kindheit. Wenn mir beim Stricken eine Masche runtergefallen ist, habe ich sie einfach wieder hochgeholt und weitergemacht.

Der Junge findet die Geschichte ziemlich kompliziert, es ist eine Erwachsenengeschichte. Dennoch glaubt er jetzt zu wissen, was für seinen Papa wichtig war.

»Nic, Essen ist fertig!«

Er hängt das Blatt an die Pinnwand über seinem Bett. Nach dem Abendessen wird er es seinem Vater geben.

11.
Erkundung

An dem Tag, als sie ihren Plan in Bezug auf eine Umfrage in die Tat umsetzen wollen, verlässt Emilia der Mut. Ist das wirklich eine so gute Idee? Ohne den Jungen würde es gar nicht gehen, und wer weiß, wie lange die Wirkung von Alice' Mutkeks anhält. Nicola darf nicht sehen, wenn sie ein Stück davon abbeißt, sonst möchte er bestimmt etwas davon abhaben. Aber er braucht so was nicht. Er hat Mut genug und weiß selbst, wie man groß und wieder klein wird, je nachdem, was gerade wichtig ist.

Heute Morgen hat Emilia nur daran geknabbert und sich winzig klein gefühlt. Sie könnte in einem Loch verschwinden, wenn es sein müsste. Und weil sie sich so klein fühlt, denkt sie an ihre Kindheit und an die Seifenblasen, die wie durch Zauberhand in allen Farben erstrahlen.

Heute Morgen bin ich aufgewacht und habe an Seifenblasen gedacht. Ich mag sie, weil sie ein Wunder sind. Hauchfein und empfindlich, und du weißt, dass sie jeden Moment zerplatzen können. Sie sind dann einfach weg, und man kann kaum glauben, dass sie noch kurze Zeit zuvor alle Farben des Regenbogens in sich getragen haben.
Ich mag Seifenblasen, weil sie fröhlich sind. Sie werden immer größer und fliegen herum, als gäbe es nichts Wich-

tigeres auf der Welt. Einmal habe ich in einem Spielzeugladen Seifenblasen gekauft, in einer grünen Packung, und der Verkäufer hat mich gefragt, ob Grün die Lieblingsfarbe meines Kindes sei. Ich war zunächst perplex, doch dann habe ich ihm gesagt, dass ich gar kein Kind habe und die Seifenblasen für mich sind. Als er meinte, ich sei ein bisschen zu alt für Seifenblasen, hätte ich ihm am liebsten eine ganz große ins Gesicht gepustet. Um ihn nicht aufzuregen, habe ich mir das verkniffen, habe stattdessen schnell bezahlt und bin gegangen.

Emilia benutzt gerne die Straßenbahn, weil sie ein festes Ziel hat und man keinen Orientierungssinn braucht. Schließlich kann man als Fahrgast keinen Fehler machen. Am liebsten sind ihr die alten Straßenbahnwagen mit den Bänken, bei denen sich immer zwei gegenüberstehen, sodass man sich anschauen kann, wenn man will. Wenn nicht, wendet man den Blick ab und schaut aus dem Fenster.

Sitzen ihr Kinder gegenüber, lächelt sie häufig, wobei sie nicht sagen kann, warum sie das eine Kind anlächelt und das andere nicht. Jedenfalls ist ihr wiederholt aufgefallen, dass es den meisten Eltern nicht passt, dass sie ihr Kind anlächelt, und seitdem schaut sie lieber zur Seite oder liest.

Um in der Straßenbahn oder im Zug andere unbemerkt beobachten zu können, ist ein Buch ein gutes Versteck. Daran hat Emilia denken müssen, als sie mit Nicola Straßenbahn gefahren ist und er aus dem Fenster gesehen hat. Das erste Mal seit langer Zeit konnte sie ein Kind beobachten, ohne dass ihr Tränen in die Augen gestiegen sind. Zwar spürte sie, dass sie da sind, aber sie sind nicht zum Vorschein gekommen.

Emilia fährt nicht bloß deshalb gerne Straßenbahn, um Leute zu beobachten – fast reizvoller findet sie es, ihre Gespräche zu belauschen. Besonders eine Gruppe junger Mädchen ist ihr in Erinnerung geblieben, die sich über einen Jungen unterhalten haben, der in eine von ihnen verliebt war. Es war höchst amüsant.

Eine andere Begebenheit hingegen stimmte sie nachdenklich und ein wenig traurig. Sie erlebte die Szene an einem warmen Julinachmittag. In einem Wartehäuschen fiel ihr ein Stuhl auf, neben dem eine Getränkedose stand. Sie machte sogar mit ihrem Handy ein Foto davon. Vielleicht hatte ein Obdachloser den Stuhl dorthin gestellt, um im Schatten zu sitzen und nicht allein zu sein, überlegte sie. Und vielleicht war er gestört worden und ohne Stuhl weggegangen.

Alle Dinge um sie herum scheinen Geschichten zu erzählen.

Die Straßenbahn ist ähnlich wie der Waschsalon ein Ort, an dem man in der Gesellschaft anderer sein kann, wenn man es zu Hause nicht mehr aushält oder auf andere Gedanken kommen will. Von alleine wäre sie allerdings nie auf die Idee gekommen, aus dem Rückfenster zu schauen und zu beobachten, was die Straßenbahn so alles hinter sich lässt. Unter anderem ein paar Gedanken.

Miau. Lù ist aufgewacht, weil es klingelt. Leo streicht äußerst vorsichtig an der Wand entlang, auf der Türschwelle duckt er sich und springt ins blaue Zimmer. Emilia hört, wie er in der Kiste verschwindet, die sie unter das Fenster gestellt hat.

»Hallo.«

»Hast du keine Angst, dass Lù wegläuft?«

Nicola schaut zu der Katze hin, die ganz behutsam eine Pfote vor die andere setzt und zur Tür tippelt.

»Nein, ihr Ausflug endet am Treppenabsatz. Hast du deinen Picknickkorb dabei, Lù?«

Der Junge lacht immer darüber, wie sie mit den Katzen spricht. Wenn ihm ein Wort besonders gut gefällt, wiederholt er es.

»Ausflug!«

»Willst du ein Glas Wasser, oder wollen wir gleich anfangen?«

»Wir fangen gleich an.«

Emilia beißt entschlossen in den Mutkeks, den sie in der Tasche hat. Offenbar war der eine zum Frühstück nicht genug. Und da sie wirklich und wahrhaftig allen Mut braucht, hat sie sich noch ein großes Stück genehmigt, um sicherzugehen, dass sie durchhält.

»Lù, geh wieder rein, Nicola und ich haben etwas zu erledigen.«

Als die Katze hört, dass die Tür gegenüber geöffnet wird, springt sie rasch in die Wohnung zurück. Emilia bedauert zutiefst, ihr nicht folgen zu können. Ihre schreckliche Nachbarin scheint wieder mal nachschauen zu wollen, was sich vor ihrer Tür abspielt.

»Guten Aaaaabend.«

Emilia hasst das lang gezogene a, das besonders freundlich klingen soll. Es erinnert sie an einen Messerwerfer, den sie in einem alten Schwarz-Weiß-Film gesehen hat und bei dem sie sich immer unwohl fühlte, obwohl er lächelte.

»Guten Abend.«

»Führen Sie die Katzen aus?«

»Haben Sie *Krieg der Sterne* gesehen?«

Nicolas Stimme trifft Franca wie ein Blitz aus heiterem Himmel.

»Was ist das?«

Der Junge stellt sich vor, wie er sich duckt, um der aggressiven Stimme auszuweichen, und dass die bis an die Zähne bewaffneten Invasoren angreifen.

Er flüstert Emilia zu: »Wir dürfen Darth Vader keine Informationen geben.«

»Von was redet dieses Kind? Muss es nicht in der Schule sein?«

»Ich komme gerade aus der Schule und mache jetzt Hausaufgaben. Auf Wiedersehen.«

Schon ist Nicola verschwunden, fast genauso schnell wie Lù. Emilia lächelt gequält und stellt sich vor, wie schön es wäre, die ganze Wut auf einmal loszuwerden. Ein Klick und weg damit. Sie winkt der Nachbarin kurz zu und geht ebenfalls in die Wohnung zurück.

Nachdem sie die Tür hinter sich geschlossen hat, sieht sie, wie Nicola den Daumen hebt und komplizenhaft grinst. Geschafft! Sie prusten vor Lachen, wenngleich gedämpft, damit sie die Nachbarin nicht hören kann. Bestimmt steht sie horchend hinter ihrer Wohnungstür, vermutet Emilia. Bevor sie und Nicola erneut hinausgehen, werden sie vorsichtshalber ein paar Minuten warten, nicht dass sie ein weiteres Mal aufgehalten werden.

Leo hat Nicolas Stimme erkannt. Sein weißer Kopf schiebt sich aus dem Karton, und er lässt sich sogar streicheln, der Beginn einer neuen Freundschaft.

»Die Bahn ist frei«, ruft Emilia, »binde dir die Schuhe, sonst stolperst du.«

Der Junge setzt sich auf den Boden und versucht sein Bestes, besonders geschickt stellt er sich für einen Zehnjährigen nicht an. Wahrscheinlich ist es ihm einfach lästig.

Nach einer Weile steht er wieder auf und fragt: »Wo fangen wir an?«

»Wer wohnt im dritten Stock euch gegenüber?«

»Zwei junge Leute, die sich oft streiten. Manchmal höre ich die Frau weinen.«

»Oh. Wollen wir dort beginnen?«

»Ja.«

Sie gehen die Treppe hoch. An der Wohnungstür ist ein Schild mit zwei Namen angebracht, genauer gesagt, zwei Nachnamen mit den Anfangsbuchstaben der Vornamen. Während Emilia klingelt, fragt sie sich, welcher Name wohl oben steht, ihrer oder seiner.

»Ja bitte?«

Hinter der Tür ist eine männliche Stimme zu vernehmen, die ziemlich unfreundlich klingt.

»Ich bin die neue Mieterin aus dem zweiten Stock und führe mit dem Jungen von gegenüber eine Befragung durch.«

»Was bitte macht ihr?«

Der junge Mann öffnet sichtlich verwundert die Tür. Die Farbe seiner Kleidung ist noch dunkler als sein Blick. Emilia spürt seine Augen auf ihren Brüsten ruhen, bevor sie weiter über ihren Körper wandern. Ihre Wut darüber gibt ihr den Mut weiterzusprechen.

»Ist deine Freundin auch da?«

»Woher weißt du, dass ich mit einer Freundin zusammenlebe?«

»Das habe ich ihr erzählt. Hallo, ich bin Nicola und wohne gegenüber, wir haben uns öfter mal gesehen.«

»Stimmt. Anna, komm bitte. Ich heiße übrigens Lucio.«

Emilia und Nicola schütteln ihm die Hand.

»Hallo, mein Name ist Emilia«, unternimmt sie einen Vorstoß. »Nicola und ich führen eine Befragung durch. Seid ihr von der Hausverwaltung angerufen worden? Wegen des Schwarzen Bretts?«

»Ja«, antwortet die junge Frau, die gerade auftaucht, prompt.

Ihr Freund stutzt, offenbar weiß er nichts davon, was ihm deutlich missfällt.

»Und um was geht's da?«, erkundigt er sich.

»Also, sie haben mich angerufen wegen der Zettel mit den Geschichten, und ich habe gesagt, dass ich sie gerne lese und dass sie beruhigend auf mich wirken.« Anna lächelt. »Sie lesen sich wie Briefe einer großen Schwester. Schade, dass mir diese Formulierung nicht früher eingefallen ist. Das hätte ich denen am Telefon gerne gesagt. Weißt du, ich verstehe mich nicht gut mit meiner Schwester, und gerade aus diesem Grund fände ich es schön, wenn sie mir solche Briefe schreiben würde. Sie erinnern mich an ein Tagebuch, eine Art … öffentliches Tagebuch.«

Nicola holt einen Lutscher aus der Tasche. »Die Geschichten sind von ihr. Sie ist deine große Schwester.«

Annas Gesicht beginnt zu leuchten. »Wirklich? Du musst ein wunderbarer Mensch sein! Darf ich dich umarmen?« Ohne die Antwort abzuwarten, drückt sie Emilia an sich. »Danke, danke, danke. Du weißt gar nicht, wie oft du mir morgens gute Laune gemacht hast.«

Anna will Emilia gar nicht mehr loslassen, bis sich ihr eine Hand auf die Schulter legt. Lucio, der kurz in der Wohnung war, ist wieder zurück.

»Ich habe dem Verwalter gesagt, dass ich gegen den Glaskasten bin«, fährt Anna fort, »ich möchte gerne weiter deine Geschichten lesen.«

»Warum hast du mir nichts davon erzählt?«, erkundigt sich Lucio verdrossen.

Plötzlich lächelt Anna nicht mehr, und ihre Stimme klingt ein wenig resigniert.

»Warum? Ganz einfach, weil dich solche Geschichten sowieso nicht interessieren.«

»Na ja, ehrlich gesagt, ist das Ganze ja ziemlich irre. Wer schreibt denn so was? Eigentlich habe ich nicht damit gerechnet, dass es jemand aus dem Haus ist, immerhin ist so etwas früher nie vorgekommen. Ich dachte, dass es irgendwer ist, der sich irgendwie unberechtigt Zugang verschafft.« Missmutig mustert er Emilia. »Hast du denn keinen Freund oder eine Freundin, bei der du die ganze Gefühlsduselei abladen kannst? Und wie bist du überhaupt auf die Idee gekommen, das Schwarze Brett zu benutzen, als würde es dir gehören?«

Emilia reckt sich und schaut ihm direkt in die Augen. »Nein, ich habe keinen Freund, meine beste Freundin ist gerade im Ausland, und ich war lange nicht mehr in der Stadt, sodass ich niemanden mehr kenne.«

Nicola sieht inzwischen rot und würde dem Mann am liebsten einen Tritt gegen das Schienbein versetzen, wie er Emilia später erzählen wird.

Stattdessen reißt er sich zusammen und sagt: »In meiner Schule kommen die Geschichten super an. Ich habe meiner Lehrerin ein paar erzählt, und sie war begeistert. Einmal mussten wir sogar einen Aufsatz über Taschen schreiben. Wir sollten erklären, warum wir sie mögen oder nicht und wozu wir sie benutzen. Ich habe geschrieben, dass es eine tolle Sache ist, einen Ort zu haben, wo man manchmal seine Hände reinstecken kann.«

Vorsichtig wirft er einen Blick zu Emilia hinüber – er hofft, dass sie ihn für seine Fantasie bewundert.

Lucio geht zurück in die Wohnung, und Anna verabschiedet sich mit einem entschuldigenden Lächeln und bietet Emilia an vorbeizukommen, wenn sie etwas braucht.

Dann gehen sie hoch in den vierten Stock.

»Hier wohnt Signora Gina, wie du weißt«, sagt sie zu dem Jungen. »Wir müssen nicht klingeln, sie ist bestimmt nicht da, dienstagnachmittags geht sie immer zu einem Treffen in der Gemeinde. Außerdem mag sie die Geschichten, vor allem seit du ihr verraten hast, von wem sie stammen.«

Nicola schaut sie ein wenig schuldbewusst an. »Das war hoffentlich richtig, oder nicht?«

Emilia lächelt ihn an. »Ja, das war eine gute Idee.«

Ihr wird nicht zum ersten Mal klar, dass sie den Geschichten vom Schwarzen Brett, wie Nicola sie nennt, dankbar sein muss. Ohne sie hätte sie Gina vermutlich nie kennengelernt und nie erfahren, wie übel ihr das Schicksal mitgespielt hat. Wie gerne würde sie ihr helfen. Obwohl aus ihren Worten oft Melancholie und Bitterkeit sprechen, ist Emilia davon überzeugt, dass in dieser alten, einsamen Frau mehr Kraft steckt, als sie zugeben möchte. Vielleicht kann sie sich nicht verzeihen, dass sie immer noch lebt, ihren Sohn hingegen beerdigen musste. Emilia glaubt, dass sie nicht zuletzt deshalb Freundinnen geworden sind. Gina und sie kennen das schrille Geräusch der Einsamkeit.

»Gina spielt gerade Karten mit ihren Dienstagsfreundinnen. Spielst du auch hin und wieder Karten?«

»Ja, mit Mama. Ich mag Uno, du weißt schon, diese bunten Karten mit Zahlen.«

»Nein, die kenne ich nicht.«

»Ich bringe es dir bei, wenn du willst. Es ist leicht zu lernen.«

»Danke, abgemacht.«

Sie fahren in den fünften Stock.

Noch bevor der Junge klingeln kann, wird die Tür aufgerissen.

»Oh, entschuldigt!«

Eine Frau, die sie höchstens flüchtig gesehen hat, steht vor ihnen. Sie hat kurze graue Haare und stützt sich auf einen Stock. Nicola findet, sie sieht aus wie Leo, und deshalb ist sie ihm auf Anhieb sympathisch. Ihre Stimme klingt in seinen Ohren rau und kratzig wie der Schal, den Mama zu heiß gewaschen hat.

»Wollt ihr zu mir?«

»Ja, verzeihen Sie, wir beeilen uns. Es geht um den Glaskasten für das Schwarze Brett, den die Hausverwaltung anbringen will. Wir sind dagegen und wollen die Mitbewohner davon überzeugen, alles so zu lassen, wie es ist, damit wir weiter die Geschichten lesen können, die dort aufgehängt werden.«

Der Zehnjährige klingt mit einem Mal gar nicht mehr kindlich.

»Wer ist wir?«, hakt die Frau nach.

»Sie und ich und mein Papa. Wir wohnen im dritten Stock, und uns gefallen die Geschichten.«

»Ich mag sie zwar, will aber keinen Streit mit der Mitbewohnerin, die sich besonders für den Glaskasten starkmacht. Ich kenne sie ewig, fast mein ganzes Leben lang. Wenn ich gegen sie stimme, wird sie mich mit ihrem Ärger verfolgen. Und da ich das nicht will, habe ich dem Verwalter gesagt, dass ich für den Glaskasten bin. Tut mir leid«, sagt sie und will die Tür schließen.

»Schade. Die Geschichten sind nämlich von ihr«, erklärt Nicola und zeigt mit dem Lutscher auf Emilia.

Wenn ihr Pony nicht ihre Augen verdecken würde, könnte er sehen, dass ihr diese Eröffnung gar nicht gefällt.

»Sie möchte nicht, dass ich das sage, weil sie schüchtern ist, doch ich finde, dass Sie es wissen sollten. Besonders wenn Ihnen die Geschichten gefallen.«

Die Frau mit dem Stock wendet sich Emilia zu. »Deine Geschichten sind wunderbar, deine Worte tun dem Herzen gut. Vorausgesetzt natürlich, man hat ein Herz.« Dann fügt sie leise hinzu: »Hör mal, ich duze dich, weil du noch so jung bist. Das Schwarze Brett wird bestimmt abgeschlossen, wenn Franca es verlangt. Sie ist einfach so, kann es nicht ertragen, dass die Menschen glücklich sind. Immer ist sie wütend, hast du das noch nicht bemerkt?«

»O ja, das habe ich. Sie wohnt mir gegenüber und mag meine Katzen nicht.«

»Sie mag nicht mal ihre Fußspitzen.«

Nicola kichert. Emilia schaut ihn gerührt an. Seine Unbekümmertheit und sein freundliches Wesen könnten Berge versetzen. Die Welt braucht Kinder wie ihn – Kinder, die keine Angst haben, sie auf den Kopf zu stellen.

Die Frau wendet sich an den Jungen. »Wenn sie jetzt hier wäre, würde sie dich anschreien, weil du so laut lachst«, sagt sie und fügt an Emilia gewandt hinzu: »Sie hat mindestens hundertmal den Verwalter deswegen angerufen, sie geht ihm fürchterlich auf die Nerven. Er will bloß seine Ruhe haben, deshalb der Glaskasten. Ach, was soll's. Du scherst dich nicht darum, machst weiter wie bisher und klebst deine Geschichten mit Tesafilm auf das Glas. Dann haben die einen ihre Ruhe, und wir haben weiter unseren Spaß.«

Sie nickt ihnen zu, als sie den Aufzug betreten. Bevor sich die Türen schließen, ruft sie ihnen nach: »Ich bin übrigens Viola, die Geschichte mit den Seifenblasen hat mir sehr gut gefallen. Und ich bin die mit dem Kommentar, dass man nie aufhören soll zu spielen.«

»Danke, ich bin Emilia.«

Der Aufzug setzt sich in Bewegung.

»Ich bin Nicola!«, verkündet der Junge schnell noch, bevor die Tür sich ganz schließt.

Seine Stimme ist wie eine Lakritzrolle, von denen Emilia früher nie genug kriegen konnte. Sie entrollt sich langsam und gleitet das Aufzugseil hinauf, schlüpft mit einem Lufthauch hinaus und klebt sich an das Lächeln der Frau mit dem Stock.

Die Antwort fliegt rasch zu ihnen herunter: »Es war mir ein Vergnügen, dich kennenzulernen, Nicola!«

Ich war im dritten Studienjahr, als Papa den Laden verkaufte. Sein Bruder brauchte dringend Geld. Eines Abends nach dem Essen hat er mir seine Entscheidung mitgeteilt. Man müsse zu jedem Opfer bereit sein, wenn jemand Hilfe brauche, sagte er. Genau das waren seine Worte. Außerdem trage er sich sowieso mit dem Gedanken, alsbald in den Ruhestand zu gehen.
Aber ich wusste, dass das nicht stimmte. Er wollte nicht aufhören, jedenfalls noch nicht. Sein Bruder war ein Spieler und hatte ihn bereits früher wiederholt um Geld gebeten, wie ich jetzt erfuhr. Ich selbst habe diesen Onkel kaum gekannt, er war selten bei uns. Und wenn er kam, brauchte er eben Geld. Papa und Mama stritten dann bis tief in die Nacht. Sie dachten, ich würde schlafen, doch manchmal bekam ich es mit. Selbst wenn ich keine Einzelheiten verstand, begriff ich, dass der Onkel der Grund für den Streit war. Sonst zankten sie nämlich nie.
Ein Jahr nachdem Papa den Laden verkauft hatte, wurde er krank. Er wirkte schwach, mutlos und resigniert. Selbst an den Samstagnachmittagen verließ er das Haus nicht mehr, um wie früher seine Gedanken spazieren zu führen. Dabei waren diese Spaziergänge für ihn heilig gewesen. Er sagte immer, dass die Gedanken Freunde sein müssen. Gebe es Streit zwischen ihnen, wisse man nicht recht, wem man folgen solle. Es sei, als ob ein Fuß in diese und der andere in jene Richtung zu gehen versuche. Dann trete man auf der Stelle. Oder man falle.

Vielleicht wäre es sowieso passiert, vielleicht auch nicht. Vielleicht wäre das lauernde Gift nicht in seinen Körper eingedrungen, wenn er den Eisenwarenladen nicht verkauft hätte. Mein Onkel, für den er das getan hatte, war nicht ein einziges Mal bei ihm im Krankenhaus.
Seit der Diagnose weinte Mama jeden Tag. Am heftigsten weinte sie, als ihn die Ärzte nach Hause schickten, weil sie nichts mehr für ihn tun konnten. Und sie weinte weiter, selbst viele Monate nach seinem Tod noch. Mama hatte Papa über alles geliebt und wusste nicht, wie sie ohne ihn weiterleben sollte. Mit ihm hatte sie ihren Kompass verloren. Sie fühlte sich wie eine einsame Touristin in einer fremden Stadt. Ohne Halt und ohne Ziel irrte sie durch ihren Alltag und fand keine Koordinaten mehr.
Papa war noch kein Jahr tot, als sie sich vom Leben verabschiedete und sich in sich selbst vergrub. Sie zog alle Vorhänge zu und starrte gegen die dunklen Wände. Irgendwann habe ich aufgehört, sie zu besuchen, in dieser Wohnung gab es keinen Platz mehr für mich. Das letzte Mal habe ich sie vor fast zwei Jahren gesehen und sie um das Radio gebeten, das nutzlos herumstand. Früher pflegte sie an den Samstagnachmittagen immer Radio zu hören. Wir waren beide in der Küche, ich machte Hausaufgaben, und sie bügelte. Wir waren uns nah, selbst wenn wir kein Wort miteinander sprachen und jede mit ihren eigenen Angelegenheiten beschäftigt war. Irgendwann setzte sie Wasser für den Tee auf, und kurz darauf kam Papa von seinem Spaziergang zurück und brachte Kuchen mit.

Mit dem Tod meines Vaters ist die Farbe Rosa aus meinem Leben verschwunden, lediglich ein verblichener Fleck ist übrig geblieben. Ich habe die Farbe geliebt, seit ich zum allerersten Mal im Zirkus war. Bei diesem Besuch schaute ich mich in dem weiten Rund um und fühlte mich sofort wohl. Es war für mich ein Ort voller Harmonie und voller Freiheit. Ich war noch ein Kind, aber unter dieser riesigen Kuppel verspürte ich ein Kribbeln, den Duft nach Abenteuer. Die Akrobaten am Trapez gefielen mir am besten.

Nach der Vorstellung kaufte Mama mir Zuckerwatte. Gebannt schaute ich zu, wie der flüssige Zucker um ein Holzstäbchen gewickelt wurde, und hatte das Gefühl, dass sich da etwas Wichtiges vor meinen Augen abspielte. Wenn Kinder Zuckerwatte essen, begreifen sie sofort, wie schnell die schönen Dinge vorbei sein können, doch sie lernen ebenfalls, was man davon hat, wenn man nicht gleich alles auf einmal nimmt. Deshalb wollte ich mir nie die Hände waschen, sie sollten klebrig bleiben, bis ich zu Hause war. Es gab weiße und rosa Zuckerwatte, ich wollte immer die rosarote. Dass die Schlange an diesem Stand viel länger war als bei der weißen, störte mich nicht. Ich glaubte nämlich, dass man in der rosa Zuckerwatte seine Träume besser verstecken konnte – in der weißen fand man sie oft nicht wieder.

Nachdem Papa gestorben war, wusste ich nicht mehr, wo ich meine Träume verstecken sollte. Vielleicht habe ich sie aus diesem Grund alle verloren. Bis auf einen.

12.

Blau

Emilia gefallen die Donnerstage mit der alten Dame aus dem vierten Stock. Wenn sie neben ihr auf dem Sofa sitzt, spürt sie die müde Wärme eines Körpers, der alle geliebten Menschen überlebt hat. Selbst die, die eigentlich sie hätten betrauern müssen, wie ihr Sohn. Trotzdem hadert sie nicht mit dem Schicksal, sondern hat sich gefügt. Eine Hingabe, für die Emilia sie bewundert und liebt. Beide begannen ihr Zusammensein so zu schätzen, dass es nicht bei einem Kaffee nach dem Mittagessen blieb. Von Woche zu Woche sind ihre Treffen immer länger geworden und schließen inzwischen die nachmittägliche Teestunde mit ein.

Heute hat Emilia eine Packung weißen Tee mitgebracht. »Es heißt, damit würde man jung bleiben.«

»Ich bin schon alt und will gar nicht mehr jung sein. Zumal meine ständige Müdigkeit mich daran erinnert, dass ich am Ende meines Weges angekommen bin.«

»Weiß ist tatsächlich eine unerbittliche Farbe. Ich hätte lieber einen grünen Tee wählen sollen. Oder einen schwarzen«, flüstert Emilia leise und schaut betreten in ihre Tasse.

»Nein, dieser Tee ist wunderbar, und es ist gut, wenn du so lange wie möglich jung bleibst. Entschuldige, dass ich dich mit meinen Ängsten belaste. Ich bin froh, dass du bei mir bist. Manchmal glaube ich, wir kennen uns mittlerweile viel länger, als wir es tatsächlich tun.«

Die junge Frau nickt. Nur spürt sie jedes Mal, wenn sie sich treffen, wie Ginas schwache Lebensflamme immer kleiner wird. Von Woche zu Woche wirkt sie etwas hinfälliger. Emilia setzt alles daran, damit die Flamme nicht ganz erlischt, vielleicht sogar wieder stärker wird. Gina lässt sie in dem Glauben, betont allerdings oft, dass sie sich nicht beklagen darf. Sie habe eine glückliche Ehe und einen wohlgeratenen Sohn gehabt, und wenngleich ihr nichts geblieben sei, könne sie auf eine gute Zeit voller Liebe und Herzenswärme zurückblicken. Ohnehin komme man leichter mit einem Verlust zurecht in dem Wissen, dass man geliebt worden sei.

Am heutigen Donnerstag hat Emilia wieder eine Geschichte ans Schwarze Brett gehängt:

Heute Morgen bin ich aufgewacht und habe daran gedacht, was wir alles schaffen können, wenn wir beharrlich vorangehen, Schritt für Schritt, mutig und voller Zuversicht. Insbesondere musste ich an mein Zuhause voller Farben und Geschichten denken. Es gibt Farben, die ich meide, selbst wenn sie früher meine Freunde waren – irgendwann haben wir den Kontakt verloren und uns nicht mehr verstanden. In der Wohnung, die nicht meine ist, wohl aber langsam ein Zuhause wird, haben die Zimmer die Namen der Farben, die ich verloren habe, und ich betrete sie ausschließlich dann, wenn ich keine Angst habe. An den Wänden hängen kleine Bilder in den Farben der jeweiligen Zimmer. Sie sind wie Fenster, durch die man in mich hineinsehen und gleichzeitig nach draußen blicken kann. Meine Gedanken brauchen Freiraum, sonst verkümmern sie.

Ferner habe ich an die Frau gedacht, die meine Freundin geworden ist, ohne dass es mir so richtig aufgefallen wäre. Sie hat mich eingeladen, sie jede Woche zu besuchen. Ich habe zugestimmt, unsere gemeinsame Zeit bedeutet mir viel. Anfangs haben wir nach dem Mittagessen einen Kaffee zusammen getrunken, jetzt bleibe ich bis zum Nachmittagstee. Stundenlang reden, lachen und weinen wir miteinander, ohne auf die Uhr zu sehen. Ich habe nie wirklich verstanden, wie man ohne Rosa zu leben vermag.

»Emilia, ich muss dich etwas fragen und hoffe, es verletzt dich nicht. Ich habe lange darüber nachgedacht, ob ich es ansprechen soll. Du hast mir erzählt, dass du gerne bügelst, weil man dabei seine Gedanken ordnen kann.«

»Na ja, vielleicht nicht wirklich ordnen, höchstens aufreihen, einen nach dem anderen, damit sich keiner vordrängelt.«

Gina nickt und fährt fort: »Ich weiß, dass du Geld brauchst, zum Glück verdienst du ein bisschen, indem du dich um Nicola kümmerst, was dich nebenbei glücklich macht. Und ich möchte gleichfalls meinen Beitrag leisten, als kleines Dankeschön für das, was du mir geschenkt hast. Meine Rückenschmerzen werden immer schlimmer, und langes Stehen ist eine Qual für mich. Zwischenzeitlich habe ich überlegt, eine Frau aus der Pfarrgemeinde fürs Bügeln und für ein paar Hausarbeiten einzustellen, dann ist mir eingefallen, dass ich ja genauso gut dich fragen kann. Ohne dich beleidigen zu wollen. Du könntest wie immer donnerstags zu mir kommen, wir plaudern miteinander, und du bügelst unterdessen. Oder an einem anderen Tag, wie du willst. Es gibt nicht allzu viel zu tun. Du könntest ein wenig Geld verdienen, und ich wäre entlastet.«

Emilia sieht die Rührung in ihrem vom Alter gezeichneten Gesicht. Sie selbst hat wieder Tränen in den Augen wie vorhin, als Gina gesagt hat, die Geschichte über ihre rosafarbene Freundschaft habe sie tief bewegt.

Ihr gefällt die Vorstellung, Ginas Bettwäsche, die Handtücher, ihre Nachthemden, Blusen und Kleider zu bügeln. Sie trägt fast immer das Gleiche, immer perfekt gebügelt und gepflegt. Sie fragt sich, warum sie nicht selbst auf die Idee gekommen ist, ihre Hilfe anzubieten. Ohne Bezahlung natürlich.

»Habe ich dich verletzt?«

»Nein, Gina, überhaupt nicht. Das darfst du keinesfalls denken.«

»Weine nicht, meine liebe Emilia. Ich höre es an deiner Stimme, weißt du, sehen kann ich es nicht mehr. Meine Augen lassen mich zunehmend im Stich. Musst du dir die Nase putzen?«

»Nein.« Erst jetzt fällt ihr auf, dass ihre Stimme zittert. »Wenn du es wirklich willst, mache ich das gerne.«

Unsere gemeinsame Zeit bedeutet mir viel.

Unwillkürlich denkt sie an diesen Satz aus der Geschichte, den jemand unterstrichen hat. Emilia hat es gesehen, bevor sie zu Gina gegangen ist. Und genau das empfindet sie in diesem Moment.

»Ich muss dir noch etwas sagen, Emilia. Es tut mir leid, da es dir wehtun wird, und ich hoffe, wir können gemeinsam eine Lösung finden. Gestern Morgen, als ich unten war, um die Geschichte zu lesen, habe ich einen Mann beobachtet, der das Schwarze Brett ausgemessen hat. Er hat gesagt, dass sie einen Glaskasten daraufsetzen werden, der sich abschließen lässt.«

»Das weiß ich inzwischen, bislang ist jedoch nichts passiert ist. Bevor ich zu dir gekommen bin, war ich unten, und da war noch alles wie immer.«

Emilia legt den Schal für Nicola auf den Tisch, an dem sie gerade strickt. Er ist schwarz, mit weißen Streifen am Rand, und an den beiden Enden würde sie noch weiße Fransen einknoten.

»Tut mir leid, meine Liebe«, hört sie Gina flüstern und sieht, dass die alte Frau ihre Hände nach ihr ausgestreckt hat.

»Ich gehe runter und schaue nach.«

Als sie die Treppe in Gedanken versunken hinuntersteigt, ist sie den Tränen nahe. Um ein Haar nur verfehlt sie eine Stufe und gerät ins Stolpern, im letzten Moment kann sie sich am Geländer festhalten. Der Schreck löst den Strick, mit dem sie den Sack voller Tränen verschlossen hat, den sie seit Jahren mit sich herumschleppt. Vergeblich wischt sie sich über die Augen, sobald sie den Glaskasten sieht, ist es mit ihrer Beherrschung vorbei. Still beginnt sie zu weinen und sucht nach dem Blatt, das sie heute Morgen aufgehängt hat. Es ist verschwunden.

Am Schwarzen Brett hängen bloß noch Telefonnummern, E-Mail-Adressen und die Zeiten, zu denen man den Verwalter erreichen kann. Keine rosa Freundschaft mehr. Aus und vorbei. Die Umfrage unter den Bewohnern war nutzlos,

Franca hat sich durchgesetzt. Letztlich durfte sie nichts anderes erwarten, wenn sie ehrlich ist. Mit einem Mal fällt ihr ein, dass Franca gar nicht weiß, dass die Geschichten von ihr sind. Wie erstarrt bleibt sie stehen. Sie hat das Gefühl, als würde der Glaskasten sie in sich hineinziehen, um sie als Attraktion zur Schau zu stellen wie ein seltenes Zirkustier. Damit alle wissen, wie unfähig sie ist.

»Schade, dass das Schwarze Brett jetzt abgeschlossen ist, mir haben die Geschichten gefallen. Das habe ich dem Verwalter nachdrücklich gesagt.«

Emilia trocknet mit dem Ärmel ihre Augen und dreht sich zu der jungen Frau um, die sie angesprochen hat.

»Hallo, wir kennen uns bisher nicht, ich wohne im ersten Stock.«

Ihr fällt ein, dass bei der Umfrage eine Wohnung gefehlt hat. Offensichtlich ihre.

»Meine Freundin wird das auch traurig finden. Sie ist genauso begeistert von den Geschichten wie ich. Ich habe jede einzelne abfotografiert und sie ihr geschickt. Sie sagt immer, sie sind wie eine Streicheleinheit, mit der man besser in den Tag kommt. Meine Lieblingsgeschichte war die mit der Mutter. Beim Lesen musste ich daran denken, wie wenig wir über unsere Eltern wissen, über ihre Jugend, als es uns noch nicht gab. Entschuldige, ich rede dauernd von mir … Geht es dir gut? Stimmt etwas nicht?«

Emilia schüttelt den Kopf. Eine Streicheleinheit, die könnte sie weiß Gott gebrauchen. Sie schämt sich, weil sie ihre Tränen nicht zurückhalten kann, die sich einfach ihren Weg suchen und ungehindert die Wangen hinunterlaufen.

»Es tut mir leid, ich habe gerade eine unerfreuliche Nachricht bekommen«, erklärt sie, ohne zu wissen, ob sie damit die Wahrheit sagt oder nicht.

Rasch verabschiedet sie sich und drückt auf den Aufzugknopf. Es wird ihr zu viel, jetzt die Treppe hochzugehen, ihr ist ohnehin schwindlig. Nicht dass sie am Ende noch in Ohnmacht fällt. Dann kommt ihr eine Idee.

Sie dreht sich um und fragt: »Entschuldige, hast du zufällig die Geschichte von heute fotografiert?«

»Ja.«

»Könntest du sie mir schicken? Sie war ... sehr wichtig für mich. Wegen der Farbe Rosa. Ich bin Emilia.«

»Monika.« Die junge Frau lächelt sie an. »Rosa ist meine Lieblingsfarbe. Wenn du mir deine Nummer gibst, schicke ich dir das Foto sofort. Ich ziehe gerade um, sonst hätten wir uns gerne mal treffen können. Ich habe eine Wohnung in einem anderen Viertel gekauft.«

»Danke dir.«

Sie gibt Monika ihre Nummer und wartet auf das Foto. In Sekundenschnelle ist es da.

»Es hat geklappt, nochmals vielen Dank. Und viel Glück beim Umzug!«

In ihrer Wohnung angekommen, setzt sie sich an den Küchentisch und schreibt die Geschichte ihrer rosa Freundschaft mit Gina vom Handybildschirm ab. Währenddessen trifft eine Nachricht von Lisa ein. Emilia öffnet sie noch nicht, sie will erst mit dem Abschreiben fertig sein. Sie hat nicht mehr als den Anfang gesehen.

Hallo, meine Liebe, wie geht es dir? Ich habe Neuigkeiten und weiß nicht, wie …

Emilia hält inne. Ihre Hände zittern, ihre Schrift ist nicht so deutlich wie sonst. Ihr fällt ein, dass sie noch etwas erledigen muss, bevor sie weitermacht. Schnell schaut sie noch einmal nach den Katzen, das macht sie immer, wenn sie die Wohnung verlässt. Lù liegt in einer Ecke des großen Zimmers und döst. In der Kiste unter dem Fenster glaubt sie Leos Auge aufblitzen zu sehen. Sicherheitshalber geht sie näher ran. Ja, der Kater liegt in seinem Versteck.

»Ich komme gleich wieder.«

Miau.

Im Schreibwarenladen um die Ecke kauft Emilia eine Rolle Tesafilm. Während des Abschreibens ist ihr der Tipp der Dame aus dem fünften Stock wieder eingefallen, die ihr geraten hat, trotz des Glaskastens weiter Geschichten zu schreiben und die Blätter mit Tesafilm von außen auf den Kasten zu kleben. Dabei überzog ein verschmitztes Lächeln ihr Gesicht. Im Nachhinein ist Emilia dankbar für diesen Rat und dieses Lächeln.

Zurück im Haus, geht sie schnell nach oben, um die Geschichte von heute Morgen, die Monika ihr aufs Handy geschickt hat, weiter abzuschreiben. Sobald sie damit fertig ist, wird sie sie mit Tesa auf dem Glas befestigen. Damit sie weiter ihren Spaß haben würden, wie Viola es ausgedrückt hat.

Später am Nachmittag beschließt sie, einen Apfelkuchen zu backen. Sie hat alle Zutaten im Kopf, die weiß sie auswendig, so oft, wie sie ihrer Mama beim Backen zugesehen hat. Eier,

Sahne, Zucker und ein Teelöffel Mehl für die Creme, die man über die Äpfel streicht, nachdem man sie auf den Mürbeteig gelegt hat. Und Gelatine, wenn der Kuchen frisch aus dem Ofen kommt. Manchmal hat Mama noch gehackte Mandeln und Nüsse über die Äpfel gestreut. Gelbe Äpfel. Gelb ist die Farbe, wenn du zeigen willst, dass du keine Angst hast.

Als Emilia vom Einkaufen zurückkommt und gerade am Schwarzen Brett vorbeigeht, trifft sie Franca von gegenüber. Die Nachbarin starrt auf die mit Tesa auf den Glaskasten geklebte Geschichte, alle Farben sind aus ihrem Gesicht gewichen, schwarze Wut umgibt sie. Emilia bleibt stehen, stellt ihre Tüten auf den Boden und holt den Stift aus der Tasche, den sie immer bei sich hat. Dann geht sie auf das Schwarze Brett zu und schreibt unter die rosa Freundschaftsgeschichte:

Ich bin die Mieterin aus dem zweiten Stock und schreibe diese Geschichten, weil ich mich morgens gerne mit jemandem unterhalten würde. Es tut mir leid, wenn das den einen oder anderen Mitbewohner stört, aber ich werde nicht damit aufhören.

Franca kommt näher. Emilia kann ihre Empörung regelrecht hören an der Art, wie sie die Luft durch die Nasenlöcher einzieht und wieder ausstößt. Entrüstet und zu allem entschlossen. Die Aussage ist klar und deutlich, selbst wortlos.

Emilia macht gute Miene zum bösen Spiel. »Wollen Sie die nächsten Tage nicht mal bei mir auf einen Kaffee vorbeikommen? Die Katzen sperre ich ins andere Zimmer, wenn Sie wirklich allergisch gegen ihre Haare sein sollten, das ist kein Problem. Ich wünsche Ihnen noch einen schönen Abend.« Dann fügt sie hinzu: »Falls Sie morgen kommen, kann ich Ihnen sogar ein Stück Apfelkuchen anbieten.«

Klack. Emilia drückt den Aufzugknopf, erst die Zwei, dann die Vier, um noch schnell bei Gina vorbeizuschauen, nachdem sie am Nachmittag einfach so aus der Wohnung gestürzt ist. In der engen Kabine stehend, liest sie endlich Lisas Nachricht auf dem Handy.

Hallo, meine Liebe, wie geht es dir? Ich habe Neuigkeiten und weiß nicht, wie du sie aufnehmen wirst. Der Eigentümer der Wohnung hat mir geschrieben, dass seine Tochter ein Kind erwartet und heiraten wird. Er hat sich entschlossen, ihr die Wohnung zu schenken, und Eigenbedarf angemeldet. Er wollte mir eigentlich nicht mehr als einen Monat Übergangsfrist einräumen, wir haben uns auf sechs Wochen geeinigt. Meinst du, bis dahin kannst du eine neue Wohnung finden? Und was ist mit einem Job? Melde dich mal. Ich denke oft an dich. Tut mir leid, dir so kurz vor Weihnachten eine Hiobsbotschaft schicken zu müssen. Ruf mich an, schreib mir, verschwinde nicht einfach. Ich hab dich lieb.

Ein gelber Apfel fällt aus der Tüte und rollt die Treppenstufen hinunter. Die letzte Träne für heute ist aus dem Sack gekrochen. Emilia geht zu Ginas Wohnungstür und klingelt.

13.

Zyklam

Papa, kann ich runtergehen und die Geschichte am Schwarzen Brett noch mal lesen?«

Der Junge steht in der Tür, Michele trainiert. Der ganze Körper ist angespannt, die Übungen sehen verrückt aus. Nicola zählt bis zehn. Bis zwanzig. Fünfundzwanzig. Zweiunddreißig. Fünfunddreißig.

»Papa …«

Der Mann nickt kaum merklich, wobei Nicola eher das Gefühl hat, als würde er ihn auffordern, noch einen Moment zu warten.

Fünfundvierzig. Fünfzig. Keine Ahnung, wie lange das noch dauert. Sein Vater wird immer besser, Woche für Woche. Warum macht er das? Was ist sein Ziel? Der Junge hat vergessen, was er auf diese Frage irgendwann gesagt hat, hingegen weiß er noch, was er damals mit ungläubig aufgerissenen Augen antwortete: »Das ist ja, als würde man ohne Sauerstoff mit einer Rakete zum Mond geschossen werden!«

Sechzig. Fünfundsechzig. Nicola will nicht mehr warten. Er bläst die Backen auf und geht in sein Zimmer zurück.

»Nic, komm zurück, was hast du gefragt?«

Er gehorcht, sein Papa atmet schwer.

»Kann ich runtergehen und mir die Geschichte am Schwarzen Brett noch mal anschauen?«

Bevor er heute Morgen zur Schule gegangen ist, hat er sie auf die Schnelle gelesen und sich alle möglichen Gedanken gemacht. Will sie sich den Pony etwa noch länger wachsen lassen? Bis zu den Nasenlöchern? Dann könnte sie sich mit den Haaren die Nase putzen. Bei der Vorstellung von schleimigen schwarzen Haaren muss er lachen, doch er unterdrückt die Anwandlung, weil Papa ihm endlich erlaubt, kurz nach unten zum Schwarzen Brett zu gehen.

»Bleib nicht so lange und komm gleich zurück«, ruft er ihm nach.

»Alles klar.«

So schnell wie Tims Rakete zum Mond rast er nach unten, hat nicht mal Zeit, sich eine Horrorgeschichte über einen Jungen auszudenken, der die Treppe hinunterfällt und wie durch ein Wunder überlebt. Bevor seine Fantasie zu arbeiten beginnt, steht er vor dem Schwarzen Brett. Die Geschichte klebt immer noch auf dem Glaskasten.

Heute Morgen bin ich aufgewacht und wollte nichts als weinen. Wie oft würde die Kette meiner Tränen wohl die Welt umschlingen, habe ich mich gefragt. Der Tränen, die ich inzwischen geweint habe, einzeln oder zu zweit, damit sie sich nicht so einsam fühlen. Einzelne Tränen reden nicht gerne, sie brauchen jemanden, der zuhört. Wenn sie hingegen zu zweit sind, erzählen sie sich Geschichten, die leider fast immer schlecht enden.

Früher habe ich mich über Filme mit Happy End geärgert. Ich mochte solche, die schlecht ausgehen, lieber – das Leben war nun mal so, und durch die Filme konnte man sich daran gewöhnen. In dieser Zeit habe ich das Rosa verloren

und bin durch ein Meer aus Schwarz geschwommen. Und es hat geraume Zeit gedauert, bis ich die Dinge zu mögen begann, die gut ausgehen. Oder bei denen man sich das zumindest vorstellen konnte.
Natürlich kann man auch vor Freude weinen, sofern man mit der Freude vertraut ist. Nach dem Aufwachen heute habe ich mir jedenfalls vorgenommen, trotz allem nicht zu weinen, und habe mich zusammengerissen. Das ist an manchen Tagen das Einzige, was man machen kann.

»Schön, nicht wahr?«

Nicola zuckt zusammen, als ihm jemand von hinten übers Haar streichelt. Er dreht den Kopf nach links und versucht der drohenden Gefahr zu entkommen.

»Ich habe ein Geschenk mitgebracht, etwas für eure Wohnung.« Als er die Treppe hochrennt, ruft sie hinterher: »Wartest du nicht auf mich?«

»Papa hat gesagt, ich soll nicht so lange wegbleiben.«

»Sag ihm, dass ich gleich komme, ich lese rasch noch die Geschichte zu Ende.«

Während Nicola so schnell, wie ihn seine zehnjährigen Beine tragen, die Treppe hinaufläuft, schimpft er vor sich hin. Er will nicht, dass der Eindringling die Geschichte über die Tränen und die Farbe Rosa liest, und höchst ungern gibt er zu, dass er das erste Mal mit ihr einer Meinung ist. Es ist wirklich eine besonders schöne Geschichte. Besonders das mit den aufgereihten Tränen gefällt ihm. Es erinnert ihn an die Brosamen, die der Däumling im Wald verstreut, damit er den Weg nach Hause wiederfindet. Allerdings ist hier das Gegenteil der Fall: Mit den Tränen reist man um die Welt wie bei Jules Verne. Er hat gerade *20 000 Meilen unter dem Meer* gelesen, sein neues Lieblingsbuch.

Die Wohnungstür ist angelehnt, er geht direkt in sein Zimmer, um dem Eindringling nicht erneut zu begegnen. Einige Minuten später hört er Beatrices Stimme. Ihr Name klingt wie Bäh, denkt er und schneidet Grimassen, als hätte er Bauchweh. Dabei sagt er immer wieder: »Bäh, bäh Beatrice. Bäh.«

Er zieht das ä so lang, dass er husten muss und kaum mehr Luft bekommt, genau wie Tim auf seiner Reise zum Mond. Sein Vater scheint zu glauben, er müsse sich übergeben, und öffnet die Tür.

»Was machst du da um Himmels willen?«

Der Junge bleibt abrupt stehen wie in den Comics, wenn man bei etwas Verbotenem überrascht wird. Er antwortet nicht und geht zum Gegenangriff über.

»Entschuldige, kannst du nicht anklopfen, wenn meine Tür zu ist?«

»Lass das, Nic, ich bin dein Vater und betrete dein Zimmer, wann immer ich will.«

»Was? Wenn die Tür zu ist, heißt das, dass ich nicht gestört werden will. Ein Kind hat ebenfalls das Recht, die Tür zu schließen und zu verlangen, dass man anklopft!«

»Stopp, ich mag es gar nicht, wenn du so ein Klugscheißer bist.«

»Ich bin kein Klugscheißer, ich …«

»Ende der Diskussion. Du kommst auf der Stelle mit und hilfst beim Tischdecken.«

»Was gibt es?«

»Pommes. Beatrice macht sie gerade.«

»Ach, darum stinkt es so.«

»Richtig, aber wenn du Pommes willst, musst du das in Kauf nehmen.«

Der Junge bläst verächtlich die Backen auf, um seinem Missfallen Ausdruck zu verleihen.

»Du kannst ein echtes Ekel sein«, erklärt sein Vater genervt.

Wie oft hat er das wohl gesagt, seit der Eindringling aufgetaucht ist? Er hätte mitzählen sollen. Ab jetzt wird er es tun. Eins. Und das ist schon eins zu viel, schließlich ist das sein Zuhause, in dem sie nichts zu suchen hat. Warum mischt sie sich dennoch immer stärker in ihr Leben ein?

Michele verlässt das Zimmer. Nicola hört, wie er ins Bad geht und ruft: »Ich springe schnell unter die Dusche, dauert nicht mehr als ein paar Minuten.«

Das ist gelogen, denkt er. Papa braucht viel länger zum Duschen, mindestens eine halbe Stunde. Das war nicht anders, als Mama noch bei ihnen war. Irgendwann haben die beiden sich deshalb sogar gestritten, und bald darauf beschlossen sie, sich zu trennen.

Als er auf seinem Weg zur Küche am Wohnzimmer vorbeikommt, bleibt er ruckartig stehen, erstarrt wie eine seiner Comicfiguren.

»Wer hat das mitgebracht?«

Ohne es zu wollen, klingt seine Stimme schrill, kippt fast vor Empörung. Niemand antwortet ihm. Also widerholt er die Frage, brüllt sie diesmal regelrecht heraus.

»Wer hat daaaaas mitgebracht?«

Papa kann ihn nicht hören, das Wasser rauscht, und er hat das Radio angeschaltet. Der Eindringling in der Küche dagegen hört ihn sehr wohl.

»Nic, warum schreist du so?«

Sie hat den Satz kaum zu Ende gesprochen, die Worte haben die Wand noch nicht durchdrungen, als ein klirrendes Geräusch zu hören ist. Es kommt von unten, vom gepflasterten Hof.

»Was ist passiert?«, erkundigt Beatrice sich.

Der Junge steht weinend am Fenster, sein Gesicht ist feuerrot, als würde er von innen verbrennen.

»Du kannst mir meine Mama nicht wegnehmen! Und meinen Papa erst recht nicht!«

»Was redest du da?«

Beatrice kommt näher, schaut nach unten und entdeckt die Scherben des Blumentopfs, den sie mitgebracht hat. Ein Alpenveilchen.

»Du darfst nichts Zyklamfarbenes mit in diese Wohnung bringen! Das Alpenveilchenrot ist Mamas Lieblingsfarbe! Du bist ein Eindringling und böse dazu! Ich will dich nicht hierhaben. Geh weg!«

Am liebsten würde er sich auf sie stürzen und auf sie einprügeln, nur will er sie nicht anfassen.

»Du hast mein Geschenk aus dem Fenster geworfen! Bist du verrückt geworden? Ist dir überhaupt klar, was du gemacht hast?«

»Du sollst keine Pflanzen mitbringen. Das ist nicht dein Zuhause!«

Der Junge reißt die Wohnungstür auf, die scheppernd gegen die Wand knallt, und rennt die Treppe hinunter. Ein paar Stufen noch, und er ist in Sicherheit. Wie verrückt trommelt er mit den Fäusten gegen eine Tür im zweiten Stock. Nach einer gefühlten Ewigkeit wird geöffnet.

»Nicola, was tust du hier? Was ist los?«

»Mach schnell die Tür zu, bitte! Sie darf uns nicht sehen, bitte, mach die Tür zu«, stammelt er schluchzend.

Wie von einem Katapult abgeschossen, wirft er sich in Emilias Arme und presst sein Gesicht so fest gegen ihren Bauch, als wollte er ein Loch hineindrücken, um sich darin zu verstecken. So lange, bis Mama kommt und ihn abholt. Er hätte ein Stofftier mitnehmen sollen, da er nicht mehr zu Papa zurückgehen will, zumindest vorerst nicht, vielleicht sogar nie mehr. Wenn der Eindringling bleibt, ist das nicht länger sein Zuhause.

Insofern bedauert er es, dass er seine Freunde dort zurücklassen musste, die ihn immer getröstet und beschützt haben. Hätte er sie bloß damals wirklich mit zu Großmama genommen, wie er vorhatte. Jetzt wird Papa sie alle wegwerfen. Bei dem Gedanken bricht er in Tränen aus und stellt sich vor, wie das Eichhörnchen, der Fuchs, der Igel, der Delfin, der Affe mit der rosa Latzhose, das Reh, die Schildkröte, der Pinguin und das Wolfsjunge in einem Müllsack landen. Er ringt nach Luft.

»Atme, Nicola, atme.«

Emilia kniet am Boden. Sein Kopf schmiegt sich an ihre Schulter, und sie drückt ihn zärtlich an sich. Er spürt ihre Haare auf seinem Gesicht, die so schön duften.

14.

Rosa

Als Kind bekam Emilia oft Schluckauf. Meistens wenn sie geweint hatte, etwa als sie ihre Mutter bat, auf eine andere Schule gehen zu dürfen, und darauf zur Antwort erhielt, dass das nicht möglich sei.

»Versuch Freundinnen zu finden und bleib, wie du bist. Du musst dich durchsetzen. Einfach die Schule zu wechseln hilft dir nicht weiter. Probleme lösen sich nicht, indem man vor ihnen davonläuft. Ich bin sicher, dass es zumindest ein Mädchen in deiner Klasse gibt, das gerne mit dir befreundet sein will.«

Irgendwann fand sie dieses Mädchen tatsächlich, und der Schulwechsel war kein Thema mehr.

Daran erinnert sie sich, als sie den weinenden Jungen zu trösten versucht. Er hat heftigen Schluckauf. Sie gibt ihm ein Glas Wasser, dann setzen sie sich an den Küchentisch.

»Nicola, wir müssen deinem Papa Bescheid geben und ihm sagen, dass du bei mir bist.«

»Nein! Bitte nicht, Emilia, bitte. Ich will den Eindringling nie mehr wiedersehen, nie mehr. Sie ist bestimmt noch immer bei ihm.«

Emilia weiß von Beatrice. Obwohl Nicola sie nie bewusst beim Namen nennt, ist er ihm irgendwann rausgerutscht, als er mal wieder über den Eindringling geschimpft hat.

»Dann rufen wir deine Mama an.«

»Nein, sie auch nicht. Bitte.«

Schweigend trinkt er sein Wasser. Bestimmt hat er ein schlechtes Gewissen und weiß nicht, wie er die Sache ins Reine bringen soll.

Mitleidig streicht sie ihm übers Haar.

»Sie wachsen ja langsam wieder.« Als sie seine Tränen sieht, fährt sie fort: »Ich verstehe dich gut, mir wurden als Kind genau wie dir die Haare mal radikal abgeschnitten. Das fand ich schrecklich, zumal ich in der Schule deswegen gehänselt wurde. Meine Mutter hat das nicht beeindruckt. Sie war der Überzeugung, meine Haare würden durch das Schneiden kräftiger werden.«

»Stimmt das?«

»Keine Ahnung. Selbst Eltern machen Fehler, ohne dass eine böse Absicht dahintersteckt. Sie merken oft nicht einmal, dass sie ihren Kindern wehtun.«

Der Junge starrt auf das fast leere Glas.

»Willst du noch mehr?«

»Nein.« Er schüttelt den Kopf, ohne den Blick von dem Glas zu wenden.

Emilia spürt, dass er Zeit braucht und ihr etwas Wichtiges sagen will. Sein Vater wird bestimmt wütend auf sie sein. Sie hätte ihn gleich anrufen sollen, doch Nicolas Wunsch, es nicht zu tun, war ihr wichtiger. Wenn er sich ein bisschen bei ihr verstecken will, muss sie ihm das ermöglichen, selbst auf die Gefahr hin, dass es gewaltigen Ärger mit Michele gibt.

Miau.

Leo springt auf den Tisch. Manchmal hat er eine direkte Art und überlegt nicht lange, ganz anders als Lù. Nicola streichelt ihm über den Rücken, so wie Emilia es ihm beigebracht hat. Erst die offene Hand zeigen und nie gegen den Strich. Sonst gefällt es ihm nicht.

Schnurr.

»Er mag das, oder?«

»Ja, und er mag dich und möchte, dass du dich wieder beruhigst.«

Eine Minute lang ist nichts als Leos Schnurren zu hören. Nicola streichelt ihm über den Kopf und krault ihn unter dem Kinn, wo es Katzen am liebsten haben. Er lächelt, als der Kater den Kopf hebt, damit er leichter rankommt. Dann schaut er zu Emilia, die ihm zunickt, als wollte sie sagen: *Sehr gut, das gefällt ihm, und er zeigt es dir.*

»Ich habe mit Papa gestritten. Der Eindringling hat eine Pflanze mitgebracht, ein zyklamfarbenes Alpenveilchen. Das habe ich aus dem Fenster geworfen. Zyklam ist Mamas Lieblingsfarbe. Ich male die Minions immer in dieser Farbe aus. Diese Frau will mir alles wegnehmen. Woher weiß sie das mit der Farbe überhaupt? Sie hat sicher in meinem Mäppchen geschnüffelt.«

Emilia fällt der dumpfe Knall im Hof wieder ein, der ihren Katzen Angst gemacht hat.

»Ach, das war also das laute Geräusch. Und wie geht es der Pflanze?«

»Was meinst du damit?«

»Du warst wütend und hast den Topf aus dem Fenster geworfen. Was kann denn die Pflanze dafür?«

Nicola hört auf, Leo zu streicheln, woraufhin der Kater vom Tisch springt und verschwindet. Der Junge versteckt die Hände in seinem Schoß.

»Pflanzen sind ebenfalls Lebewesen, genau wie du und ich, Lù und Leo.«

Emilia weiß sehr gut, was Wut ist, und sie weiß, was Gina meint, wenn sie sagt, dass die Wut einem das Licht nimmt. Aber das ist zu kompliziert für ein Kind, und so wechselt sie das Thema.

»Dein Schal ist fertig. Willst du ihn sehen?«

Der Junge hebt den Kopf und lächelt, er ist dankbar für den Ausweg.

»Ja, gerne.«

»Komm, erst machen wir noch was anderes.«

»Was denn?«

Nicola steht auf und folgt ihr in den Flur, nimmt ihre Hand. Sie spürt, dass ihr Atem sich beschleunigt wie ein Bergbach im steilen Gelände. Er hat bislang noch nie ihre Hand genommen, und wenn sie mal versuchte, sie zum Beispiel beim Überqueren der Straße zu ergreifen, hat er sie immer freundlich und sanft abgeschüttelt. Einmal tat er so, als müsste er niesen. Emilia ist jedes Mal stillschweigend darüber hinweggegangen.

»Warum musstest du weinen?«

»Wann?«

Der Junge schaut zu ihr hoch, die Tränen sind versiegt, lediglich die rot geschwollenen Augen erinnern noch daran. Sie hat das Gefühl, als würden seine Gedanken aus seinem Kopf springen, ohne zu wissen, wohin. Genau wie im Waschsalon, als sie sich zum ersten Mal sahen.

»In der Geschichte am Schwarzen Brett von heute Morgen hast du gesagt, dass du aufgewacht bist und weinen musstest. Warum?«

Sie weiß nicht, ob das der richtige Moment ist, ihm zu sagen, dass sie eine neue Wohnung braucht und sie sich nicht mehr so oft sehen können. Durchaus möglich, dass sie ziemlich weit wegzieht, vielleicht sogar in eine andere Stadt.

»Ich erinnere mich nicht mehr genau. Vermutlich habe ich schlecht geträumt. Ja, das war es, jetzt weiß ich es wieder: Ich habe schlecht geträumt, den Traum aber wegschieben können. Wie bei einem Film, wenn du die Augen zumachst, um das Böse nicht sehen zu müssen. Deshalb will ich lieber nicht darüber reden, sonst wird er erneut lebendig und quält mich.«

»In Ordnung«, nickt der Junge und folgt ihr in das rosa Zimmer.

»Wo ist die Matratze? Das letzte Mal lag sie noch hier.«

»Ach so. Sie ist jetzt im Wohnzimmer. Ich habe die letzte Nacht dort geschlafen.«

»Im weißen Zimmer?«

»Ja, genau.«

»Warum hast du im weißen Zimmer geschlafen? Bestimmt hast du deshalb schlecht geträumt.«

Emilia öffnet eine kleine Truhe, das einzige Möbelstück im rosa Zimmer. Lisa hat sie offenbar vergessen, denn sie stand bereits da, als sie eingezogen ist.

»Warum schläfst du jeden Abend in einem anderen Zimmer?«

»Das habe ich dir irgendwann lang und breit erklärt. Ich wechsele das Zimmer, je nachdem wie mein Tag so gewesen ist.«

»Hast du Angst, immer im selben Zimmer zu schlafen?«

Rums, sie schlägt den Deckel der Truhe mit einem lauten Knall zu.

Ja, überlegt sie. Man darf sich nicht zu sehr an etwas gewöhnen. Ein Wechsel hilft, dass die Angst nicht zu groß wird. Bloß kann sie ihm das so nicht sagen.

»Nein, ich mache mir einfach einen Spaß daraus.«

Um ihn von seinen bohrenden Fragen abzulenken, zeigt sie ihm den schwarzen Schal mit dem weißen Rand.

»Das ist er, mein Weihnachtsgeschenk für dich. Ich hätte ihn ja eingepackt, doch schätzungsweise wirst du ihn sofort haben wollen.«

Der Junge wickelt sich den Schal um den Hals.

»Wenn Darth Vader einen Schal hätte, dann sähe er genauso aus, vielleicht ohne das Weiß. Warum hast du einen weißen Rand gestrickt?«

Sie lächelt. »Weil wir alle neue Hoffnung brauchen. Du etwa nicht?«

Mit Sicherheit braucht er die, denkt Emilia. Und wenn er sie einzig und allein für seinen Krieg gegen den verhassten Eindringling braucht.

»Und weißt du, was wir jetzt machen?«, fragt sie. »Warte hier.«

Sie geht in die Küche, holt einen Stift aus der Jacke, die über dem Küchenstuhl hängt, und kehrt raschen Schrittes ins rosa Zimmer zurück.

»Ab jetzt ist das nicht mehr einfach das rosa, sondern das rosa-zyklamfarbene Zimmer.«

Sie bessert das Schild an der Tür aus und dreht sich zu Nicola um, der sie schweigend ansieht.

»Schöne Dinge sind nicht gerne allein, sie gehören zusammen. Wie Legosteine.«

»Und Plüschtiere.«

Als es an der Tür klingelt, verschwindet das Lächeln von ihren Gesichtern schlagartig, als hätte man das Licht ausgeknipst.

»Das wird Papa sein«, murmelt der Junge ängstlich.

»Bestimmt.«

Emilia geht zur Tür und öffnet sie.

»Ist Nicola da? Aha, da ist er ja.«

Micheles Gesicht sieht aus, als hätte es jemand gemalt, der keine Farben kennt. Er ist leichenblass, selbst seine dunklen Haare wirken farblos.

»Du gehst sofort nach oben und dann ab ins Bett.«

Der Junge löst zögernd seine Hand, Emilia spürt seine Unsicherheit.

»Kein Abendessen. Bis morgen früh will ich dich nicht mehr sehen.«

Als Nicola die Wohnung verlässt, hat Emilia das Gefühl, dass mit ihm das ganze Rosa verschwindet.

»Und du betreust meinen Sohn nie wieder. Hast du eine Vorstellung, wie lange wir nach ihm gesucht haben? Ich war sogar bei meiner Exfrau! Wir dachten, dass er zu ihr gegangen ist. Hättest du uns nicht wenigstens Bescheid geben können? Warum ist er überhaupt bei dir?«

»Keine Ahnung. Er hat weinend an die Tür geklopft, und ich habe ihm aufgemacht.«

»Wer weiß, was du ihm wieder für Flausen in den Kopf gesetzt hast, während ihr zusammen wart. Du mit deinen verrückten Ideen, Straßenbahnfahren und Seifenblasen, was für ein Quatsch. Er hat mir ein bisschen was erzählt, nachdem ich ihn dazu gedrängt habe, und tat gerade so, als ob das eure Geheimnisse seien. Wie auch immer: Du hättest ihn sofort zurückbringen müssen, eine erwachsene Frau sollte das eigentlich wissen. Es war unverantwortlich!«

»Von mir? Du bist es, der ihn ständig abschiebt, weil du keine Zeit für ihn hast. Das ist unverantwortlich. Ich wollte nur, dass er sich beruhigt und zu weinen aufhört. Tut mir leid, dass ich dir nicht Bescheid gegeben habe, das war in der Tat ein Fehler.«

»Gut, dass du wenigstens das einsiehst – und lass ihn nie wieder in deine Wohnung.« Er zieht sein Portemonnaie aus der Hosentasche. »Was bin ich dir noch schuldig?«

Emilia hätte ihm am liebsten gesagt, dass sie sein Geld nicht will. Aber das kann sie sich nicht leisten, und es gegen alle Vernunft zu tun wäre töricht, so gerne sie es täte. Sie versteift sich, um Haltung zu bewahren.

»Du schuldest mir noch das Geld für drei Wochen.«

»Gut, dann runden wir auf, und die Sache ist geregelt.«

Er hält ihr ein paar Scheine hin und wartet vergeblich, dass sie danach greift. Achselzuckend legt er daraufhin das Geld auf das Regal neben der Tür. Es ist leer und weiß gestrichen, die Geldscheine wirken irgendwie deplatziert, fast obszön. Dann ist er weg.

Emilia steht einfach da, alle störenden Gedanken sind ausgeblendet. Sie hat nicht einmal Angst, dass ihre Nachbarin Franca hereinstürmen und sie dabei erwischen könnte, wie sie ins Leere starrt.

Eine Weile lauscht sie noch, bis sie hört, wie er die Tür zu seiner Wohnung zuschlägt. Seine Schritte haben schwerfälliger geklungen als sonst. Sie stellt sich Nicola vor, wie er verzweifelt in seinem Zimmer sitzt, wahrscheinlich in seinem Darth-Vader-Schlafanzug, von dem er ihr andauernd erzählt hat. Er hat ihn von seiner Mutter zum letzten Geburtstag bekommen. Hoffentlich hat er sich so weit beruhigt, dass er einschlafen kann und nicht mehr weinen muss. Zum Glück hat er seine Plüschfreunde bei sich, die ihm ein Schlaflied singen werden.

Miau.

Sie weiß nicht, wie viel Zeit vergangen ist. Ob sie ausreicht, um das Chaos zu beseitigen, das sie angerichtet hat und das als Echo nach wie vor widerhallt.

Miau.

Leo kommt näher und streckt den Kopf so weit wie möglich nach vorne. Sie bemerkt ihn erst, als er vor der noch immer geöffneten Wohnungstür sitzt.

»Willst du mich etwa verlassen?«

Sie nimmt ihn auf den Arm, wenngleich sie weiß, dass er das nicht mag. Egal, sie braucht Körperkontakt.

»Aua!«

Leo hat die Krallen ausgefahren und befreit sich aus ihrem Griff. Auf ihrem Unterarm ist ein langer, blutiger Kratzer zu sehen.

»Du hast mir wehgetan!«

Miau.

Leo verschwindet im rosa Zimmer, während Lù gerade von ihrem Spaziergang auf dem Flur zurückkommt und hereinstolziert. Sogleich folgt sie Emilia, die ihre Wunde desinfizieren und verpflastern muss, ins Bad, streicht ihr um die Beine und lässt sich selig hinter den Ohren kraulen.

Nachdem die Katze ihre Streicheleinheiten bekommen hat, setzt Emilia sich auf den Boden und konzentriert sich auf die Wunde am Arm, um alle anderen Gedanken auszublenden. Es geht ihr wie in der Geschichte von heute Morgen: Sie will eigentlich nichts anderes tun als weinen. Tapfer kämpft sie dagegen an, streckt und reckt sich und versucht gleichmäßig zu atmen. Ein und aus, ein und aus. Dann legt sie sich mit dem Gesicht nach unten auf den Boden und bricht in Tränen aus. Plötzlich schießt ihr ein Gedanke durch den Kopf, sie schaut zu Lù, die sie von der gegenüberliegenden Ecke aus anstarrt.

»Die Pflanze, Lù. Niemand hat daran gedacht, sich um die Pflanze zu kümmern.«

Emilia macht das Fenster auf und schaut in den Hof. Das Alpenveilchen liegt immer noch da, inmitten von Tonscherben und Blumenerde, die überall verstreut ist, es sieht aus, als ob eine Bombe explodiert wäre.

»Ich komme sofort zurück.«

Bevor sie die Wohnung verlässt, geht sie in die Küche, zieht eine Plastiktüte unter der Spüle hervor, greift nach den Gummihandschuhen auf dem Abtropfgitter und nimmt einen Pfannenwender aus der Schublade. Als Erstes geht sie zum Schwarzen Brett. Jemand hat die Geschichte abgerissen, woran sie inzwischen gewöhnt ist. Hingegen ist ihr noch nie passiert, dass das zerknüllte Blatt in ihrem Briefkasten steckt.

Sie ballt die Fäuste und presst die Lippen zusammen. Am liebsten wäre sie jetzt zehn Jahre alt und könnte ihre Wut an irgendetwas auslassen. Gegen einen zufälligen Gegenstand treten oder einfach um sich schlagen. Alles um sie herum wird finster. Die Wut verwandelt sämtliche Farben in Schwarz. Sie denkt an ihre Großmutter, die immer gesagt hat, dass es Menschen gibt, die alles kaputt machen, und andere, die die Dinge wieder in Ordnung bringen. Im Moment würde sie liebend gerne zu den Kaputtmachern gehören, sie hat es satt, ständig von vorne anzufangen. Sie zieht das zerknüllte Blatt aus dem Briefkasten, streicht es mit den Fingern glatt und liest die Kommentare.

Neben den Einleitungssatz: *Heute Morgen bin ich aufgewacht und wollte nur weinen*, hat jemand geschrieben: *Mir ging es genauso, aber sobald ich deine Geschichte gelesen habe, fühlte ich mich gleich besser. Ich danke dir.*

Emilia liest noch einmal die letzten Sätze ihrer Geschichte, so genau kann sie sich nicht mehr erinnern, dazu ist seit heute Morgen zu viel passiert. Sie hofft, dass sie ihr helfen werden.

Nach dem Aufwachen heute habe ich mir vorgenommen, trotz allem nicht zu weinen, und mich zusammengerissen. Das ist an manchen Tagen das Einzige, was man machen kann.

Nein, der Schluss allein reicht nicht, sie muss mehr in der Mitte suchen.

Es hat geraume Zeit gedauert, bis ich die Dinge zu mögen begann, die gut ausgehen. Oder bei denen man sich das zumindest vorstellen konnte. Natürlich kann man auch vor Freude weinen, sofern man mit der Freude vertraut ist. Sonst fällt man wieder ins Schwarze.

Beim Lesen hat Emilia genau dieses Gefühl, ins Schwarze einzutauchen. Sie liest noch ein Stück weiter vorne, wo sie sich über ihre Abneigung gegen Filme mit Happy End auslässt. Ja, genauso war es. Jetzt ist es anders, sie denkt positiver, und die negativen Kommentare wie der folgende etwa tun ihr mittlerweile weniger weh.

Kannst du nicht endlich mit dem Mist aufhören? Das Schwarze Brett gehört nicht dir, mit dem Tesa beschädigst du den Glaskasten.

Jemand anders hingegen hat ein kleines blaues Herz gemalt und geschrieben: *Du bist wunderbar.*

Emilia faltet den Zettel zusammen und steckt ihn in die Hosentasche. Dann geht sie in den Hof und schaut auf das Alpenveilchen, die Tonscherben und die Blumenerde. Das Ganze wirkt wie ein Foto, das sie in sich trägt, ein Spiegelbild ihrer Gefühle. Sie kniet sich auf den Boden und hebt die Scherben auf, nimmt vorsichtig das Alpenveilchen hoch und spricht leise mit ihm, sagt ihm, dass es durchhalten soll und dass es ihm bald wieder besser gehen wird.

Anschließend streift sie die Handschuhe über und schaufelt mit dem Pfannenwender die Erde in die Plastiktüte. Während sie das Pflaster sauber macht, muss sie an die Mutter einer Freundin denken, die sich auf ihrem Bauernhof um alle Pflanzen kümmerte, die die Leute zu ihr brachten. Nachbarn, Verwandte, Freunde und Bekannte ihrer Tochter. Ihr Haus war ein Pflanzenkrankenhaus, wo man alles abgeben konnte und wo alles geheilt wurde, egal um welche Krankheit es sich handelte.

Das hatte ihr die Freundin erzählt, als sie bei einem Glas Rotwein und einem gemeinsamen Abendessen die Verlängerung ihres Arbeitsvertrags feierten. Und noch etwas wusste sie zu berichten: Jedes Jahr nahm ihre Mutter sich einen Tag frei, um einen Baum zu besuchen. Einmal hatte der Baum gezittert, nicht etwa weil es windig gewesen wäre. Nein, die Frau war felsenfest davon überzeugt, dass der Baum sich auf diese Weise für ihren Besuch bedanken wollte.

»Halt durch, morgen kaufe ich dir einen schönen neuen Topf«, flüstert sie dem Alpenveilchen zu, »dann geht es dir gleich besser.«

Emilia spricht gerne mit Pflanzen, liebevoll und mit Hochachtung, weil sie es immer wieder schaffen weiterzukommen, obwohl sie an Ort und Stelle bleiben müssen. Vielleicht hat sie das von ihnen gelernt.

Ist das vielleicht der tiefere Grund, Geschichten zu schreiben und ans Schwarze Brett zu hängen? An Ort und Stelle zu bleiben, die Wurzeln auszustrecken und den Raum um sich herum zu erforschen? Sie hat Signale ausgesendet in der Hoffnung, selbst welche zu empfangen. Um Nähe und Wärme zu spüren. Um Freundschaften zu schließen. Um Verbündete für ein erfüllteres Leben zu finden.

»Vor diesem Jäger musst du dich in Acht nehmen.«

Der einzige Ort, an dem die Pflanze vor Leos Pfoten sicher ist, ist das Spülbecken. In der Küche hat man außerdem die beste Aussicht. Hier wird es dem Alpenveilchen gefallen, davon ist Emilia überzeugt.

15. Januar

Emilia hat keinen Orientierungssinn, aber sie weiß, wann sie sich verlaufen hat. Und wenn ihr jemand verloren gegangen ist. Sie muss ihre Gedanken ordnen, sie sortieren nach hilfreichen und bedrohlichen, wobei es unerlässlich ist, Letztere in ihre Schranken zu weisen. Das alles weiß sie, doch wie sie das machen soll, weiß sie nicht. Tassen im Küchenschrank zu ordnen und beschädigte zu reparieren ist einfach. Mit den Gedanken hingegen ist das schwieriger. Schließlich kann man nicht in sich hineinschauen, wenn dort drinnen alles dunkel ist. Sie ist nicht wie Lù und Leo, die sich im Dunklen zurechtfinden. Sie stößt überall an.

Heute Morgen bin ich aufgewacht und habe daran gedacht, wie ich eine Taube gerettet habe. Damals habe ich freiwillig in einer Tierklinik gearbeitet, und eines Tages kam eine Frau mit einer kranken Taube. Es gab gerade nicht viel zu tun, sodass sie sofort untersucht wurde.
Die Ärztin meinte: »Wir schläfern sie ein.« Ich sagte: »Nein!« Und sie erwiderte: »Unsere Städte sind voller Tauben, keiner will sie, warum sollen wir die hier retten, die noch dazu schwer verletzt ist?«
Die Taube spürte die drohende Gefahr und versuchte wegzufliegen, ich fing sie wieder ein. Als die Ärztin zu einem

anderen Fall gerufen wurde, bat ich eine jüngere Kollegin, der Taube zu helfen. Sie war dazu bereit. Während ich den Käfig vorbereitete, erklärte ich der Taube, dass man sich gegen die Krankheit wehren müsse, wenn man gesund werden wolle. Selbst wenn man das lediglich durch ein kleines Zeichen zu erkennen gebe. Hauptsache, jemand sieht es und gibt uns eine zweite Chance. Daran habe ich oft denken müssen.

Emilia mag den Januar, weil er ein stiller Monat ist. In diesem Jahr allerdings zu still. Ihr fehlen der Junge und ihre gemeinsamen Nachmittage. Sie kommt sich vor wie damals als Kind, wenn sie beim Stricken die Maschen verloren hatte und nicht wusste, wie sie das in Ordnung bringen konnte. Meist musste ihre Mama helfen.

Irgendwann war ihr das in der Adventszeit wieder eingefallen, und sie beschloss, den Weihnachtsabend mit ihrer Mutter zu verbringen. Damit sie beide nicht allein waren. Bei ihr übernachten konnte und wollte sie allerdings nicht. Nicht in dieser düsteren Wohnung, in der es so dunkel war, dass selbst die Möbel zu leuchten schienen.

Immerhin bereiteten sie gemeinsam ein schönes Essen zu. Als Vorspeise gab es Fenchelsalat mit Orangen und Granatapfelkernen. Danach eine Fischsuppe mit Lachs, Milch und Kräutern. Es war ein neues Rezept, das Emilia ausprobieren wollte und das ihr gut gelang. Das ideale Weihnachtsessen.

Auf dem Tisch standen goldene Kerzen, die Emilia besorgt hatte. Sie fand nämlich, dass man zu Festen die Farbe Gold brauchte. Den ganzen Abend dachte sie an Nicola, der dieses Jahr mit seiner Mutter zu deren Familie in den Süden geflogen war, weil er letztes Jahr mit seinem Papa und der Großmutter, die gleich in der Nähe wohnte, gefeiert hatte. Sie erinnerte sich noch sehr gut daran, wie sie im Herbst die startenden Flugzeuge beobachtet und sich Geschichten ausgedacht hatten.

Außerdem fasste Emilia an Weihnachten den Vorsatz, sesshaft zu werden, nicht mehr länger herumzuziehen, sondern hier und jetzt ihr inneres Gleichgewicht zu finden. Ohne einen Fluchtweg zu suchen und wegzulaufen. Sie hat sogar das Kochen entdeckt, weil es ihrer geistigen und psychischen Balance guttut.

Auf diese Weise sind verschiedene süßsaure Saucen mit Früchten, Apfelessig und Gewürzen als Dank an das alte und als Gruß an das neue Jahr entstanden. Am Herd zu stehen ist eine gute Gelegenheit, nachzudenken und nach vorne zu blicken, hat sie erkannt, und gleichzeitig in die hintersten Ecken und Winkel der Seele zu schauen, in die man gerne alles Unangenehme schiebt. Und um sich stets daran zu erinnern, stellt sie in der Küche beim Kochen eine Kerze neben sich.

Gina hat sie als Geschenk zu Neujahr eine Sauce aus Feigen, Äpfeln und getrockneten Tomaten gebracht. Jeden Tag, sagt die alte Dame, gönne sie sich einen Löffel davon. Sie ist unendlich dankbar für solche kleinen Aufmerksamkeiten und mehr noch dafür, dass sie Emilia gefunden hat.

»Mein Tag beginnt immer gleich: Schon beim Wachwerden lächele ich bei dem Gedanken, dass ich die Geschichte am Schwarzen Brett lesen kann«, hat sie ihr neulich erklärt. »Dann stehe ich auf, ziehe mich an, gehe runter, lese die

Geschichte, gehe wieder hoch, esse einen Löffel von deiner magischen Sauce und koche mir einen Tee. Danke, Emilia, mit diesen Gedanken aufzuwachen gibt mir Kraft und Zuversicht für den Tag. Ich habe Frieden geschlossen mit mir und mit der Zeit. Jedenfalls ein bisschen.«

Eigentlich wäre Emilia ebenfalls glücklich und zufrieden, wenn sie nicht in zwei Wochen das Haus verlassen, ihre Zelte hier abbrechen müsste. Alle Versuche, sich in dem Palazzo ein Zuhause aufzubauen, erscheinen ihr plötzlich als sinnlos. Geschichten zu schreiben und als Mittel der Kommunikation ans Schwarze Brett zu hängen, sich um Nicola zu kümmern, alles umsonst, reine Zeitverschwendung. Sie fängt an, ihre wenigen Sachen erneut in den Umzugskartons zu verstauen, selbst die Zettel und Blätter an den Schnüren. Einzig die Schilder mit den Namen der Zimmer lässt sie noch an den Türen hängen. Die wird sie erst am letzten Tag abnehmen. Solange sie hier wohnt, will sie zumindest weiter daran erinnert werden, sich je nach Stimmung ein Zimmer auszusuchen. Wenn sie genau überlegt, hat sie die meisten Nächte im gelben Zimmer verbracht.

Die Zeit drängt, fürs Erste hat sie über einen Aushang am Schwarzen Brett der Uni ein Zimmer im Studentenwohnheim gefunden. Eine Übergangslösung, solange der Bewohner für ein paar Monate irgendwo anders studiert. Die Katzen darf sie mitbringen. Leo wird es nicht gefallen, sich an Fremde zu gewöhnen, und Lù wird der Ortswechsel als solcher stören. Leo hat die meisten Nächte im rosa Zimmer verbracht, Lù im weißen. Sie muss sich nicht verstecken. Im Gegensatz zu Leo hat sie nichts dagegen, wenn jemand in ihre Träume schauen kann.

Die Geschichten vom Schwarzen Brett hat Emilia in einem kleinen Karton neben der Eingangstür gesammelt. Manchmal liegt Leo auf dem Papierstapel. Er ist ganz vorsichtig und zerreißt nichts. Emilia gefällt die Vorstellung, dass er auf ihre zu Papier gebrachten Gedanken aufpasst, während sie an die frische Luft geht, um ihren Kopf zu lüften.

Früher war sie immer wütend auf ihren Vater, für den das Geschäft an erster Stelle stand, erst danach kamen seine Tochter, seine Frau und sein Leben. Dieses Beispiel bewog sie nach seinem Tod, keine zu engen emotionalen Bindungen aufzubauen. Nicht zu einem Menschen, nicht zu einer Wohnung, nicht zu einem Job. Plötzlich aber merkt sie, dass sie ihrem Vorsatz nicht treu geblieben ist und sich diese Wohnung innerlich angeeignet hat, indem sie den Zimmern Farben zuordnete, die ihre Gemütslage widerspiegelten.

Das Schwarz ist am stärksten und saugt alles andere in sich ein, hat sie bislang gedacht. Jetzt überlegt sie, ob es nicht eher die schwächste Farbe von allen ist und die anderen braucht, um zu überleben. Denn auch die Dunkelheit braucht Licht. Emilia kommt sich vor wie am Rand der Welt oder des Universums oder einer Galaxie.

Bei diesem Stichwort fällt ihr der Junge ein, der so weit weg ist. Ihr kommen die Tränen, und sie spürt einen roten Schmerz. Ein grausames Rot. Ein atemloses Rot. Doch sie kann nicht weinen, die Tränen bleiben ihr im Hals stecken, stauen sich dort auf und schaffen es nicht auszubrechen. In ihr ist eine weiße Leere, die sich bis in ihrem Magen ausbreitet. Emilia fühlt sich verloren, innerlich zerrissen. Verhöhnt von ihren Fehlern, die sich an der Hand halten, in Zweierreihen um sie herumtanzen und über sie lachen.

Sie setzt sich an den Küchentisch und schreibt sich ihren Jammer von der Seele.

Heute Morgen bin ich aufgewacht und habe darüber nachgedacht, wann ich das letzte Mal glücklich gewesen bin. Ich weiß, dass das bereits Thema einer Geschichte war, und ich frage mich, ob es jemandem leichtfällt. Glücklich zu sein, meine ich. So wie es Leute gibt, die einen Pfannkuchen in der Pfanne so geschickt hochwerfen können, dass er sich in der Luft dreht und auf die andere Seite fällt. Ich selbst schaffe das recht gut mit einer kleinen Pfanne. Wenn sie zu groß ist, fällt der Pfannkuchen auf den Boden.

Mich beschäftigt die Frage, warum das so ist. Warum ich mein Ziel verfehle, egal ob in der Küche oder in Sachen Glück. Und warum ich keinen Orientierungssinn habe. Überall stoße ich an und hole mir blaue Flecke. Wobei es in dieser Wohnung besser geworden ist, was allein daran liegt, dass sie fast leer ist. Und diese Leere, diese Grenzenlosigkeit hat wiederum andere Nachteile. Ich kann meine Wünsche nirgends verstecken. Und aus diesem Grund habe ich mich daran gewöhnt, keine zu haben. Nur kann man ohne Wünsche nicht leben. Schließlich muss man sich an irgendetwas festhalten können wie die Kinder an ihren Stofftieren. Wünsche helfen uns, durch die Nacht zu kommen und den Tag zu überstehen.

Später stellt Emilia fest, dass jemand einen Kommentar in akkuraten Kursivbuchstaben unter den Text geschrieben hat.

Wie machst du das? Es kommt mir vor, als würdest du von mir sprechen! Ich danke dir für deine Worte.

Sie schaut genauer hin, ohne die Handschrift zu erkennen. Diese Person hat sich zum ersten Mal geäußert. Gedankenverloren beobachtet sie Lù, die mit einem Blatt spielt, das der Wind auf den Balkon vor der Küche geweht hat. Sie benutzt ihre Pfoten so geschickt wie ein Eishockeyspieler seinen Schläger. Diese Katze hat viele Fähigkeiten, um die sie Emilia beneidet.

Es ist fast Mittagszeit. Da sie keinen Hunger hat, beschließt sie, mal außer der Reihe bei Gina vorbeizuschauen, und begibt sich in den vierten Stock. Als niemand öffnet, legt sie das Ohr an die Tür. Nichts. Keine Schritte, kein Rumoren. Sie holt das Handy aus der Tasche und wählt Ginas Nummer. Es klingelt drinnen, ohne dass eine Reaktion erfolgt. Vielleicht ist die alte Dame in der Gemeinde, überlegt sie. Nein, dort geht sie immer erst nachmittags hin, um sich mit ihren Freundinnen zu treffen. Sie klopft an die Tür.

»Gina, ich bin's, Emilia, bist du da?«

Ihr fällt der Schlüssel ein, den die Freundin ihr gegeben hat. Es soll ihr nicht so gehen wie vielen einsamen alten Leuten, die in ihrer Wohnung im Schlaf sterben und die niemand vermisst. Nach längerem Zögern entschließt Emilia sich, nach unten zu gehen und den Schlüssel zu holen. Ihre Bedenken allerdings bleiben. Sie scheut sich, alleine nachzusehen. An wen kann sie sich wenden? Sie geht in den dritten

Stock und betrachtet einen Moment die Wohnungstür von Lucio und Anna, dem ungleichen Pärchen. Oder wäre vielleicht Viola, die Frau mit dem Stock aus der fünften Etage, die Richtige, die bessere Wahl?

Zu belastend ist noch die Erinnerung an den Tod ihres Vaters. Sie und ihre Mutter hatten am Bett des Sterbenden gestanden.

Voller Hilflosigkeit und Verzweiflung rief ihre Mutter immer wieder seinen Namen: »Giampietro, Giampietro, was soll ich ohne dich machen …«

Emilia hat es nicht bloß gesehen, sondern es fast körperlich gespürt, wie er in eine andere Welt hinüberging. Die Augen geschlossen, versuchte er noch etwas zu sagen, das sie nicht verstand. Vielleicht wollte er sich ja einfach verabschieden.

»Oh, welch eine Überraschung. Brauchst du etwas?«, begrüßt Viola sie.

»Danke, ich brauche nichts, mache mir lediglich Sorgen um Gina aus dem vierten Stock.«

»Ja, ich kenne sie natürlich. Wir reden selten miteinander, aber bei den Mieterversammlungen sitzen wir immer nebeneinander. Warum machst du dir Sorgen?«

»Weil sie die Tür nicht aufmacht und nicht ans Telefon geht. Dabei müsste sie zu Hause ist, um diese Zeit ist sie das eigentlich immer. Gina hat feste Regeln. Ihre Freundinnen aus der Gemeinde trifft sie erst nachmittags. Ich dachte … Also, da ich die Wohnungsschlüssel habe, dachte ich, es wäre besser, mal nachzuschauen, was los ist. Vielleicht geht es ihr nicht gut, und sie kann weder die Tür öffnen noch ans Telefon gehen.«

»Ich verstehe. Für diesen Fall hat sie dir ja den Schlüssel gegeben, oder?«

»Ja, das war wohl der Grund.«

»Und du hast Angst, alleine reinzugehen?«

»Ja«, seufzt sie erleichtert, wenngleich es ihr ein bisschen peinlich ist, dass sie Unterstützung sucht, und ihr fast wie ein Vertrauensbruch Gina gegenüber vorkommt.

Die resolute Viola scheint das zu bemerken. »Ich begleite dich gerne bis zur Tür – reingehen musst du alleine. Ich warte draußen.«

»Danke.«

Emilias Wurzeln

Als Großmutter starb, öffnete Mama den Brief, den sie ihr viele Jahre zuvor geschrieben hatte. Auf dem Umschlag stand in ihrer geschwungenen, verschnörkelten Handschrift: »Nach meinem Tod zu öffnen.« Mamas Schwester meinte, sie wisse, warum sie ihr den Brief gegeben habe. Weil Mama ihre Wünsche auf jeden Fall respektieren werde. Ich bat meine Mutter, eine Kopie des Briefes machen zu dürfen, die ich nach wie vor zusammen mit Fotos aufhebe, von denen ich mich nicht trennen kann. Inzwischen habe ich ihn so oft gelesen, dass ich den Text auswendig weiß. Immer wenn ich daran denke, muss ich weinen. Meine Großmutter schrieb:

»Das ist mein Letzter Wille. Ich möchte verbrannt werden in einem schlichten Holzsarg, und meine Asche soll am Ufer des Flusses verstreut werden, in dem wir immer

schwimmen waren. Die Todesanzeige soll, wenn überhaupt, erst nach meinem Begräbnis aufgegeben werden. Eine schlichte Zeremonie mit einem Priester, kein überflüssiger Blumenschmuck.
Das, was ich euch hinterlasse, könnt ihr unter euch aufteilen, ganz wie ihr wollt, doch bitte ohne Streit. Es ist ohnehin nicht viel. Geld verdirbt die Menschen. Herzenswärme und Verständnis sind viel wichtiger.
Elsa,
Ehefrau, Mutter und Großmutter meiner geliebten Enkel.«

Als ich den Brief zum ersten Mal gelesen habe, war mein Großvater seit Langem tot. Der Satz, der mich am meisten bewegt hat, ist der letzte. Großmutter wollte durch die Familie in Erinnerung bleiben. Damals wurde mir bewusst, wie wenig wir über die Menschen wissen, die wir zu kennen glauben.
Die Liebe zu ihrem Mann, meinem Großvater, war für mich immer ein Rätsel, insofern machte mich das Wort »Ehefrau« in ihrem Letzten Willen stutzig. Die große Liebe war es ganz sicher nicht, aber sie waren Mann und Frau gewesen, hatten zwei Kinder und Enkelkinder, und die Familie war meiner Großmutter immer sehr wichtig.
Das Wort Stammbaum drückt diese Verwurzelung treffend aus. Der Baum, das Symbol des Lebens. Der Mensch wird geboren, wächst heran, pflanzt sich fort, schließt Freundschaften und sammelt Wissen, um zu überleben. Wie ein Baum und dabei ganz anders.
Meine Großmutter bat mich eines Tages, einen Baum für sie zu pflanzen. Es war an einem heißen Nachmittag im

Sommer, am Ufer des Flusses. Wir saßen im Schatten einer mächtigen Trauerweide. Sie erklärte mir, sie sei glücklich zu wissen, dass eines Tages ein Baum an sie erinnern werde. Wann und wo der Baum gepflanzt würde, war ihr egal, hingegen wünschte sie sich ausdrücklich eine Japanische Wollmispel, die als Symbol für das Leben und die Liebe gilt. Und noch etwas hat mich beeindruckt:

»Das, was ich euch hinterlasse, könnt ihr unter euch aufteilen, ganz wie ihr wollt, doch bitte ohne Streit. Es ist ohnehin nicht viel.«

Wir erfüllten ihr diesen Wunsch. In Erinnerung bleibt mir der Goldring mit einem Aquamarin, den meine Mutter bekam. Und als ich nach Papas Tod in eine andere Stadt zog, hat sie ihn mir geschenkt. Sie überreichte ihn mir in einem Samtsäckchen und sagte: »Du wirst deinen Weg gehen, und wenn er noch so weit ist, du hast starke Wurzeln.«

Damals verstand ich nicht, was sie mir damit sagen wollte. Ich dachte, sie stecke mich in eine Schublade, leere Worte, die man beim Abschied so von sich gibt. Damals hat mich das wütend gemacht. Nach einer Weile verstand ich sie. Sie hatte mir Mut machen wollen für meinen Lebensweg. Seitdem trage ich den Ring am rechten Ringfinger, er ist leuchtend blau.

Wenn ich wieder einmal meine Großmutter vermisse und die Geschichten, die sie mir abends auf dem Sofa erzählt hat, suche ich mir eine ruhige Ecke und halte den Ring an mein Ohr.

Einmal hatte ich das Gefühl, sie lachen zu hören.

16.

Dinge, die die Straßenbahn hinter sich lässt

Der Junge findet es gut, dass es so kalt ist. Am liebsten wäre es ihm sogar, wenn es noch kälter würde, dann könnte er den Schal in der Schule anbehalten. Er hätte nicht einmal was dagegen, wenn die Kälte durch die Fensterritzen in die Häuser kröche, dann könnte er ihn immer tragen, ohne dass ihn jemand komisch ansehen und sein Papa ihm missbilligende Blicke zuwerfen würde.

»Woher hast du diesen Schal?«, wollte er eines Morgens vor der Schule wissen. »Hat Mama ihn dir gekauft?«

Nicola zögerte mit der Antwort. Er wollte nicht lügen und wusste gleichzeitig nicht, was er sonst sagen sollte.

»Also?«, hakte Papa nach.

»Nein. Emilia hat ihn mir geschenkt.«

»Aha. Wann denn? Das hast du mir gar nicht erzählt.«

Mit einem Mal schaffte er es zu lügen, er musste sein Geheimnis verteidigen, um jeden Preis.

»Ist länger her, da war es noch nicht so kalt, und deshalb habe ich ihn bislang nicht angehabt.«

»Ich finde es nicht gut, dass du den Schal dieser Frau trägst … Nun gut, wenn es dir so wichtig ist.«

»Er ist schwarz wie Darth Vader, und aus diesem Grund ist er mir wichtig.«

Danach haben sie nicht mehr darüber gesprochen.

Auch heute Morgen stehen sie vor der Schule, und Papa verabschiedet sich: »Einen schönen Tag, mein Großer.«

Als er ihm jedoch einen Kuss geben will, geniert Nicola sich vor den anderen und hebt die rechte Hand zum High Five. Michele schlägt lächelnd ein.

»Dir gleichfalls einen schönen Tag, Papa.«

Von der anderen Straßenseite winkt ihm Beatrice zu. Er verzieht den Mund zu einem freudlosen Lächeln, dann dreht er den beiden den Rücken zu und gesellt sich zu seinen Klassenkameraden. Heute Morgen ist Sport, die Lehrerin bildet zwei Gruppen, die ungleich verteilt sind, findet er. Auf der einen Seite die Starken, auf der anderen er, die Mädchen und die Schwächeren. Da können sie gleich aufgeben. Der einzige Vorteil ist, dass er sich nicht anstrengen muss, weil es ja ohnehin keinen Sinn hat. Er hält sich ein wenig abseits in der Nähe des Fensters, schaut nach draußen und tut so, als würde er die Dinge betrachten, die die Straßenbahn hinter sich lässt.

In den letzten Tagen hingen keine Geschichten mehr am Schwarzen Brett. Er hätte sie sowieso nicht lesen können, weil Papa es nicht will. Aber trotzdem lässt der Junge nicht locker.

»Warum darf ich die Geschichten am Schwarzen Brett nicht mehr lesen? Sie gefallen mir.«

»Weil diese Emilia einen schlechten Einfluss auf dich hat, ich habe viel zu lange zugesehen.«

Nicola hat seiner Großmutter davon erzählt. Sie hat zugehört und weiter die Blätterteigrollen mit Mandeln und Vanillecreme nach ihrem Geheimrezept gefüllt.

»Dein Papa ist eifersüchtig. Er findet, du magst diese Frau ein bisschen zu gerne.«

»Tue ich nicht«, widerspricht er und nimmt sich ein Gebäckstück.

»Pass auf, sie sind noch heiß. Nicht dass du dir den Mund verbrennst.«

»Dann warte ich lieber ein bisschen«, sagt er und legt die Rolle zurück auf den Teller.

»Gestern haben wir einen Aufsatz über die Dinge geschrieben, die wir den Menschen, die wir lieben, noch nie gesagt haben.«

»Oh, das ist ein spannendes Thema.«

»Genau. Und weißt du, was ich geschrieben habe?«

Die Großmutter schüttelt den Kopf und lächelt ihn an.

»Über dich habe ich gesagt, dass du ganz tolle Süßigkeiten zum Nachtisch machen kannst.«

»Das freut mich, dass sie dir schmecken, selbst wenn ich sie nicht allein für dich mache.«

»Schade.«

Der Junge beißt genüsslich in das Gebäck, sodass die Creme herausspritzt.

»Nic!«

Er lacht mit vollem Mund, die Creme tropft vom Kinn herunter auf die Tischdecke. Als er sie abwischt, sind seine Finger ganz gelb.

»Warum meinst du eigentlich, dass Papa eifersüchtig auf Emilia ist?«

Die Großmutter hat die Wachstuchdecke abgewischt und spült den Lappen aus, bevor sie ihn über das Becken hängt. Sie schaut ihren Enkel nachdenklich an und sucht nach den richtigen Worten, um ihm zu erklären, was sie meint.

»Ich glaube, für Papa ist diese Frau der Eindringling. Sie

ist in seinen Bereich eingedrungen, verstehst du? Es fällt ihm schwer, sie zu akzeptieren, so ähnlich, wie es bei dir und Beatrice der Fall ist.«

»Du erinnerst dich an ihren Namen!«

»Ja. Ich habe lange darüber nachgedacht und glaube, dass dein Vater nicht allein sein will. Du musst ihm helfen, vielleicht lässt er dann mit sich reden.«

»Wie meinst du das?«

»Du könntest ihm sagen, dass du mit Beatrice einverstanden bist, wenn er Emilia akzeptiert. Ihr habt in den letzten zwei Jahren große Veränderungen erlebt, das war eine schwere Zeit für euch beide. Ihr müsst Verständnis füreinander haben und einen gemeinsamen Weg finden.«

»Dann kommt der Eindringling ja weiterhin zu uns, was meinst du?«

»Das weiß ich nicht, Nic, das habe ich nicht zu entscheiden und du ebenfalls nicht. Papa will sicher nichts tun, was dir wehtut, aber es ist seine Entscheidung.«

»Nonna, magst du Alpenveilchen?«

Sie lacht. »Warum fragst du?«

»Einfach so. Die Lehrerin hat in der Schule von ihnen gesprochen.«

Nicola wundert sich manchmal selbst, wie leicht es ihm fällt zu lügen.

»Ich mag sie sehr, vor allem die roten Blüten, doch mir gefallen die Blätter genauso. Schau sie dir mal an, sie sehen aus wie Herzen.«

Wenngleich er mit Großmutters Worten nichts anzufangen weiß, fragt er nicht weiter nach, sondern lässt das Thema Alpenveilchen auf sich beruhen.

»Kann ich ein Glas Wasser haben?«

In seinem Aufsatz hat er geschrieben, dass Wasser wichtig für die Menschheit und sein Lieblingsgetränk sei. Als er das formulierte, musste er unwillkürlich an Emilia denken, die einmal zu ihm gesagt hat, dass sie niemanden kenne, der so gerne Wasser trinke wie er. Dann fügte sie hinzu, dass es eine gute Angewohnheit sei, Wasser zu trinken, und dass gute Angewohnheiten wichtig seien.

Nicola war ganz ihrer Meinung. »Zum Beispiel die Angewohnheit, dass Papa mir vor dem Einschlafen Tex Willer vorliest.«

»Genau«, lächelte Emilia daraufhin. »Gute Angewohnheiten sind wie gute Freunde, die immer das Beste für uns wollen. Wie dein Papa für dich.«

17.

Dreiecke und Quader

Ginas Tod war wie eine Explosion in Weiß für Emilia. So viel Weiß, dass es ihr vom Gesicht durch die Kehle bis in den Magen lief. Sie ist ganz aufgebläht von all dem Weiß, und je mehr es sich ausdehnt, umso stärker wird der Schmerz. Darauf war sie nicht vorbereitet. Auf so viel Weiß. Auf so viel Stille. Eine Stille, die in ihren Ohren dröhnt. Eine Stille, die ihr in den Augen wehtut. Eine Stille, die sie vom Boden abhebt, auf den Kopf stellt und neben die Geschichten und die Platanenblätter an die gespannte Schnur hängt, um nicht allein zu sein.

Emilia fühlt sich so einsam wie lange nicht mehr, und ihr wird erst jetzt bewusst, wie ausgefüllt ihr Leben zwischendrin gewesen ist. Ohne Orientierungspunkt bewegt sie sich ziellos und unsicher zwischen der Leere und der Fülle und weiß nie, wo sie sich gerade befindet. Ob das bei anderen Menschen wohl genauso ist?

Die alte Frau ist im Schlaf gestorben. Am fünfzehnten Januar, kurz vor Sonnenaufgang. So steht es auf dem Totenschein. Als Emilia in ihre Wohnung kam, lag sie im Bett. Leblos. Sie brach in Tränen aus, als sie über die kalten Wangen strich, auf denen im blassen Schein des beginnenden Tages ein Hauch Blau zu liegen schien. Nie mehr würde Gina ihre Einsamkeit schamhaft verbergen müssen.

Irgendwie hat Emilia es im Gefühl gehabt, dass etwas nicht stimmte. Sie erinnert sich noch genau an den Moment, als ihr die Eingebung kam, Gina zu besuchen. Dann die Sorge, als sie klingelte und niemand aufmachte, als sie anrief und niemand abnahm. Immer mehr wurde die Befürchtung zur Gewissheit, und bevor sie die Wohnung schließlich betrat, musste sie an die Geschichte über ihre rosa Freundschaft denken.

Wir können es schaffen. Wenn wir Schritt für Schritt vorangehen, einen nach dem anderen und ohne aufzugeben.

Sie glaubte sich zu erinnern, dass diese Geschichte ein bedeutungsschweres Ende hatte, nur wollte es ihr nicht einfallen. Weil alles weiß war.

Schschschsch.

Lù spitzt die Ohren.

»Was ist los, Lù?«

Schschschsch.

Emilia lächelt, als ihr klar wird, dass Leo mit irgendetwas Eishockey spielt. Mit einem Blatt vielleicht.

Schschschsch.

Irgendetwas rutscht über den Boden, verursacht ein lauteres Geräusch als ein Platanenblatt. Sie steht auf, und Lù folgt ihr.

»Hast du ein Tor geschossen?«, ruft sie in den Flur.

Das Rascheln kommt aus dem blauen Zimmer.

Schschschsch.

»Mit was spielst du da, Leo?«

Miau.

Der Kater ist unzufrieden.

»Spielunterbrechung!«

Miau.

Sie hebt den weißen Umschlag vom Boden auf, er ist an sie adressiert, Name und Vorname.

»Woher hast du den Brief?«

Miau.

Emilia erinnert sich, dass es am Vortag bei ihr geklingelt hat, sie aber nicht aufgestanden ist, um zu öffnen. Jemand muss den Umschlag unter der Tür durchgeschoben haben. Emilia weiß nicht mehr, um welche Uhrzeit das war, jedenfalls hatten Leo und Lù schon gefrühstückt. Sie setzt sich unter das Fenster auf den Boden und öffnet den Brief. Als sie anfängt zu lesen, spürt sie eine Farbe im Gesicht, vielleicht sogar zwei oder mehr, ohne dass sie erkennt, welche es sind.

Liebe Emilia,
hier in der Gemeinde steht ein Karton für Sie. Wir bitten Sie, so bald wie möglich vorbeizukommen. Ich bin sicher, dass es etwas Wichtiges ist.
Herzliche Grüße
Don Andrea

Sie hat den Gemeindepfarrer genauso wie Ginas Freundinnen auf der Beerdigung kennengelernt. Er weiß alles über die Verstorbene. Zumindest alles, was man wissen kann, wenn man mit Menschen spricht, sich um sie kümmert, an ihrem Leben Anteil nimmt. Der Pfarrer drückte ihr die Hand, als sie vom Grab zurückgingen.

»Sie müssen die Frau vom Schwarzen Brett sein. Gina hat von einer jungen Frau mit einem langen Pony geschwärmt, die wunderbare Geschichten erzählt. Sie hätten ihr geholfen, ein bisschen was von ihrem nicht enden wollenden Schmerz zu vergessen. Ich habe sie selten so ausgeglichen erlebt wie in den letzten Wochen. Wussten Sie das?«

»Ja. Gina hat mir von ihren Schicksalsschlägen erzählt – und davon, dass sie ihr Ende kommen fühlte. Dass es jedoch so schnell gehen würde, hat mich überrascht.«

Dennoch ist Emilia überzeugt, dass die Geschichte mit der rosa Freundschaft ein würdiges Ende gefunden hat, selbst wenn sie bislang nicht genau weiß, welches. Das Weiß verwischt alle Spuren.

Ein Karton für sie?

Sie geht die Treppe hinunter auf den Hof, bleibt dort wie vom Blitz getroffen stehen. Wie Lù, wenn sie sieht, dass sie Leo streichelt. Mit vorwurfsvollem Blick. Als ob sie ihr nicht verzeihen könnte, dass sie die Zuneigung ihrer Besitzerin mit einem Kater teilen muss.

»Hallo.«

Kaum hat sie den Gruß ausgesprochen, bedauert sie es sofort.

»Hallo.«

Im Hof stehen Michele und sein Sohn. Obwohl der Mann normalerweise eine schöne, tiefe und volle Stimme hat, klingt seine knappe Erwiderung wie ein Peitschenhieb. Ein klatschendes Geräusch. Der Junge sagt nichts. Er trägt den schwarzen Schal mit den weißen Fransen um den Hals. Emilia freut das. Der Schal ist ihr wirklich gut gelungen. Als Kind hat sie immer zu fest gestrickt und war frustriert, weil sie alles wieder aufziehen musste. Irgendwo im Haus ihrer Mutter liegen bestimmt noch all ihre untauglichen Strickversuche von früher.

Nicolas Schal hingegen ist locker und weich und gleichzeitig fest genug, um nicht ausgeleiert zu wirken. Wie bei den Geschichten, die an Grenzen stoßen, aber schließlich ein gutes Ende finden. Es ist eben alles eine Frage des Zusammenspiels von Nähe und Distanz.

Emilia fällt ein, dass sie den Schal bei Gina gestrickt hat, auf dem Sofa in der Küche, und bei dieser Erinnerung kommen ihr wieder Don Andreas Worte in den Sinn, dass ihre Geschichten der alten Frau geholfen haben, besser mit ihrem Schmerz umzugehen. Im Gegenzug hat Gina ihr beigebracht, so manches anders zu sehen. Etwa den richtigen Abstand zu finden, ohne den Faden zu fest zu ziehen. Nicht allein beim Stricken.

»Wie geht es dir? Wie geht es euch? Wir haben uns sehr lange nicht mehr gesehen.«

»Alles gut.«

Rums! Michele, der gerade dabei ist, ins Haus zu gehen, knallt die Hoftür zu, um sie sogleich wieder zu öffnen.

»Wir …«

Zu spät, der Junge kommt nicht mehr dazu, den Satz zu Ende zu bringen, sogleich ist sein Vater zur Stelle, packt ihn an der Hand und zieht ihn mit sich weg. Emilia schaut Nicola an wie damals im Waschsalon. Wie beim ersten Mal. Er dreht sich zu ihr um. Sie sieht den gelben Fleck in seinen Augen, winkt ihm zu. Gerne würde sie ihm sagen, er soll es ihr beim nächsten Mal erzählen, bloß wird es eines geben? Sie schaut den beiden nach, zieht dann den Umschlag aus der Tasche, um Don Andreas Brief noch einmal zu lesen:

Ich bin sicher, dass es etwas Wichtiges ist.

Sie denkt an die Kartons, die sie im letzten Jahr begleitet haben. Der erste Umzug, der zweite Umzug. Und sie denkt zugleich an das, was sie zurückgelassen hat, was nicht mehr in die Kartons passte. Erst wenn man entscheiden muss, was man mitnimmt und was nicht, begreift man, was wirklich wichtig ist.

Im Gemeindehaus wird ihr ein flacher rosafarbener Geschenkkarton in die Hand gedrückt. Mit einer rosa Schleife. Sie hat das Gefühl, als würde sie nicht allein die Schachtel, sondern ebenfalls Gina und sie selbst umschließen. Die Schleife und der Karton sind wie zwei Verliebte, die miteinander flüstern, keiner soll hören, was sie zu sagen haben.

Emilia überlegt, wo sie die rosa Schachtel öffnen soll. Eigentlich hat sie Don Andrea um Erlaubnis bitten wollen, sie gleich im Gemeindehaus auspacken zu dürfen, leider war er gerade bei seinen Vorbereitungen für die Messe. Dann vielleicht auf ihrer Lieblingsbank im Park, an dem kleinen See mit den Enten? Nein, dafür ist es zu kalt.

Unter der rosa Schleife steckt ein Brief, auf dem steht: *Für dich, liebe Emilia.* Von Don Andrea weiß sie, dass Gina ihm den Karton schon vor Weihnachten gegeben hat – sie ahnte wohl, dass ihr nicht mehr viel Zeit blieb. Sie sei müde und wünsche sich, ihre Familie wiederzusehen, vertraute sie dem Pfarrer an. Von ihm erfuhr sie darüber hinaus, wie sehr die alte Freundin sich um sie gesorgt hatte.

»Ihr Wohlergehen lag ihr sehr am Herzen. Und ich weiß, dass noch eine besondere Überraschung auf Sie wartet, die sie Ihnen mit eigenen Worten erklären wird. Ich möchte ihr da nicht vorgreifen. Wissen Sie, Emilia … Oder darf ich Du sagen? Du bist noch so jung. Gina wusste, wie schwer es für dich sein würde, nicht mehr ihre Freundschaft zu haben, und aus diesem Grund hat sie ein wenig Balsam für deine Seele in den Karton gepackt. Moment, was waren gleich ihre Worte? Ach ja, Tiramisu, genau davon hat sie gesprochen. Der Inhalt solle dich aufheitern wie ein Tiramisu. Du würdest verstehen, was sie damit meinte.«

Ja, Emilia begriff es auf Anhieb. Sie hat den Tag nicht vergessen, als Gina sie vor dem Schwarzen Brett ansprach und ihr erklärte, dass sie jeden Morgen gleich in der Früh nach unten gehe, um die Geschichten zu lesen. Sie seien ihr Tiramisu, ihre Motivation, überhaupt aufzustehen. Bei diesen Worten fühlte Emilia sich mit einem Mal geborgen, eingehüllt in wohlige Wärme.

Wie sehr die lebenskluge Gina ihr fehlt.

Wenn du traurig bist, meine junge Freundin, denk an all das Schöne, das du mir durch deine Geschichten geschenkt hast – auch diese Worte gehören zu ihrem Vermächtnis, und sie würde sie immer im Herzen bewahren.

Da ihr keine andere Idee gekommen ist, wo sie den Karton in aller Ruhe auspacken könnte, ist sie nach Hause zurückgekehrt und sitzt jetzt auf einer Treppenstufe zwischen dem zweiten und dritten Stock und will gerade den Brief lesen, als sie eine aufdringliche Stimme hört. Signora Franca.

»Warum sitzen Sie auf dem Boden, haben Sie den Schlüssel vergessen?«

»Nein, ich habe nach einem sicheren Ort gesucht, zu meinem Bedauern habe ich ihn offensichtlich nicht gefunden«, erwidert sie anzüglich, was ihrer Nachbarin leider zu entgehen scheint.

»Sie erkälten sich noch, außerdem haben Sie mich erschreckt.« Die Signora steckt den Schlüssel in die Tür und redet unbekümmert weiter. »Endlich haben Sie mit den Geschichten am Schwarzen Brett aufgehört. Mein Glückwunsch zu dieser Entscheidung, allmählich scheinen Sie erwachsen zu werden. Außerdem habe ich gehört, dass Sie demnächst ausziehen – ich kann nicht behaupten, dass ich darüber traurig bin.«

Emilia steht auf und umklammert den Karton. Sie glaubt Ginas Stimme zu hören.

Vor einigen Jahren hat ihr Mann sie wegen einer jüngeren Frau verlassen. Sie war noch nie eine sympathische Person, doch ab diesem Moment wurde sie unausstehlich.

O ja, Emilia kennt die Wut allzu gut. Sie weiß, welch gefährlicher Gast sie ist. Wenn sie sich einmal eingenistet hat, wird man sie nicht mehr los. Die Wut schmeichelt sich ein, man wird süchtig danach. Und sie verschlingt alle Farben, sodass man nichts mehr erkennen kann.

»Ich bin in Trauer und bitte Sie, etwas rücksichtsvoller zu sein.«

»In Trauer um wen?«

»Um Gina, die alte Dame aus dem vierten Stock. Ich erwarte nicht, dass Sie freundlich zu mir sind, vielleicht sagen Sie einfach nichts.«

»Ach so, die. Ich habe den Trauerflor an der Tür gesehen. Ein Abschiedsgruß von der Hausverwaltung. Die Frau war sehr einsam, wahrscheinlich hatte sie keine Freunde. Und sie stank immer nach Mottenpulver! Tut mir leid, ich vermag es kaum zu glauben, dass Sie das so mitnimmt. Eine andere

Umgebung wird Ihnen bestimmt guttun, Sie werden sehen. Adieu!«

Peng! Die Tür knallt zu, wobei das Dröhnen Emilia weniger in den Ohren schmerzt als Francas Worte. Sie muss hier weg. Langsam steigt sie in den dritten Stock und blickt starr geradeaus, geht achtlos an der Tür von Micheles und Nicolas Wohnung vorbei weiter in den vierten Stock. Dort setzt sie sich vor die Tür, an der sie so oft geklingelt hat und an der noch Ginas Name steht. Sie meint ihr Lachen zu hören – dieses Lachen, das immer ein wenig schuldbewusst klang, als ob sie sich dafür entschuldigen wollte, dass sie nach wie vor da war, während alle anderen, die sie geliebt hatte, vor ihr gegangen waren.

Genau der richtige Platz, um den Karton zu öffnen und auszupacken.

Als Erstes liest sie endlich Ginas Brief. Einmal und dann noch einmal. Sie weiß nicht, wie viel Zeit vergangen ist, sie fühlt sich wie morgens nach dem Aufstehen, da ergeht es ihr genauso, dass die Stunden vergehen, ohne dass sie es merkt. Emilia sieht nach oben und stellt sich vor, dort nicht das Grau des Treppenhauses zu sehen, sondern das Blau des Himmels. Ein strahlend helles Blau, so blau wie Ginas schöne Bluse. Sie beschließt, der Verstorbenen eine Geschichte zu widmen und sie morgen früh auf den Glaskasten zu kleben. Aus ihrer großen schwarzen Tasche kramt sie einen Stift und einen Notizblock hervor.

An diesem Morgen bin ich aufgewacht und habe an einen hübschen rosa Karton gedacht, das Geschenk einer Freundin. Darin befand sich ein sauber ausge-

spültes Glas, in dem einmal eine süßsaure Sauce war, die man zu Käse oder Fleisch oder einfach so essen konnte. Die Frau, die mir die Schachtel hinterließ, hat sie immer pur gegessen, jeden Tag einen Löffel. Sie sagte, die Sauce sei ein Stärkungsmittel für die tiefste Schicht der Seele.
In der Schachtel habe ich außerdem eine blaue Bluse gefunden, die bei mir ganz ungewöhnliche Assoziationen hervorrief. Sie erinnerte mich an meine erste Haarlocke, die mein Papa abgeschnitten und in das Familienalbum geklebt hat. Nicht weil die Haare blau gewesen wären, sondern weil sie für einen Neuanfang standen. Und noch etwas anderes war darin, von dem ich bald erzählen werde. Im Augenblick will ich lediglich festhalten, dass in dieser Schachtel mein Glück liegt.
So etwas hat mir bisher in meinem Leben gefehlt. Ein magischer Karton, der ein gutes Versteck bietet. Vor allem für die schönen Dinge, deren Schönheit man nicht gleich erkennt.

Verletzungen heilen erst dann, wenn wir der Natur ihren Lauf lassen. Wie bei einem steilen Berggipfel. Selbst wenn wir kurz vor dem Ziel abrutschen und uns von Neuem unter großen Anstrengungen an den Aufstieg machen müssen, dürfen wir nicht aufgeben, so schwer es uns auch fallen mag.

Ginas Brief hat Emilia neuen Mut gegeben, es bis auf den Gipfel zu schaffen – alleine würde ihr das nie und nimmer gelingen. Von dort oben wird sie den Weg erkennen, den sie gegangen ist, und die Spalten sehen, in die sie hätte fallen können. Desgleichen ihre Spuren, die sie hinterlassen hat, manchmal ohne es zu merken. Vor allem dann nicht, wenn sie stehen geblieben ist und geweint hat.

Emilia greift nach einem Schlüsselbund mit einem rosaroten Band. Er ist identisch mit dem, den sie Don Andrea nach der Beerdigung gegeben hat. Als sie das Band betrachtet, fällt ihr wieder ein, wie ihre Freundschaftsgeschichte mit Gina endet.

Ich habe nie wirklich verstanden, wie man ohne Rosa zu leben vermag.

Seufzend erhebt sie sich, packt alles wieder zusammen und geht zu ihrer Wohnung zurück. Kaum hat sie den Schlüssel ins Schlüsselloch gesteckt, hört sie Lù und Leo vorwurfsvoll miauen. Sie geben ihr zu verstehen, dass sie zu spät zum Abendessen kommt. Offenbar hat sie einige Stunden vor der verschlossenen Tür im vierten Stock gesessen. Sie nimmt zwei Portionen Katzenfutter aus dem Schrank und füllt die Näpfe. Dann setzt sie sich an den kleinen Küchentisch, stellt den Karton darauf und wartet, bis die beiden zu Ende gefressen haben.

»Hey, ihr Flohsäcke, ich muss euch einen wichtigen Brief vorlesen. Einen ganz wunderschönen Brief. Es ist eine Art Testament und ein Kompass fürs Leben. Und es steht sogar etwas darin, das mit euch zu tun hat.«

Leo putzt sich die linke Vorderpfote, Lù springt auf Emilias Schoß. Sie krault ihren Nacken, greift nach dem Brief und liest vor.

Liebe Emilia,
ich weiß nicht recht, wie ich anfangen soll, weil das meine letzten Worte an dich sein werden. Ich habe lange darüber nachgedacht, was ich dir sagen will, und beginne einfach: Du bist stärker, als du denkst, und es ist Zeit, dass du das akzeptierst. Entschuldige, dass ich so direkt bin, aber ich habe keine Zeit für Umwege, und manchmal tut ein kleiner Schubs ganz gut.
Als ich deine Geschichten am Schwarzen Brett gelesen habe, ist mir klar geworden, dass du nicht so unsicher bist, wie du glaubst. Und noch eine Bitte: Nimm deine Haare aus deinem Gesicht, damit man deine Augen sehen kann. Du hast so wunderschöne Augen. Ich erinnere mich an den Tag, als wir Pralinen gegessen haben und du mich nach einem Taschentuch gefragt hast, um die Tränen abzuwischen. Du hast mir nicht sagen wollen, warum du geweint hast, dafür habe ich etwas anderes in dir entdeckt. Als du die Haare zur Seite geschoben hast, sah ich deine Augen leuchten. Versuch sie nicht mehr zu verstecken. Nachdem ich sie gesehen habe, wusste ich, dass du deinen Weg gehen und deinen Platz in der Welt finden wirst.
Hast du bereits in den Karton geschaut? Du findest darin einen Schlüsselbund, und ich bin sicher, dass du die Schlüssel wiedererkennst. Es geht um meinen kostbarsten Besitz: meine Wohnung. Dort war ich mit den Menschen zusammen, die mir am meisten bedeutet haben, und ich habe mich entschlossen, sie dir anzuvertrauen. Weil ich gespürt habe, dass die Wohnung sich nach Licht, Wärme und Lachen sehnt. Sie hat

genug von der Dunkelheit und dem Weinen. Und sie hat genug von mir und all dem Grau. Mit dir und deinen Katzen, dem Jungen und allen anderen, die du um dich haben willst, wird sie ein Ort des Lichts, der Farben und der Gerüche werden.
Ob ich dich wohl hin und wieder mal besuchen kann, um zu sehen, wie es dir geht? Du weißt ja, liebe Emilia, dass ich mit den Menschen wieder in Kontakt zu treten hoffe, die ich lange Jahre schmerzlich vermisst habe.
Du hast mir in der Zeit des Wartens die Kraft gegeben, jeden Morgen aufzustehen, und jeder Tag mit dir und deinen Geschichten war ein guter Tag. Es tut mir leid, dass ich diese Zeilen nicht selbst schreiben kann, ich sehe nicht mehr so gut. Don Andrea hat es nach meinem Diktat aufgeschrieben, und ich habe beim Notar meinen Letzten Willen hinterlegt. Meine Wohnung wird nach meinem Tod dir gehören. Ich danke dir, liebe Emilia, dass du mir gezeigt hast, wieder Farben zu sehen.

Emilia legt den Brief auf den Tisch und streichelt Lù hinter den Ohren.

»Ich verspreche dir, nicht mehr zu weinen, mindestens bis …«, flüstert sie, lächelt die Katze an und fragt sich, wie lange sie ihr Versprechen halten kann. »Also, mindestens bis in einer Woche.«

Schnurr.

Sie nimmt es als Bestätigung und wischt sich über die Augen, wobei die tränenfeuchten Haare an ihren Fingern kleben. Ihre Haare!

»Entschuldige, Lù.«

Sie steht langsam auf, damit sich die Katze freiwillig von ihrem Schoß löst und sich auf dem Stuhl niederlässt. Lù zögert eine Weile, sie will ihren Platz nicht aufgeben.

»Ich beeile mich, Lù.«

Im Bad sucht Emilia nach der kleinen Schachtel, in der sie die Haarspangen aufbewahrt. Sie holt zwei schwarze heraus, stellt sich vor den Spiegel, teilt den Pony in der Mitte und klemmt eine Spange auf die rechte und eine auf die linke Seite. Sie erinnert sich daran, wie der Junge gesagt hat, dass ihre Haare aussähen wie zugezogene Vorhänge.

Nimm die Haare aus dem Gesicht, Emilia, hört sie eine Stimme in ihrem Kopf

»Ja, Gina, ich verspreche dir, dass ich das machen werde«, murmelt sie.

Erinnerungen kehren zurück. Dann kann sie wieder Fahrrad fahren wie damals als Kind auf der Suche nach neuen Abenteuern. Voller Sehnsucht nach dem Tag, endlich für sich allein entscheiden zu können und nicht mehr um Erlaubnis fragen zu müssen. Eine unbändige Lust, Fahrrad zu fahren, überkommt sie mit einem Mal. Wie lange ist das her, seit sie das zum letzten Mal gemacht hat? Eine gefühlte Ewigkeit. In die Pedale treten, den Wind in den Haaren und auf dem Gesicht spüren und lachen. Mit dem Wind und gegen den Wind. Sie und ihr Rad gehörten damals ganz selbstverständlich zusammen. Beim Radfahren fühlte sie sich frei und unbeschwert, da flatterten ihre Haare im Wind, je wilder sie fuhr, desto schöner. Wenn ihre Mama ihr nicht immer die Haare so kurz geschnitten hätte! Na ja, dafür konnte sie ihre Gedanken besser lüften. Ihr Rad war strahlend weiß, zu jener Zeit musste Emilia sich noch nicht verstecken. Was hat Gina noch gesagt: dass sie ihre Augen habe leuchten sehen, als sie gerade mal nicht unter ihren Haaren verborgen gewesen seien.

Die Bilder aus der Vergangenheit geben den Ausschlag, und beherzt greift sie zur Schere.

»Wie sehe ich aus?«

Emilia präsentiert sich ihrer Katze. Lù sitzt nach wie vor auf dem Stuhl und wartet auf weitere Streicheleinheiten.

Schnurr.

Sie streichelt sie mit der rechten Hand, mit der linken fährt sie über die Haarspangen zu beiden Seiten des Gesichts, über ihre Stirn und ihre Augen. Und als sie den Kopf schüttelt, bleibt die Sicht klar, der schwarze Vorhang vor den Augen ist weg. Dem Schwarz ist bewusst geworden, dass es viele andere Farben gibt, genauso schöne, wenn nicht gar schönere.

Wir brauchen Schwarz, um zu lernen, die anderen Farben zu mögen, denkt Emilia, die zum ersten Mal die Farben in ihrer vollen Pracht wahrnimmt, sie breiten sich aus und verschlucken das Schwarz. Wieder meint sie Ginas Mahnung zu hören, ihre Augen, die so wunderbar leuchten, nicht zu verstecken.

Für Emilia sind diese Worte der schönste Gutenachtwunsch, den sie seit Langem gehört hat. Heute wird sie im rosa Zimmer schlafen. Und ihr fällt sogleich eine Geschichte für das Schwarze Brett ein. Und die wird rosa werden.

Heute Morgen bin ich aufgewacht und habe an das weiße Fahrrad gedacht, das ich als Kind hatte. Seitdem habe ich nie wieder ein Fahrrad besessen. Vielleicht wollte ich nicht einmal eins, denn kein anderes hätte jemals den Platz des ersten einnehmen können. Wir sind zusammen durch die Felder gebraust und haben uns dem Wind entgegengestellt. Ich musste nicht erst lange überlegen, wohin wir wollten, wir hatten die gleichen Gedanken und die gleichen Wünsche. Am liebsten fuhr ich um eine Kurve, ohne zu wissen, wie es danach weiterging. Ich vertraute einfach meinem Rad, dass es den richtigen Weg finden würde.

Und ich fuhr gerne schnell, je schneller ich war, desto freier fühlte ich mich, war bereit für neue Abenteuer. Mein Rad und ich: zwei Freunde und Verbündete. Allerdings durfte ich mit dem Rad nur unterwegs sein, wenn es warm und lange hell war, sonst hätten sich die Eltern zu viele Sorgen gemacht. Vielleicht ist der Sommer deshalb die Jahreszeit, in der wir erwachsen werden.

Sobald es kälter wurde, verschwand das Fahrrad Jahr für Jahr im Schuppen, und irgendwann war es ganz weg. Meine Mama, die immer tausend Ängste ausstand, da ich den Rausch der Geschwindigkeit zu sehr liebte, hatte es heimlich weggegeben. Aber noch heute träume ich davon, wie ich als kleines Mädchen lachte und glaubte, das Fahrrad könne fliegen. Ich bin nie gestürzt, nicht ein einziges Mal.

18.

Weiß

»Papa, kaufst du mir noch mehr Chips?«

Der Junge steckt sich gerade eine riesige gelbe Kartoffelscheibe in den Mund. Es ist unglaublich, wie viele gelbe Dinge er mag.

»Isst du denn nicht gerade welche?«

»Ja, aber die Tüte ist bestimmt leer, bis wir an der Kasse sind. Außerdem kann ich mir welche aufheben für den Fall, dass du sie beim nächsten Mal vergisst. Ich hole sie mir auch selber, wenn es dir lieber ist.«

»Okay, beeil dich bitte.«

Als kleines Kind liebte er es, im Einkaufswagen zu sitzen und die Beine baumeln zu lassen. Als er größer wurde, wollte er immer den Wagen schieben und brauste damit durch die Gänge in der ständigen Gefahr, mit anderen Kunden zusammenzustoßen. Inzwischen streift er lieber ohne Wagen durch den Supermarkt, doch Mama und Papa sehen das nicht gerne. Sie werden unruhig, wenn sie ihn aus den Augen verlieren, was er ja versteht, nur brauchen sie ewig lange zum Einkaufen. Mama kontrolliert mehrmals die Einkaufsliste. Papa ist von seinem Telefon ablenkt und bleibt alle paar Meter stehen, um Nachrichten zu schreiben oder mit jemandem zu sprechen.

»Ja, ich beeile mich.«

Der Junge verschließt die noch halb volle Chipstüte, damit ihm auf seinem Weg durch den Supermarkt nichts herausfällt, und eilt an den Glühbirnen vorbei zum Regal mit den Waschmitteln. Dort muss er links abbiegen, um zu seinen Lieblingschips zu gelangen. Sein ausgestreckter Arm, mit dem er sich selbst den Weg weist, verharrt in der Luft, als er in der Nähe, bei den Tomatensaucen, eine junge Frau entdeckt, deren Jacke so rot ist wie das Bild auf den Dosen. Etwas an ihr ist »merk-würdig«. Wenn er Jahre später davon erzählt, wird er stattdessen das Wort »ungewöhnlich« verwenden, heute hingegen fällt ihm nur merkwürdig ein. Genau wie damals, als er sie zum ersten Mal sah, und trotzdem war etwas anders.

Nicola versteckt sich hinter dem Waschmittelregal, in dem sich die Flaschen mit aufgedruckten lilafarbenen Blüten aneinanderreihen, die Lavendelduft versprechen, dann zählt er bis fünf und äugt vorsichtig um die Ecke, ob sie noch da ist. Er erinnert sich daran, wie gut ihre Bettwäsche immer geduftet hat und dass sie ihm auf seine Frage hin erklärte, sie würde beim Waschen immer ein paar Tropfen Aromaöl in die Trommel geben.

»Dadurch entstehen zwar keine Seifenblasen, doch es macht Spaß, an der Wäsche zu schnuppern, wenn man sie zum Trocken aufhängt.«

Er hat diesen Lavendel-Orangenblüten-Duft zum ersten Mal gerochen, als sie gemeinsam im Waschsalon die Laken zusammenlegten.

Jetzt nimmt sie ein Glas Tomatensauce aus dem Regal und legt es in den Wagen. Gläser sind ihr lieber als Dosen, das weiß er noch.

»Beim Aufmachen schneidet man sich nicht und sieht außerdem, was drin ist.«

Bislang hat sie ihn nicht gesehen. Der Junge rennt zur Kasse zurück, wo die Schlange mit seinem Vater inzwischen ein Stück vorgerückt ist.

»Papa, brauchen wir Tomatensauce für die Pasta?«, fragt er atemlos.

»Tomatensauce? Seit wann isst du denn die?«

»Bei Mama gibt's die öfter.«

»Als du klein warst, habe ich dir die auch immer gemacht, dann war irgendwann die Zeit vorbei, und du mochtest sie nicht mehr.«

Er greift in eine Gefriertruhe, an der sich die Kunden vorbeischieben müssen, und packt noch Tiefkühlpizzen in den Wagen.

Der Junge legt den Kopf schief und betrachtet ihn, dann lächelt er.

»Holen wir jetzt Tomatensauce?«

Statt eine Antwort zu geben, streicht sein Vater ihm über den Kopf. »Deine Haare sind ja mächtig gewachsen.«

»Hör auf, Papa, lass das, ich will mir die Haare nicht ...«

Die Haare, das war es! Damit war etwas völlig anders. Im Gesicht von Emilia waren keine Haare mehr, und deshalb war sie ihm so merkwürdig vorgekommen.

»Warum hast du keine Chips geholt?«

»Die können wir mitnehmen, wenn wir zu den Tomatensaucen gehen, das ist gleich in der Nähe.«

Seufzend verlässt der Mann die Schlange und folgt seinem Sohn. Sie passieren das Waschmittelregal mit den weißen Flaschen, auf denen lila Blüten Lavendelduft versprechen. Noch eine Ecke, dann stehen sie vor den Tomatendosen und -gläsern.

Der Junge weiß, dass jetzt der entscheidende Moment kommt. *Hilf mir, Obi-Wan Kenobi.* Er darf sich nicht verraten, es muss wie Zufall aussehen. Papa ist stehen geblieben, hält das Handy in der Hand und schreibt eine Nachricht.

Nicola nutzt die Gunst der Stunde und flüstert ihm zu: »Papa, da vorne ist Emilia.«

»Das hat mir gerade noch gefehlt, komm, wir gehen.« Er schaut genauer hin. »Unsinn, du irrst dich, das ist sie nicht.«

Nachdenklich starrt Michele die Frau an.

»Doch, das ist sie«, widerspricht sein Sohn. »Sie hat bloß keine Haare mehr vor dem Gesicht.«

Der Mann kann es nicht fassen. Er legt seine Hand sanft auf Nicolas Mund.

»Okay, ich bin ja schon leise«, flüstert der Junge, der genau zu wissen scheint, dass jetzt die entscheidende Szene kommt. »Man kann ihr Gesicht erkennen, das war vorher anders. Da hingen immer die Ponyfransen wie Gardinen davor. Siehst du, Papa?«

»Ja, stimmt, jetzt wo du es sagst. Das ist mir früher gar nicht aufgefallen, ich erinnere mich lediglich an ihre Haarfarbe, Nic, wo willst du hin?«

»Hallo!«

Er geht auf Emilia zu, als würde er Tex Willers gelbes Hemd tragen und hätte den Mut und das große Herz seines erklärten Helden.

Sie dreht sich um und schaut ihn an. »Nicola«, sagt sie leise.

Plötzlich scheinen alle leise zu sprechen. Weil alle verstanden haben, worum es jetzt geht.

»Kaufst du Tomatensauce? Wir brauchen auch welche für die Pasta heute«, erklärt er mit nunmehr fester Stimme und hält ihr, einer spontanen Eingebung folgend, die Chipstüte hin. »Willst du?«

Das Eis scheint gebrochen. Sie greift mit der rechten Hand in die Tüte, genau in dem Moment, als sich der Mann nähert.

»Hallo, Emilia.«

»Hallo, Michele.«

»Willst du vielleicht noch den Kopf in die Tüte stecken?«, wirft der Junge grinsend ein, um die gespannte Atmosphäre zwischen den beiden aufzulockern.

Mit einem Mal fällt ihm auf, dass sich ihre Gesichtsfarbe verändert hat. Aus Weiß ist Rot geworden, fast so rot wie ihre Jacke. Er stellt sich vor, wie sie abends vor dem Spiegel steht und das Rot von den Wangen wischt. Er würde ihr gerne raten, dass sie einfach in die Straßenbahn steigen, bis zum Ende des Wagens gehen und durch das Fenster nach draußen schauen muss, um alles Überflüssige hinter sich zu lassen.

»Es sieht gut aus, dass der Vorhang vor deinem Gesicht weg ist«, sagt er stattdessen und schaut sie prüfend an. »Du hast schöne Augen, die konnte man vorher gar nicht sehen.« Er wendet sich an seinen Vater. »Was meinst du? War es vorher besser oder jetzt?«

Michele hat eine Dose geschälte Tomaten aus dem Regal genommen, und Nicola fürchtet bereits, dass der Zauber sich verflüchtigen könnte.

»Ich denke, du hast recht.«

Sie sind sich jetzt ganz nahe, getrennt allein durch die Einkaufswagen.

»Hör mal, vielleicht habe ich damals ein wenig übertrieben, tut mir leid. Ich habe das mit der Frau aus dem vierten Stock gehört, mit der du befreundet warst. Nic hat mir davon erzählt«, fügt er hinzu und streichelt seinem Sohn über die kastanienbraunen Haare, die im Neonlicht orangefarben schimmern.

»Ja, wir waren Freundinnen trotz des Altersunterschieds.«

Dem Jungen ist früher gar nicht aufgefallen, wie schüchtern Prinzessin Leia ist, sie spricht so leise, dass man sie kaum verstehen kann.

»Die Frau war sehr alt, oder?«

»Nic!«

Emilia lächelt wehmütig. »Ja, sie war sehr alt.« Dann schaut sie Michele direkt in die Augen. »Ist okay, aber ich muss jetzt los. Meine Katzen warten auf ihr Abendessen, und ich bin spät dran.«

»Bis dann, Emilia. Wir sehen uns, oder?«, fragt Nicola beschwörend.

Sein Vater nickt knapp in ihre Richtung, wie es die Erwachsenen manchmal tun. Der Junge mag diese wortlosen Verabschiedungen eigentlich nicht. Trotzdem: Es erinnert ihn an eine Szene aus *Krieg der Sterne,* und das ist immerhin ein gutes Zeichen, findet er.

»Also, Papa, was gibt's zum Abendessen?«, erkundigt er sich, kaum dass Emilia außer Sichtweite ist.

Als er keine Antwort erhält, weil Michele der Frau in der roten Jacke nachschaut, bläst er die inzwischen leere Chipstüte auf und lässt sie platzen. Sein Vater springt erschrocken zur Seite.

»Nic!«

»Erinnerst du dich noch an Emilias Geschichte über die Fehler? Ich habe das Blatt mit nach Hause genommen.«

»Wie? Ja, die muss noch irgendwo sein.« Er schiebt den Wagen wieder in Richtung Kasse. »Ach so, deine Frage: Wir essen Pizza oder Focaccia, in Ordnung?«

»Kommt Beatrice zum Essen?«, will Nicola wissen und greift nach seiner Hand.

»Ich kann den schweren Wagen nicht mit einer Hand schieben«, wehrt Michele ab, woraufhin der Junge mit zupackt und schieben hilft.

»Habt ihr gestritten?«

»Nein. Du nervst, hör auf damit.«

Sein Sohn wendet den Kopf leicht ab und lacht. Der Pfeil hat getroffen.

»Papa, nehmen wir die Kartoffelfocaccia?«, wechselt er das Thema und fängt an, die Schritte zu zählen.

Eins, zwei, vier, sechs. Die Sache ist ernst. Zehn.

Zwölf. Dreizehn.

»Sie kommt nicht zum Essen.«

Die ungeraden Ziffern waren schon immer seine Lieblingszahlen.

19.
Regenbogen

Der Winter ist weiß wie die Qual. Weiß wie die Angst. Er ist weiß wie das Aufwachen, das dir die Träume stiehlt. Wie der Bart des Weihnachtsmanns, der die Wünsche der Kinder erfüllen soll. Der Winter ist grün wie die Tannenbäume, die über die Farben im Leben wachen. Er ist das Grün im Weiß, aber das Grün hat mehr Kraft, weil es immergrün sein kann, vom Immerweiß hingegen hat noch nie jemand gehört. Der Winter ist blau, weil die Tage kürzer werden und man sich in der Dunkelheit verstecken kann. Emilia weiß an langen Sommertagen manchmal nicht, was sie mit sich anfangen soll. Im Winter passiert ihr das nicht, denn er ist ein guter Unterschlupf und verkürzt die Zeit.

Der Winter ist grau wie der Nebel, ein Freund der Fantasie, weil er dazu verlockt, sich in der warmen Wohnung Geschichten zu erzählen, die draußen nicht überleben würden. Der Winter ist rot, weil er uns darauf hinweist, dass wir besser auf den Lauf der Jahreszeiten aufpassen müssen – und zudem ist er golden wie alle besonderen Dinge. Emilia glaubt, dass die Farbe Gold wichtig ist, um zu vergessen, dass die Tage irgendwann zu Ende sein werden.

Der Winter ist silbern wie die Kufen der Schlittschuhe, die Spuren ins Eis kratzen. Spuren, hinter denen sich schmerzliche Erinnerungen verbergen. Und silbern wie der Raureif, dessen Zauber schnell wieder vorbei ist. Der Winter ist schwarz wie die kahlen Zweige der Bäume, die die Luft anhalten. Er ist deshalb schwarz, weil wir die Stille zum Innehalten brauchen und weil er der Schatten des Sommers ist, der sich ohne ihn verlieren würde. Der Winter ist gelb wie das schüchterne Versprechen einer Liebe, die gerade erst beginnt. Und er ist lila wie das Warten darauf, dass es besser wird.

Der Winter ist die Zeit, in der wir gerne wieder Kinder wären, weil wir es als Erwachsene fast nie schaffen, etwas zu schützen. Eine natürliche Gabe, die Kinder haben, die sie jedoch vergessen, sobald sie erwachsen werden.

»Ich bin wieder da!«

Emilia schließt die Wohnungstür, zieht sich die Schuhe aus und geht in die Küche. Sie stellt die Einkaufstaschen auf die beiden Stühle und nimmt ein Glas aus dem Küchenschrank. Dabei rutscht der Ärmel ihrer Jacke hoch und entblößt den Kratzer, den Leos Krallen hinterlassen haben. Ein Andenken an den Tag, als Nicola mit seinem Vater und dieser dann mit ihr gestritten hat. Langsam verblasst die Narbe.

Miau.

»Ciao, Lù. Ja, ich habe dir etwas mitgebracht.«

Emilia nimmt zwei Schälchen und löffelt das beste Katzenfutter hinein, das sie sich leisten kann.

»Ciao, kleine Staubwolke.«

Leo rennt auf sie zu und lässt sich den Kopf streicheln, bevor er die Schnauze in den saftigen Fleischbrocken vergräbt. Sie füllt das Glas mit Wasser, trinkt, schaut den Katzen beim Fressen zu und denkt über das Erlebnis im Supermarkt nach. Erneut betrachtet sie den Kratzer und erinnert sich daran, wie sie Nicola erklärt hat, dass er aufpassen müsse, wenn er Leo streichelt.

Das war an jenem Tag, als sie fast mit ihrer Umfrage zu dem Schwarzen Brett fertig waren und im Erdgeschoss zufällig Roberto trafen, einen Mann um die siebzig, der sie gleich in seine Wohnung im ersten Stock einlud und ihr einen Kaffee und Nicola Nougatpralinen anbot. Sichtlich erfreut, die Verfasserin der Geschichten kennenzulernen, erklärte er sich bereit, sie zu unterstützen.

»Ich habe dem Verwalter gesagt, dass mir die Geschichten gefallen und ich überhaupt keine Veranlassung sehe, meinen Anteil an einem Glaskasten für das Schwarze Brett zu bezahlen.« Er verzog sein Gesicht, das mit einem Mal ganz runzelig aussah, und fügte hinzu: »Genauso habe ich das gesagt, aber ich werde bei diesen Befragungen immer überstimmt, egal um was es geht. Ich bin nie Teil der Mehrheit, und ich weiß, dass mein Nein dieses Mal erneut nichts bewirkt. Wie immer wird Franca sich durchsetzen, sie und ihre Freundin aus dem fünften Stock.«

Damals kannte sie Viola noch nicht, sie hatten sie bei der Umfrage noch nicht angetroffen. Emilia war ihr lediglich ein paarmal in Begleitung von Franca begegnet. Immer hörten sie auf zu reden, sobald sie sie bemerkten. Ihr waren als Erstes ihre Haare aufgefallen, die alle Varianten von Grau aufwiesen und so scheckig waren, als könnten sie sich nicht zwischen Licht und Schatten entscheiden.

Nachdem sie sich von Signor Roberto verabschiedet hatten, war Emilia enttäuscht, und Nicolas Tatendrang schien ebenfalls verflogen. Deshalb schlug Emilia vor, auf eine heiße Schokolade zu ihr in die Wohnung zu gehen.

Der Junge war begeistert: »O ja, heiße Schokolade, super!«

Leo, sensibel, wie er war, entging die gedrückte Stimmung nicht, und als wollte er sie aufheitern, jagte er wie verrückt seinem Schwanz hinterher und versuchte ihn mit den Vorder- und bisweilen sogar mit den Hinterpfoten zu fangen, um ihn anschließend wie eine Beute zwischen die Zähne zu nehmen. Nicola war fasziniert, so etwas Lustiges hatte er noch nie gesehen. Emilia stieg darauf ein und machte Witze.

»Mhm, lecker. Schmeckt nach gegrilltem Raben, vielleicht mit einem Hauch Kröte. Leider habe ich es mit dem Salz etwas zu gut gemeint.«

Der Junge musste lauthals lachen über den »gegrillten Raben« und den »Hauch Kröte«. Seitdem waren er und der Kater Freunde, obwohl Leo eine Weile gezögert hatte, seine Erfahrungen mit Kindern und mit Menschen allgemein waren eher schlecht. Als Emilia seinerzeit im Tierheim nach einer zweiten Katze suchte, wollte sie die nehmen, die am verängstigtsten von allen war. Ihre Wahl fiel auf Leo, der sich in die hinterste Ecke gedrückt hatte, damit niemand ihn sah.

Genau aus diesem Grund entschied Emilia sich für ihn.

Lù war entrüstet und nicht bereit, den Kater zu akzeptieren, und manchmal denkt Emilia nach wie vor, dass es vielleicht wirklich keine so gute Entscheidung war. Leo ist scheu geblieben. Ganz anders als Lù, die von Anfang an sehr anhänglich war, eine richtige Schmusekatze mit wunderschönen grünen Augen. Einem so tiefen Grün, dass sich Emilia manchmal hineinsinken lässt, wenn sie Trost sucht und ein wenig Farbe in ihr Gedankengrau bringen will. Den Kater hingegen funkelt sie damit eher unwillig an, bis heute ist er für sie letztlich ein Eindringling geblieben.

Unvermittelt schreckt Emilia aus ihren Gedanken auf. »Eindringling«, sagt sie laut.

Lù hebt den Kopf und zuckt zusammen.

Miau.

»Entschuldige, ich wollte dich nicht stören.«

Die Katze sitzt auf einem Stuhl und putzt sich. In der Küche fühlt sie sich am wohlsten, das hat sie mit ihrer Besitzerin gemeinsam.

»Ich bin ein Eindringling, Lù, wie Leo für dich, denn ich habe Nicola an mich gerissen und ausschließlich an mich gedacht, ohne dass es mir aufgefallen ist. Genau wie damals, als ich Leo aus dem Tierheim geholt habe.«

Sie kniet sich vor den Stuhl, streichelt der Katze über die Nase und krault sie unterm Kinn.

Schnurr.

»Erinnerst du dich noch, wie wütend du warst, als ich Leo mit nach Hause gebracht habe? Ich wusste einfach nicht, wie schwer es für eine Katze ist, einen Konkurrenten zu tolerieren.«

Schnurr.

Emilia steht auf und geht zum Kühlschrank, wo sie den Artikel aus der Katzenzeitschrift befestigt hat. Sie hat ihn bestimmt tausendmal gelesen, doch erst jetzt versteht sie ihn richtig.

Eine goldene Regel für Katzen, die sich ein Revier teilen: Jede braucht genügend Freiraum und Spielzeug, das ihr ganz allein gehört. Dann ist ein harmonisches Zusammenleben möglich.

»Ich muss mich bei Leo entschuldigen, Lù. Und bei dir, wenngleich es nichts nutzt. Dabei wollte ich dir einen Gefallen tun, indem ich eine zweite Katze ins Haus gebracht habe. Und ich muss mich bei Michele entschuldigen. Vielleicht wird es bei ihm auch nichts nutzen, aber ich muss es tun. Vor allem weil er sich im Supermarkt bei mir entschuldigt hat und ich mehr oder weniger geflüchtet bin.«

Nachdem sie sich klargemacht hat, wie eigensüchtig ihr Verhalten oft gewesen ist, überkommt sie ein schlechtes Gewissen. Letztlich lief es immer darauf hinaus, dass sie ihr Stück Himmel ganz für sich alleine haben wollte. Wie die Großmutter, als sie sich ein blaues Sofa anschaffte, um fortan dort zu schlafen. Der Himmel mag zwar riesengroß sein, doch wenn jeder ein zu großes Stück davon nimmt, ist für andere nichts mehr da. Zum ersten Mal erkennt Emilia, dass sie ebenfalls diesen Fehler gemacht hat.

Von unten dringt Lärm herauf. Vermutlich hat jemand Müll entsorgt. Ihr fällt auf, dass man im Grunde nichts anderes hört als das Scheppern des Containerdeckels.

Miau.

Lù springt vom Stuhl, ist sichtlich empört über die Ruhestörung, während Emilia zum Fenster geht und hinunter in den Hof schaut. Dort steht Michele. Er ist es, der den Müllsack in den Container geworfen hat. Kurz entschlossen zieht Emilia ihre Schuhe und die rote Jacke an und geht die Treppen hinunter.

»Oh!«

Wie aus dem Nichts ist er aufgetaucht und steht ihr unmittelbar gegenüber.

»Na so was, wir treffen uns heute ja ständig.«

Seine Stimme klingt irgendwie abwesend, da er wieder mal auf sein Telefon schaut. Sie hört es vibrieren.

»Du hast einen Anruf.«

Er schließt die Hoftür.

»Ja, danke, ich habe es gemerkt. Wolltest du nicht nach draußen?«

»Nein, ich …«

»Alles klar, bis dann.«

Als Michele sie anlächelt und zum Aufzug gehen will, atmet sie tief durch und schließt kurz die Augen, um ihre Gedanken zu sortieren.

Es gibt Leute, die machen Sachen kaputt, und daneben gibt es Leute, die sie wieder in Ordnung bringen. Emilia, du musst dich entscheiden, auf welcher Seite du stehen willst, bringt sie sich die Worte ihrer Großmutter in Erinnerung.

»Ich wollte nicht in den Hof«, ruft sie ihm hinterher, »sondern bin wegen dir runtergekommen. Weil ich mich entschuldigen möchte.«

Während sie das sagt, geht sie auf ihn zu. Vielleicht hilft ihr die Flucht nach vorne ja, hofft sie, jedenfalls fühlt es sich ganz leicht an, leicht und rosarot. Michele dreht sich um, wobei in seiner Bewegung keine rosarote Leichtigkeit mitschwingt.

»Für was?«

Erneut holt Emilia Luft, diesmal nicht ganz so tief wie beim ersten Anlauf.

»Darf ich dir eine Geschichte erzählen?« Sie wartet eine Weile und fährt dann einfach fort. »Irgendwann bin ich mal mit Nicola ins Kino gegangen, weißt du noch? Wir haben uns *Krieg der Sterne* angesehen. Bevor wir in den Vorführraum gegangen sind, hat er sich eine Sitzerhöhung für Kinder geholt, um besser sehen zu können. Er fand sie unbequem, also habe ich ihm vorgeschlagen, seine Jacke draufzulegen, damit es weicher wird. Schließlich saß er wie auf einem Berg und zog sich die Schuhe aus. Ich habe ihn verblüfft angesehen, da ich außer mir selbst niemanden kenne, der im Kino die Schuhe auszieht. Daraufhin fragte er mich, warum ich so komisch schaue. Und weil ich nicht wusste, was ich antworten sollte, habe ich gesagt, dass ich nicht komisch schauen würde, und mich auf die Werbung konzentriert, um das Thema zu beenden. Dabei habe ich die Gesichter der Personen in den Spots in neun Teile auseinandergenommen wie ein Puzzle: Stirn, Augenbrauen, Augen, Nase, Lippen und so weiter. Das mache ich seit meiner Kindheit so.«

Es folgt ein langes Schweigen, und unwillkürlich schießt ihr durch den Kopf, dass sie jetzt allzu gerne dasselbe mit Michele machen würde, der sie so ungläubig mustert, als stünde er jemandem gegenüber, der den Verstand verloren hat.

»Was denkst du?«, hakt Emilia leise nach, die sich vor der Antwort fürchtet.

»Nun, ich frage mich ehrlich gesagt, warum du mir das alles erzählst.«

»Weil ich mich entschuldigen möchte – und damit du verstehst, dass ich manchmal nicht so reagiere wie andere. Ich bin in euer Leben eingedrungen und habe versucht, Nicola für mich zu vereinnahmen.« Sie seufzt. »Das war nicht richtig. Dazu hatte ich nicht das Recht, aber ich brauchte ein bisschen Blau … Und Blau verwirrt, weißt du? Der Prinz in den Märchen ist immer blau, himmelblau sogar, und zwar genau aus diesem Grund.«

Jetzt würde sie wirklich gerne Micheles Gesicht sezieren und seine Gedanken analysieren, die wie Wölkchen aus seinem Kopf dringen und mit vielen Frage- und Ausrufezeichen versehen sind.

»Langsam verstehe ich. Daher hat Nicola das mit dem ganzen Farbenkram also.«

»Besser vermag ich es nicht zu erklären, ich möchte mich entschuldigen. Als das damals mit dem Alpenveilchen passiert ist, hätte ich Nicola nicht zu mir in die Wohnung lassen dürfen, sondern ihn sofort zurückbringen müssen. Tut mir leid, dass es so lange gedauert hat, bis ich das eingesehen habe.«

Emilia spürt, wie sich ihre Augen mit Tränen füllen und zu einem Fluss anschwellen, der über die Ufer tritt. Nicht mehr lange, und sie würde die Kontrolle verlieren. Mit dem Ergebnis, dass alle Dämme brechen und die Fluten alle im Haus mitreißen würden.

»Entschuldige, ich muss gehen«, verabschiedet Michele sich sichtlich irritiert.

Erleichtert, ihr zu entkommen, geht er zur Treppe, doch sie rennt an ihm vorbei, nimmt mal zwei, mal drei Stufen auf einmal. Und zählt sie. Drei, sechs, neun. Siebenundzwanzig. Sie verliert den Faden. Einunddreißig, sie multipliziert, zweiundsechzig, sie dividiert und addiert, vergisst abzuziehen.

Wenn sie sich auf dem Treppenabsatz zum zweiten Stock umgedreht hätte, würde sie das letzte Gedankenwölkchen aus Micheles Kopf dringen gesehen haben, auf dem geschrieben stand: *So jemanden habe ich noch nie erlebt.*

Und sie hätte gesehen, dass der Bildschirm seines Handys aufleuchtet, er aber nicht rangeht, da er weiter dieses Gedankenwölkchen über sich hat. Als die Wohnungstür hinter ihr zufällt, klingt es in ihren Ohren, als ob gerade eine Zugbrücke hochgezogen worden wäre.

Sie ist froh, dass sie die Matratze ins rosa Zimmer gebracht hat, das nach wie vor so heißt, obwohl sie den Zettel mittlerweile abgenommen hat. Künftig wird sie sich ein richtiges Schlafzimmer aussuchen und das Schwarz und das Weiß dazuholen in der Hoffnung, dass sie mit dem Rosa harmonieren, ohne miteinander zu verschwimmen.

Emilias Seifenblasen

Ich erinnere mich nicht, wann ich genau damit anfing. Als Kind habe ich meine Schritte gezählt, wenn in meinem Kopf ein zu großes Durcheinander herrschte. Ich zählte sie auf dem Weg von zu Hause bis in die Schule und dort die Treppenstufen hinauf in den ersten Stock. Selbst wenn ich spielte, war ein Teil von mir immer mit Zahlen beschäftigt, ich addierte, multiplizierte und dividierte, je nachdem was in Mathe gerade auf dem Plan stand. Ein anderer Teil von mir machte das, womit man sich in einem bestimmten Alter eben beschäftigt.

Alles änderte sich mit der Zeit, mit dem Zählen hingegen habe ich nie aufgehört. Manchmal machte ich kleinere oder größere Schritte, damit ich sie durch drei teilen konnte oder damit ich in weniger als zwanzig Schritten von der gegenüberliegenden Straßenseite im Haus war. Viele Jahre habe ich mit niemandem darüber gesprochen, irgendwie schämte ich mich deswegen. Eines Tages habe ich mir ein Herz gefasst und es einem Mann erzählt. Ich mochte ihn und war sicher, dass das auf Gegenseitigkeit beruhte. Als er mir eines Tages von der Probe seiner Band erzählte, die immer montagabends stattfand, sagte ich zu ihm: »Weißt du, woran ich gerade denken muss?«

»Heißt das, dass du mir gar nicht zuhörst?«

Ich musste lachen, mein Lachen gefiel ihm. Er meinte, es klinge wie blubbernde Seifenblasen im Wasser.

»Ich frage anders: Willst du wissen, was ich gemacht habe, während du erzählt hast?«

Jetzt lachte er ebenfalls, es klang selbstbewusst, als wäre das Leben ein Fest und man müsse nur entscheiden, wie lange man lachen wollte.

»Ja.«

»Ich habe dein Gesicht in verschiedene Partien eingeteilt. Und dann die Teile gezählt.« Zur Demonstration legte ich ihm zwei Finger auf die Stirn und begann zu zählen. »Eigentlich fange ich mit den Haaren an, eins. Dann die Stirn, zwei. Die Augenbrauen, drei. Die Augäpfel, vier. Die Wangenknochen, fünf. Die Nase, sechs. Die Mulde zwischen Nase und Oberlippe, sieben. Der Mund, acht. Das Kinn, neun. Ich habe dein Gesicht in neun Zonen geteilt. Erst von oben nach unten, dann von unten nach oben, dann paarweise. Anschließend habe ich zunächst die ungeraden zusammengezählt, daraufhin die geraden …«

Ich begleitete meine Erklärungen mit Handbewegungen, fuhr ihm mit den Fingern durchs Haar, über die Augenbrauen, die Wangenknochen. Er griff nach meinen Handgelenken und küsste mich. Eine Ewigkeit. Ich bekam kaum noch Luft und fragte mich, ob man beim Küssen ersticken kann. Das war seine Art zu zeigen, dass er mich nicht für verrückt hielt. Er hatte verstanden und gelacht. Wenn wir zusammen waren, haben wir ganz oft gelacht. Eines Nachmittags sind wir in seinem Auto aufs Land gefahren, haben uns unterhalten, nicht auf die Schilder geachtet und uns verfahren. Auch darüber haben wir gelacht, uns geküsst und sind wieder umgekehrt. Ich habe gesagt, dass es schön sei zu lachen, nicht allein aus Spaß, sondern desgleichen nach einem Streit. Bestimmt dachte er genauso, da war ich mir sicher, ohne dass er es je aussprach.

Als er mich das erste Mal besuchte, lebte ich in einer Wohngemeinschaft. In meinem Zimmer stand ein Schrank, der so hässlich war, dass ich die Türen abgeschraubt und ein rosa Kleid in die Öffnung gehängt hatte. Vielleicht haben wir deshalb so viel gelacht. Jedenfalls verliebte ich mich in ihn, das Rosa in meinen Gedanken verwandelte sich in Rot und begann zu leuchten. Er bemerkte es, nahm meine Hand und führte mich zu der Brücke, von der aus man die Enten auf dem Fluss schwimmen sehen konnte. Einer meiner Lieblingsplätze in der Stadt. Er kam meinem Gesicht ganz nahe, so nahe, dass ich fast schielen musste.

Dann fragte er: »Wollen wir ein Kind machen?«

Und ich sagte: »Ja.«

20.

Das Schwarze Brett der Fehler

Emilia erinnert sich gut an jenen Tag, an dem das Rosa in ihr Leben kam. Es war in den Ferien, Papa machte ein Foto von ihr. Es zeigt sie mit kurzen Haaren, eine Hand vor dem Mund, weil ihr gerade einige Zähne ausgefallen waren, und in einem rosa Volantkleid, in das sie sich auf Anhieb verliebt hatte. Federleicht schwangen die angenähten Volants bei jedem Schritt mit. Sie fand, wer immer das Modell entworfen hatte, müsse eine wahre Künstlerin gewesen sein.

Die Verkäuferin hatte die Farbe »Puder« genannt, wobei Emilia sofort an Mamas Puderdose im Bad gedacht hatte, die sie nicht anfassen durfte, weil sich beim leisesten Atemzug das feine Pulver im ganzen Raum verteilen würde. Zum Glück war das Kleid nicht so empfindlich, und sie konnte sogar damit rennen. Allerdings bildete sie sich lange Zeit ein, die zarte Farbe würde bei zu heftigen Bewegungen womöglich abblättern.

Außerdem begann sie irgendwann zu denken, dass die Liebe genau die gleiche Farbe haben müsse wie dieses Kleid. Auch wenn sie flüchtig scheint, bleibt sie beständig. Bis heute ist ihr das im Gedächtnis geblieben, und die Farbe Rosa spielt seit jenem Tag, als sie das wunderschöne Volantkleid bekam, eine wichtige Rolle in ihrem Leben, bestimmt ihr Tempo und vermittelt ihr, ob es Zeit ist, zu rennen oder innezuhalten.

»Mein Bruder hat mich an diesem Abend so wütend gemacht«, mischt sich die unangenehme Stimme ihrer Nachbarin in ihre rosa Gedanken. Mit wem sie redet, kann sie nicht entschlüsseln. Vielleicht mit Viola, der Frau aus dem fünften Stock.

Emilia sitzt am Küchentisch und hält ein Buch in der Hand. Hier kann man alles hören, was auf dem Treppenabsatz gesprochen wird. Interessant. Bislang wusste sie gar nicht, dass es einen Bruder gibt. Sie legt das Buch beiseite, geht auf Zehenspitzen zur Tür und legt das Ohr an das Holz, um besser lauschen zu können.

Signora Franca steht offenbar lediglich wenige Meter von ihr entfernt auf dem Treppenabsatz. Nicola würde jetzt sicher den Kommentar anbringen, dass Franca, falls sie eine Superheldin wäre, sie durch die geschlossene Tür beobachten könnte.

»Es geht ihm nicht gut«, fährt die Nachbarin fort, »aber er will sich einfach nicht untersuchen lassen. Also werde ich mich darum kümmern, ohne ihm Bescheid zu sagen. Wenn der Arzt da war, wissen wir endlich, was er hat. Warum tut er mir das an?«

Franca, wie sie leibt und lebt, denkt Emilia. Ich, ich, ich. Sie allein weiß, was zu tun ist und was nicht, und bezieht alles auf sich. Weil andere nicht machen, was sie will, muss sie leiden. Warum diese Frau wohl so geworden ist, so egoistisch und herrschsüchtig? Jedem gegenüber misstrauisch und wütend auf die ganze Welt. Warum? Bei diesen Gedanken wird Emilia klar, dass sie sich noch nie richtig mit ihrer Nachbarin beschäftigt hat. Damit, wie es ihr ergangen sein mag, nachdem ihr Partner sie nach vielen gemeinsamen Jahren verlassen hat.

Und ist sie letztlich nicht genauso egoistisch? Immerhin hat sie sich aus dem einzigen Grund in Micheles und Nicolas Leben eingemischt, weil sie den Jungen und seine rosarote Leichtigkeit in ihrer Nähe haben wollte. Warum hat sie sich nicht bemüht, einen neuen Freund zu finden? Warum konnte sie nicht um Erlaubnis fragen, ob sie ihre Geschichten am Schwarzen Brett aufhängen dürfe? Warum hat sie vorausgesetzt, ein Recht darauf zu haben, und hat gewartet, wie die anderen reagieren? Wer sollte schon etwas dagegen haben? Sie hat sich einfach ein kleines Stück Himmel genommen, ganz für sich allein, weil sie nicht länger auf ein bisschen Glück warten wollte.

Ganz schön leichtfertig, muss sie zugeben.

Bei Francas Worten ist ihr ein Artikel eingefallen, den sie kürzlich gelesen hat. Darin ging es um eine Schule, in der man lernt, Fehler zu machen. Wenn sie es richtig verstanden hat, muss man sich vor die Klasse stellen und seine Fehler aufzählen, nachdem man vorher tief in seinen Gedanken gegraben hat, um sie zu entdecken. Der Sinn dieser Methode besteht darin, dass man seine Fehler sich und anderen offen eingesteht, anstatt sie zu verdrängen. Wenn man das nämlich tut, gibt man sich selbst auf. Und verliert die Orientierung. Als würde ein Fuß nach rechts und der andere nach links gehen wollen.

Unwillkürlich hat sie auch an die Ermahnung ihres Vaters denken müssen, die er ihr immer wieder eindringlich mit auf den Weg gegeben hat.

Du musst deine Gedanken mögen, Emilia.

Er hatte recht, weiß sie inzwischen. Wenn man sich mit den Gedanken, die einen quälen, nicht anfreunden kann, muss man sie reparieren wie Großmutter ihre Tassen, die einen Sprung hatten. Der Artikel über die Fehlerschule hat ihr endgültig klargemacht, was zu tun ist und wie sich die Fehler aus der Vergangenheit gutmachen lassen.

Es wäre eine großartige Sache, wenn es in jeder Wohnung ein Schwarzes Brett gäbe, an das man Zettel mit den begangenen Fehlern hängt. Gleich an der Tür neben der Garderobe. Oder in der Küche neben dem Kühlschrank. Und man könnte die Fehler der anderen mit den eigenen vergleichen.

Heute bin ich mit der U-Bahn in die falsche Richtung gefahren.

Ich habe Nicolas Haare zu kurz schneiden lassen.

Gedankenlos habe ich meinen Nachbarn wehgetan, weil ich lediglich an mich gedacht habe.

Emilia macht in Gedanken eine Runde durch das Haus. Welche Zettel würden wohl am Schwarzen Brett in den anderen Wohnungen hängen? Mit welchen Fehlern?

Ich habe den ganzen Tag meiner Vergangenheit hinterhergeweint und kostbare Zeit verschwendet, hätte Gina geschrieben, als sie noch lebte.

Ich rede immer schlecht über die Nachbarn, würde zu Franca passen.

Und die Frau aus dem fünften Stock? *Ich verteidige Franca, dabei weiß ich gar nicht, ob sie recht hat oder nicht.*

Ich muss den Grund, weshalb ich bei Abstimmungen immer unterliege, bei mir selbst suchen, könnte Roberto schreiben.

Emilia schaut zur Decke, als sie über sich rasche Schritte hört. Bestimmt ist es Nicola. In ein paar Tagen, wenn sie in Ginas Wohnung umgezogen ist, würde es umgekehrt sein, dann wohnt sie über ihm, und er kann ihre Schritte von oben hören.

»Siehst du, Lù, die Dinge ändern sich bisweilen und stellen manchmal sogar alles auf den Kopf.«

Das Herz klopft ihr bis zum Hals, doch sie wird nicht wegrennen, diesmal nicht. Liebe überflutet sie. Sie will die Fenster aufreißen, die Türen, will singen und springen. Will den Pony aus dem Gesicht wischen, aber die Haare sind nicht lang genug, um sie einfach hinter die Ohren zu stecken. Sie geht ins Bad, fixiert sie mit Haarklemmen, bindet sich einen Pferdeschwanz und dreht eine übermütige Runde durch die leere Wohnung.

Ohne Hindernisse lässt sich wunderbar tanzen, überlegt sie und legt gleich los. Dabei kommt ihr eine großartige Idee: Sie wird eine Art Abschiedsfest veranstalten, um sich bei der Wohnung zu bedanken, die sie aufgenommen hat, und alle im Haus in der Hoffnung auf künftig gute Nachbarschaft dazu einladen.

Um keine Zeit zu verlieren, nimmt sie ein Blatt Papier aus ihrer schwarzen Tasche und setzt sich wieder an den Küchentisch. Sie wird daraus ihre Geschichte für morgen machen.

Während sie schreibt, fragt sie sich, ob Signora Franca wohl jemals eine ihrer Geschichten gelesen hat. Von Anfang bis Ende und ohne schlecht von ihr zu denken. Ob sie sie gelegentlich danach fragen soll? Erst mal ist sie gespannt, ob und wie die Nachbarin darauf reagieren wird. Vielleicht sagt sie ja zu. Oder eben nicht, was wahrscheinlicher zu sein scheint.

Heute Morgen bin ich aufgewacht und habe mich entschlossen, meine Wohnungstür weit zu öffnen, damit alle, die Lust dazu haben, mich besuchen können. Türen sind das Wichtigste in einer Wohnung. Sie können etwas oder jemanden draußen halten oder hineinlassen. Dinge, die mehr als eine Funktion haben, mochte ich schon immer.
Ich wohne im zweiten Stock, werde in ein paar Tagen allerdings in den vierten Stock umziehen, weil eine Freundin, die müde war und gehen wollte, mir ihre Wohnung vermacht hat. Dort kann ich in Ruhe darüber nachdenken, wie es für mich weitergeht. Sie hat mir ihr Stück vom Himmel geschenkt und mich daran erinnert, dass wir alle das Recht auf ein bisschen Blau haben. Ich lebe mit zwei Katzen zusammen, ansonsten bin ich ein ganz normaler Mensch und liebe es, lange zu schlafen. Vermutlich ist das jedoch bald vorbei, da ich mir endlich eine Arbeit suchen und Geld verdienen muss.
Außerdem unterhalte ich mich gerne lange mit Leuten, die ich mag, was leider in letzter Zeit selten passiert ist. Und ich mache tolle Sandwiches, die so dick belegt sind, dass man Mühe hat hineinzubeißen. Ich möchte euch alle für heute Abend einladen. Um sieben bei mir? Was meint ihr?
PS. Wenn jemand tragbare Boxen hat, wäre es schön, wenn er sie mitbringt.

Mit einem zufriedenen Seufzen legt Emilia ihren Stift beiseite und denkt daran, dass alle Farben in ihr Leben zurückgekehrt sind, seitdem sie hier im Haus wohnt. Sie erinnert sich an das erste Feedback auf ihre Geschichten am

Schwarzen Brett. An den gelben Minion mit dem Schwimmring und an den Jungen, der mehr Mut hatte als alle anderen.

Und daran, dass das Gelb das Schwarz umhüllt wie bei den Sonnenblumen, die nach dem Licht streben und sich vor dem Kontrast nicht fürchten, weil sie ihn in sich tragen. Das Gelb, das leuchtet und sich ausdehnt. Wie die Sonne. Wie eine neue Freundschaft. Ein Gelb, mit dem man etwas reparieren kann.

21.
Mispeln

Ich komme gerne, es kann vielleicht später werden, sagen wir halb acht? Soll ich etwas zu essen mitbringen? Anna.

Nicola und ich werden kommen, eventuell ein bisschen früher. Sag bitte Bescheid. Michele.

Meine Liebe, ich habe mich gerade gefragt, was ich heute Abend machen werde. Problem gelöst. Viola.

Emilia steht vor dem Schwarzen Brett. Sie hat bis zur Mittagszeit gewartet, bevor sie nach unten gegangen ist, um die Reaktionen auf ihre Geschichte zu lesen. Warum hat sie ihre Mitbewohner nicht bereits früher eingeladen? Zum Beispiel Anna, um ein wenig zu plaudern, wenn die Tränen nach außen drangen, weil ihre Seele weinte.

»Ah, genau dich suche ich.«

Sie dreht sich in die Richtung, aus der die Stimme kommt. Es ist Signor Roberto, er riecht nach Aftershave.

»Ich komme gerade aus der Apotheke zurück und wollte nach oben fahren, um bei dir zu klingeln. Leider muss ich dir sagen, dass ich nicht kommen kann, weil ich mit meiner Freundin ins Kino gehe. Weißt du, in meinem Alter muss man bei einer jüngeren Frau behutsam vorgehen. Ich kann nicht mehr aus dem Vollen schöpfen wie früher!«

Der alte Schlawiner grinst anzüglich.

Emilia hat ihn öfter mal in Gesellschaft einer Frau mit auffällig gefärbten roten Haaren gesehen. Ihr Lächeln war so breit wie die Horizontlinie über dem Meer.

»Trotzdem will ich nicht versäumen, dir heute noch das hier zu geben.«

Er wühlt in seiner geräumigen Hosentasche herum, in der Haustürschlüssel und Portemonnaie Platz haben. Nach einer Weile hält er ihr einen Zeitungsauschnitt hin.

»Du suchst einen Job, oder?«

Sie nickt und schaut die Annonce genauer an.

Bekanntes Wochenblatt sucht Mitarbeiterin für die Kummerkastenseite.

»Ich habe in der Hinsicht keinerlei Erfahrung«, murmelt sie.

»Unsinn, wer Briefe an Unbekannte schreibt und sie am Schwarzen Brett aufhängt, für den dürfte das eigentlich kein Problem sein. Du hast Fantasie und Mut, deshalb solltest du dich auf jeden Fall bewerben. Erwähne das mit dem Schwarzen Brett und füge einige Geschichten bei, damit die Zeitungsfritzen sehen, was du draufhast. Übrigens eine pfiffige Idee, alle Geschichten mit dem Satz: *Heute Morgen bin ich aufgewacht …* beginnen zu lassen.«

Emilia senkt den Blick, sie ist noch nicht daran gewöhnt, dass der Pony nicht mehr ihre Augen verdeckt, und fühlt sich ohne diesen Vorhang schutzlos.

»Ich habe sie alle aufgehoben, bis auf eine.«

Die Geschichte über die Fehler. Die hat sie Nicola gegeben. Vor der Sache mit dem Alpenveilchen, vor dem Treffen am Regal mit der Tomatensauce. Der Junge hatte ihr erzählt, dass sein Vater von dieser Geschichte so fasziniert gewesen sei, dass er die ganze Zeit auf das Schwarze Brett gestarrt habe, ohne ein einziges Mal aufzusehen.

Roberto will gerade gehen, als Emilia sagt: »Die Geschichte mit der Liebe lasse ich lieber weg, davon weiß ich so gut wie nichts mehr.«

Ungläubig reißt er die Augen auf, selbst die Haare scheinen ihm zu Berge zu stehen. Sein Gesicht verzieht sich, erst von oben nach unten, dann von innen nach außen. Schließlich beginnt er zu lachen, es klingt wie ein knisterndes Kaminfeuer.

»Jeder Mensch weiß, was Liebe ist! Wir werden geboren und wissen es. Es ist die Liebe, die uns im Bauch der Mutter wachsen lässt. Wie heißt du gleich? Ich habe deinen Namen vergessen.«

»Emilia.«

»Was für ein schöner Name. Auch du weißt genau, was Liebe ist, doch ich habe den Verdacht, dass du schon länger nichts mehr damit zu tun gehabt hast. Nur Mut. Und denk dran, dass niemand Zeit zu verlieren hat. Als Siebzigjähriger kann ich dir sagen, dass die Jugend die schönste Zeit des Lebens ist. Eine so hübsche junge Frau wie du! Verkriech dich nicht, such dir einen Freund! Der Mensch ist nicht geboren, um alleine zu sein.«

Bevor er geht, reicht Roberto ihr den Zeitungsausschnitt. Sie nimmt ihn und schaut ihm hinterher. Der alte Charmeur, der auf dem Weg zu einem Rendezvous ist, zieht eine Duftwolke hinter sich her, die einem buchstäblich den Atem raubt. Wann war sie eigentlich das letzte Mal mit einem Mann aus? Das muss eine Ewigkeit her sein.

Sie beschließt, Lisa endlich von ihren Botschaften an die Mitbewohner zu berichten, von den unterschiedlichen Reaktionen darauf und von den neuen Freunden, die ihr dadurch geschenkt wurden. Menschen, die sich um sie sorgen, die ihr Stellenanzeigen ausschneiden und ihr sagen, dass sie durch ihre Geschichten gelernt haben, über sich nachzudenken. Und die ihr sogar zu einer Wohnung verholfen haben.

Vielleicht hatte ihr Vater ja recht, und sie besitzt entgegen dem äußeren Anschein sehr wohl einen brauchbaren Orientierungssinn, wenngleich einen etwas anderen. Bei ihr dauert es eben länger, den richtigen Weg zu finden.

Emilia holt die goldenen Kreolen aus der Hosentasche. Als Jugendliche konnte sie sich von den Ohrringen nicht trennen, die Papa ihr zu einem Schuljahresabschluss geschenkt hatte. Wie lange mochte sie sie nicht mehr getragen haben? Jetzt will sie sie in die Pfandleihe bringen, um das Fest für die Mitbewohner finanzieren zu können.

Und sie wird sich gleich heute bei dieser Zeitschrift bewerben und sich im Tiergeschäft, wo sie immer das Futter für die Katzen kauft, nach Gelegenheitsjobs als Hunde- und Katzensitter erkundigen. Wenn sie genug Geld zusammenhat, um ihre Ohrringe wieder auszulösen, wird sie sie in die rosa Schachtel legen zu den anderen Andenken, zu Ginas Brief, ihrer blauen Bluse und zu den Matroschkapuppen mit den blauen Augen. Deren besondere Bedeutung hat die alte Dame in einem Postskriptum eigens hervorgehoben, das ihrem Brief angefügt ist. Zurück in ihrer Wohnung, holt sie ihn hervor und liest erneut die klugen Bemerkungen der verstorbenen Freundin, die ihr Mut machen sollen.

In der Schachtel findest du unter anderem russische Holzfiguren, du warst für mich wie diese Matroschkas, liebe Emilia. Bis ich dein Inneres erreicht habe, hat es eine Weile gedauert, aber allmählich ist es mir gelungen, eine Tür nach der anderen zu öffnen, um zu erkennen, wer du wirklich bist. Deine Geschichten sind wie diese ineinander geschachtelten Puppen. Lauf einfach los und lass dich überraschen, was passieren wird.

Gerührt legt sie den Brief wieder weg, geht zur Tür und macht sie weit auf wie die Fenster im Frühling.

»Emiiiiliaaaaa!«

Nicola kommt auf sie zugestürmt, wirft sich in ihre Arme und umklammert ihre Jacke.

»Ich habe dich sooooo vermisst«, flüstert er ihr ins Ohr. Seine Worte tun ihr gut, sie sind wie eine warme Frühlingsbrise nach einem langen Winter. Wie sehr hat sie sich nach Wärme gesehnt. Sie schiebt den Jungen etwas von sich, er duftet wie ein rosa Marshmallow und strahlt sie an. Zum ersten Mal nach langer Zeit kann sie einem Kind ins Gesicht schauen, ohne zu weinen. Zumindest gelingt es ihr, die Tränen zurückzuhalten, sie spürt zwar, wie sie nach außen drängen, doch sie hält sie im Zaum.

»Habe ich dir ebenfalls gefehlt, Emilia?«

»Na klar«, antwortet sie mit breitem Lächeln.

»Toll, dass der Vorhang vor deinem Gesicht weg ist, jetzt kann ich dich richtig anschauen und deine Augen sehen. Mit den Haaren davor wusste ich nie, woran du gerade gedacht hast.«

»Und jetzt kannst du meine Gedanken lesen?«

»Leider nein, diese Superkraft habe ich nicht. Immerhin kann ich es mir denken. Du fragst dich, wo Papa ist.« Nicola macht eine unmerkliche Pause wie eine Katze, die ein Ohr spitzt. »Ich habe recht, oder?«

Emilia streicht ihm über den Kopf. »Stimmt. Auf dem Schwarzen Brett habt ihr geschrieben, dass ihr zu zweit kommt. Im Übrigen wundert es mich, dass er dich alleine zu mir lässt.«

Nicola zieht die Jacke aus. Emilia will gerade die Tür schließen, als ihm auffällt, dass Lù eine Runde auf dem Treppenabsatz dreht.

»Ciao, Lù. Du hast mir auch gefehlt!« Nicola beugt sich nach unten und streichelt Lùs Kopf. Ganz vorsichtig, schließlich haben sie sich eine Weile nicht gesehen. »Papa hat mich schnell nach Hause gebracht, er ist noch eine Stunde mit einem Kunden beschäftigt, dann kommt er. Weißt du eigentlich, dass ihm seine neue Arbeit richtig gut gefällt? Er hat sie erst, seitdem sich Mama und er getrennt haben. Vorher war er Informatiker, doch er wollte nicht mehr so viele Stunden vor dem Computer sitzen und hat sich etwas Neues gesucht, wo er sich mehr bewegt. Als Kind hat er sehr viel Sport gemacht, Fußball gespielt und so. Er ist jetzt Personal Trainer und arbeitet daneben mit kleinen Gruppen. Er kann sogar massieren.«

Der Junge schaut zu Emilia hin und denkt, dass sie sich besser setzen sollten. Auf die Küchenstühle. Oder auf den Boden, damit sie auf Augenhöhe miteinander reden können. Er weiß, dass ihr das selbst lieber ist. Wenn sie vor ihm steht, ist die Distanz zwischen ihnen zu groß, und sie spürt seine Nähe nicht.

»Komm, lass uns reingehen.«

Sie legt eine Hand auf seine Schulter, fühlt sich unsicher, als wäre es dunkel und als bräuchte sie eine Stütze, um nicht irgendwo anzustoßen. Seine dünnen Arme erinnern sie an die Äste eines Baumes, durch den die Sonne blitzt und etwas Licht in die Dunkelheit bringt.

»Hier ist ja alles leer! Was ist passiert?« Nicola schaut sich erstaunt um.

»Ich muss ausziehen, die Tochter des Besitzers heiratet und braucht die Wohnung.«

Sein Gesicht verfinstert sich, die Mundwinkel sinken nach unten, er wirkt plötzlich wie ein alter Mann.

»Hast du uns deshalb eingeladen? Um dich zu verabschieden? Gerade jetzt, wo Mama dich kennenlernen will? Ich habe ihr von dir und unseren Abenteuern erzählt. Gehst du weg? Wolltest du uns das sagen?«

»Nein, nein, Nicola. Ich gehe nicht weg, ich ziehe bloß um. In Ginas Wohnung, weißt du, in die der alten Frau, wie du immer gesagt hast. Das war sie ja wirklich, aber bei dir klang es so negativ, als wäre sie nicht nett. Und genau das war sie, sehr nett. Wir mochten uns sehr, und sie hat mir ihre Wohnung hinterlassen.«

»Dann wohnst du ja über uns. Zuerst darunter, jetzt darüber. Das ist super, Emilia! Ich hatte bereits Angst, du würdest wegziehen.«

Sie gehen in die Küche, und Emilia zeigt ihm das Alpenveilchen.

»Schau mal, wie gut es ihm geht. Ich habe einen neuen Topf gekauft und ein bisschen Blumenerde aus den Geranienkübeln neben dem Hauseingang mitgenommen. Psst!« Emilia legt sich einen Zeigefinger auf die Lippen und lächelt. »Bitte nicht verraten!«

Nicola wirft ihr einen komplizenhaften Blick zu und schüttelt den Kopf, die Haare fliegen nach rechts und links. Dabei kommt ihr wieder der Baum in den Sinn, seine Haare sind die Blätter.

»Kannst du mir beim Abwaschen helfen? Es ist nicht viel, es geht schnell.«

»So was habe ich noch nie gemacht.«

»Wirklich nicht? Mir macht es Spaß, es beruhigt meine Gedanken. Ich zeige dir, was du machen musst. Natürlich nur, wenn du willst.«

»Ja.«

»Als Erstes musst du die Ärmel hochschieben. Genau so, warte.« Sie hilft ihm. »Jetzt lassen wir Wasser ins Spülbecken und geben Spülmittel dazu.« Sie drückt ihm den Schwamm in die Hand. »Du wäschst das Geschirr ab, dann legst du es hier hin, und ich trockne es ab.«

Miau.

Lù lässt sie nicht aus den Augen. Sie fühlt sich offensichtlich vernachlässigt und protestiert.

Emilia kniet sich auf den Boden und streichelt ihr über den Kopf. Sobald Lù schnurrt, ist sie zufrieden. Wenn es ihren Katzen gut geht, geht es ihr auch gut. Oft sind es die kleinen Dinge, die glücklich machen.

Plötzlich hört sie einen spitzen Schrei. Alarmiert dreht sie sich um.

»Nicola, was ist los?«

»Schau mal, Emilia!«

Auf dem Spülwasser schwimmen unzählige Seifenblasen. Darüber hat sich eine besonders große gebildet, die in allen Farben des Regenbogens schillert. Jetzt hebt sie ab und schwebt wie ein schöner Gedanke. Wie die Sonne am Himmel. Wie das Gelb. Wie eine neue Freundschaft, die einen glücklich macht.

Es klingelt.

Leo, der gerade in Richtung Küche unterwegs ist, zuckt zusammen und macht einen Satz in Richtung Wohnzimmer.

»Das muss Papa sein. Sag ihm, dass ich nicht an die Tür kommen kann, weil ich abwasche.«

Statt Michele erscheint Anna, die Gebäck mitgebracht hat. Als Emilia das sieht, erinnert sie sich an ihre Kindheit, als ihr Vater samstags immer Kuchen als Nachtisch für das Sonntagsessen mitbrachte. Sie bekam vorher meist ein Stück, woraufhin ihre Mutter jedes Mal lächelnd meinte: »Du bist ein Schleckermaul, genau wie dein Vater.«

Es gefiel ihr, wenn sie so etwas sagte.

»Dein Freund kommt nicht?«, erkundigt sie sich bei Anna.

»Nein, er … ist mit Kumpeln unterwegs. Ich bin alleine. Was ist denn das?«

Als Anna ihre Jacke auszieht, fällt ihr Blick auf die Pinnwand, an der mit Stecknadeln kleine Zettel angeheftet sind.

»Das ist mein Schwarzes Brett der Fehler.«

»Schwarzes Brett der Fehler?«

»Kann ich die Zettel mal lesen?«, kommt ein Ruf aus der Küche.

»Aha, der Junge ist gleichfalls da.«

»Ja, komm her und begrüß Anna. Ich spüle zu Ende ab.«

»Ich bin dir wohl zu lahm, was?«, scherzt Nicola und wirft lachend seine braunen Locken mit den orangefarbenen Spitzen nach hinten.

Emilia denkt an all die Farben, die er in ihr Leben gebracht hat, besonders das strahlende Gelb, das ihr geholfen hat, aus dem Schatten zu treten, in den sie sich eingehüllt hatte. Diese Gedanken tun ihr gut, und als sie einen Teller ins Spülwasser taucht, atmet sie ganz tief aus, versenkt dabei gleichzeitig die Knoten in ihrem Kopf, die sich wie von Zauberhand auflösen. Währenddessen steht Nicola vor der Pinnwand und liest den Zettel, der am tiefsten hängt: *Fehlerabend Nummer eins*.

»Was bedeutet Fehlerabend, Emilia? Und warum hängt ihr Erwachsenen immer alles so hoch? Denkt ihr nie an uns Kinder?«

»Entschuldige, Nicola, du hast recht, ich hänge die Zettel tiefer. Sobald dein Papa da ist, erkläre ich es dir. Du kannst ja schon mal über die Fehler nachdenken, die du in letzter Zeit gemacht hast. Und ob du sie gerne mit anderen teilen möchtest. Ich bin gleich da, Anna.«

Der Junge geht zurück in die Küche und fordert Anna auf, ihm zu folgen.

»Komm mit, dann stelle ich dir Emilias Katzen vor. Allerdings bloß die eine, die andere hat immer Angst und wird sicher den ganzen Abend nicht auftauchen. Schade, es ist nämlich sehr lustig, wenn Leo mit seinem Schwanz spielt.«

Kurz darauf kommen Michele und Viola, die Dame von ganz oben, diesmal ohne Stock, da es ihrem Bein besser geht. Emilia holt einen Stuhl aus der Küche und stellt ihn für sie ins Wohnzimmer. Die anderen müssen stehen. Dennoch machen alle einen glücklichen Eindruck, genau wie die Wohnung und sie selbst.

Die fehlenden Stühle sind kein Problem, ihre Gäste setzen sich einfach auf den Boden. Wie etwa Michele. Zum ersten Mal, denkt Emilia, sieht sie ihn ohne Telefon in der Hand.

»Erklärst du uns jetzt, was das Schwarze Brett der Fehler ist?«, drängt Nicola.

Sie lächelt dem Jungen zu und führt aus, wie es wäre, wenn in jeder Wohnung eine Pinnwand hängen würde, an der man Zettel mit den eigenen Fehlern anheftet und die Mitbewohner um Hilfe bittet, sie wiedergutzumachen. Das, fährt sie fort, sei zudem eine Chance, den anderen näherzukommen. Alle finden die Idee gut, wirken allerdings ratlos, ob das tatsächlich umsetzbar ist.

Um das Eis zu brechen, beginnt Emilia von der Schule der Fehler zu erzählen, in der man lernt, seine Fehler als einen Teil zu akzeptieren, der zu einem gehört wie alle anderen Dinge, die das Gesamtbild eines Menschen ausmachen. Und sie fügt hinzu, dass sie es gut fände, hin und wieder einen Fehlerabend zu veranstalten, damit man sich gegenseitig besser kennenlernt, diskutiert und gemeinsam nach Lösungen sucht. Und dass es am besten sei, gleich damit anzufangen. Beklommenes Schweigen macht sich breit, bis Nicola sich zu Wort meldet.

»Okay, ich erzähle euch von meinen Fehlern in dieser Woche. Ich habe ein hässliches Bild gemalt, und obwohl Mama es verbessert hat, gefiel es mir nicht, und ich habe die Seite aus dem Block rausgerissen. Daraufhin war Mama sauer wegen der ganzen Mühe. Sie hat zwar nichts gesagt, aber ich habe es gemerkt. Außerdem habe ich den Unterricht gestört, weil mein Sitznachbar und ich über die letzte Episode von *Star Wars* geschwätzt beziehungsweise gestritten haben. Ich war ziemlich empört, weil er sie schlecht fand.«

Emilia denkt: *Schau mal, Großmutter, dieser Junge gehört zu den Menschen, die Dinge wieder in Ordnung bringen, sie reparieren, würdest du sagen, wenngleich er es noch gar nicht weiß*.

Laut sagt sie: »Und ich möchte euch sagen, wie leid es mir tut, dass ich so lange gebraucht habe, euch einzuladen, und ich danke euch sehr, dass ihr gekommen seid.«

In der leeren Wohnung hallen ihre Worte von den Wänden wider. Erst herrscht verlegenes Schweigen, bis Michele ihrem Beispiel folgt.

»Es tut mir leid, dass ich dir nicht erlaubt habe, meinen Sohn weiter zu betreuen. Aus diesem Grund möchte ich dich fragen, ob wir das nicht vergessen können. Nic war so glücklich, wenn ihr zusammen wart.«

Bevor Emilia antworten kann, ruft der Junge: »Jaaaaaa, danke, Papa!«, springt auf und umarmt ihn.

Als sie sieht, wie er sich freut und strahlt und seinen Vater mit Küssen überhäuft, kommt ihr wieder die Ähnlichkeit von Kindern und jungen Bäumen in den Sinn. Beide brauchen sie starke Wurzeln, um wachsen zu können.

Als Nächste ergreift Anna das Wort. »Ich kann nicht gut vor anderen Leuten sprechen, finde die Idee mit der Pinnwand jedoch gut und werde darüber nachdenken.«

Michele steht auf und greift nach seiner Tasche, die er in einer Ecke abgestellt hat.

»Ich habe Lautsprecherboxen dabei. Ich finde, wir sollten jetzt tanzen. Zu diesem Zweck wolltest du sie vermutlich haben, oder? Obwohl es sicher nützlich ist, über Fehler zu sprechen, sollte man sie irgendwann vergessen.«

Emilia lächelt, irgendjemand lacht, alle sind Micheles Meinung. Eine leere Wohnung hat durchaus Vorteile, stellen sie fest. Man kann einfach drauflostanzen, ohne irgendwo anzurempeln. Emilia erinnert es an die Straßenbahn, mit der man alles hinter sich lassen kann.

Die richtige Musik auszusuchen, ist komplizierter als gedacht. Das, worauf Anna steht, gefällt Michele nicht, und Viola hält sich raus. Schlussendlich darf Nicola entscheiden und sucht die Musik aus, die sein Papa mag. Es klingelt, und ein neuer Gast kommt herein.

»Hallo, ich bin die neue Mieterin aus dem ersten Stock. Selbst wenn ich keinen kenne, komme ich einfach mal vorbei, schließlich sind alle eingeladen. Ich war nicht ganz sicher, ob das die richtige Tür ist, fast hätte ich gegenüber geklingelt …«

Emilia presst sich die Hand auf den Mund. O Gott, bei Franca klingeln!

»Ist etwas nicht in Ordnung?«

»Doch, es ist alles bestens.«

Warum macht sie sich überhaupt Gedanken über Dinge, die sie nichts angehen? Vielleicht würden sich die zwei Frauen ja wunderbar verstehen.

»Ach so. Ich bin Ester, freut mich sehr.«

Sie drückt ihr die Hand und lächelt. Jetzt weiß sie, von wem der Kommentar unter einer ihrer Geschichten am Schwarzen Brett stammte, bei dem ihr die Handschrift völlig unbekannt vorkam. Es war die Geschichte mit den Wünschen, die einem helfen, durch die Nacht zu kommen, so ähnlich wie Stofftiere den Kindern. Und sie denkt, wie gut es ist, eine Nachbarin zu haben, die auf eine Nachricht antwortet, in der es darum geht, wann man das letzte Mal glücklich gewesen ist.

Sie bringt Ester ins Wohnzimmer. Die Musik erfüllt den Raum, der auf einmal gar nicht mehr so leer wirkt. Michele tanzt mit Viola, ganz vorsichtig, schließlich ist sie nicht mehr die Jüngste. Anna und Nicola versuchen die Emilia-Mega-Sandwiches zu essen, die so viele Schichten haben wie ihre Seele. Wenngleich sie sich große Mühe geben, quillt die Mayonnaise heraus, die Salatblätter segeln auf den Teller.

Michele tanzt vorbei und sagt: »Nicola, die Mayonnaise ist zum Essen da und nicht zur Deko.«

Der Junge lacht und wischt sich im Rhythmus der Musik die Mayonnaise aus dem Gesicht, steckt die Finger in den Mund, um ja keinen Tropfen zu verschwenden. Emilia geht zu ihm hin und hilft ihm, sich sauber zu machen. Wieder erinnert sie sich an ihre Großmutter, an ihren Wunsch, dass die Liebe eines Menschen irgendwann ein Baum werden kann. Ihr Baum war die Mispel. Sie blüht früh, ihre Früchte sind braungelb. Gelb wie die Mayonnaise auf den Sandwiches.

In ihren blau-gelb verwirrten Gedanken merkt sie gar nicht, dass Michele neben ihr steht und fragt: »Wollen wir tanzen, Emilia?«

Sie will gerade erwidern, dass sie zu lange nicht mehr getanzt hat, stattdessen nickt sie und sagt schlicht Ja.

Manchmal muss man einfach Ja sagen. Und sich von der Musik führen lassen, sich im Kreis bewegen und die Gedanken schweifen lassen. Emilia dreht sich und dreht sich und überlegt, ob sie jemals den Mut haben wird, Nicola die Wahrheit zu sagen.

Ich heiße gar nicht Emilia. Nicht mal mit zweitem Namen. Emilia ist der Name des Kindes, das ich mir wünschte, aber nie bekam. Ich kann keine Kinder kriegen. Mein richtiger Name ist Chiara.

Sie setzen sich. Sie streckt die Hand aus und sagt: »Ich bin Chiara, freut mich sehr.«

Gina hat ihr Inneres mit den russischen Matroschkas verglichen, bei denen man sich von einer Schicht zur nächsten durcharbeiten muss. Schmerzlich wird Emilia bewusst, dass ihre Freundin nicht bis zum Kern, zur letzten Puppe vorgedrungen ist und nie das Geheimnis ihres Namens erfahren hat.

Geh einfach weiter! Wer weiß, was Du alles entdeckst, endete ihr Brief.

Danke, Gina, dass du mir diesen Rat gegeben hast.

Und wenn nötig, gebe ich dir einen kleinen Schubs, hat sie ihr angedroht.

Ja, dein Brief, deine liebevolle Zuneigung und dein Vertrauen haben etwas in mir in Bewegung gesetzt. Nochmals vielen Dank.

Jetzt stemmt sie sich wieder gegen den Wind und tritt kräftig in die Pedale, als hätte Gina ihr das Radfahren neu beigebracht. Denn es stimmt nicht, dass man das Radfahren nicht verlernen kann. Ein Rad ist wie ein Hund, es merkt, wenn man Angst hat. Und wenn man Angst hast, dann stürzt man.

Gina hält ihr weißes Fahrrad und schiebt sie an, bis sie wieder alleine die Balance halten kann. Und wenn es ihr gelingt, Nicola die Wahrheit zu sagen, dann hat sie ihr Ziel erreicht, dann steht einem Neuanfang nichts mehr im Weg. Dann ist das letzte Geheimnis gelüftet. Die kleinste Puppe der ineinander verschachtelten Matroschkas wird sichtbar. Sie spürt ein Lächeln auf ihrem Gesicht.

»Emilia. Emiliaaaaa! Woran denkst du?«

Die Musik ist zu Ende. Emilia merkt erst jetzt, dass sie Michele gar nicht in die Augen geschaut hat.

»Danke für den Tanz«, sagt er und geht in die Küche, um ein Glas Wasser zu trinken.

Sie lächelt, aber sie antwortet nicht. Über seinem Kopf erkennt sie die Gedankenwölkchen, ohne sie entziffern zu können.

Emilia ist außer Atem, sie hat wirklich seit Langem nicht mehr getanzt und ist die Anstrengung nicht mehr gewöhnt. Dann geht sie zu Nicola, der gerade nach ihr gerufen hat. Sie lächelt ihn an und sagt, dass sie an die ersten Früchte des Frühlings denkt, und wuschelt ihm durchs Haar.

Dieser Junge ist wirklich wie ein junger Mispelbaum, der frische Knospen angesetzt hat. Ein Neubeginn.

Heute Morgen bin ich aufgewacht und habe an die Worte meiner Großmutter gedacht: Es gibt Menschen, die Dinge kaputt machen, und andere, die sie wieder reparieren. Und ich habe mich gefragt, wann ich eigentlich das letzte Mal glücklich gewesen bin.

Die Antwort war ganz leicht: gestern Abend, als ich mit dem Jungen eine bunt schillernde große Seifenblase gese-

hen, mit meinen Nachbarn getanzt und meine Emilia-Mega-Sandwiches gegessen habe. Dabei habe ich immer geglaubt, dass man einen Zaubertrank dafür braucht, doch jetzt habe ich den Beweis, dass man selbst mit kleinen Dingen glücklich sein kann. Und dass das Glück oft dann kommt, wenn man keine Hoffnung mehr hat.
Manchmal genügt eine Geste oder die Frage an den Nachbarn, ob etwas nicht stimmt, wenn du sein trauriges Gesicht siehst. Oder Alpenveilchen umtopfen. Wenn es Menschen gibt, die Dinge kaputt machen, und andere, die sie wieder in Ordnung bringen, dann gilt das ebenso für das Zusammenleben in unserem Haus. Hier gibt es so manches in Ordnung zu bringen. Und ich habe dabei mitgeholfen. Das ist eine ganze Menge wert, wenn man so darüber nachdenkt.

Im Gespräch mit Natascha Lusenti

Emilia, die Hauptfigur Ihres Romans, ist eine Frau, die sich selbst verloren hat, und um sich wiederzufinden, braucht sie Aufmerksamkeit und Zuneigung. Sie beschließt, dieses Ziel auf ungewöhnliche Weise zu erreichen, und zwar durch ihre Geschichten. Glauben Sie, dass Worte wirklich eine solche Macht haben?

Ich glaube, dass Geschichten diese Macht haben, und das nicht allein und nicht zwangsläufig, weil sie aus Worten bestehen.

Geschichten sind wichtig, weil sie Raum und Zeit miteinander verweben, selbst wenn diese weit voneinander entfernt sind oder schon lange zurückliegen, uns aber auf diese Weise mit den Menschen verbinden, die vor uns auf dieser Welt waren, und denen, die nach uns kommen werden mit ihren Träumen und Zweifeln, ihrer Freude und ihren Niederlagen.

Geschichten lassen uns Teil einer einzigen großen Erzählung werden – einer Erzählung, die uns einschließt, jedoch gleichzeitig über uns hinausreicht und die unserer Existenz eine Bedeutung, vielleicht sogar einen Sinn zu verleihen vermag.

Geschichten helfen uns, die Grenzen unserer Existenz zu überwinden, optimistischer und stärker zu werden und ein besseres Leben zu führen. Mir haben sie bereits oft geholfen, selbst dann, wenn es nur darum geht, das Leben weniger langweilig sein zu lassen.

Emilia hängt ihre Geschichten jeden Morgen am Schwarzen Brett des Mietshauses auf, in dem sie lebt, ein Ritual, das ihr den Tag erleichtert. Haben Sie auch solche Rituale?
Ja, die habe ich, allerdings sind sie weniger an den Alltag als an Jahreszeiten oder besondere Ereignisse gebunden, wie an eine gute Nachricht oder an das Gefühl, sich zu verlieben. Aber in meinem Alltag habe ich gelernt, darauf zu achten, dass jeder Tag Gewicht hat, denn jeder Tag ist einzigartig und kostbar. Das hat mir in schwierigen Phasen sehr geholfen, Krisen in relativ kurzer Zeit zu überwinden, ohne zu sehr in die Tiefe zu gehen, sondern eine gewisse Distanz zu ihnen zu halten und mich dabei auf das zu konzentrieren, was mich umgibt. In der Vergangenheit ist mir das nicht gut gelungen. So ähnlich ist das mit den Geschichten, die Emilia jeden Tag an das Schwarze Brett hängt.

Die zweite Hauptfigur des Romans ist Nicola, ein Kind, das häufig klüger als die Erwachsenen zu sein scheint. Sind Kinder wirklich so?
Ich habe selbst keine Kinder, beobachte jedoch die Kinder in meiner Umgebung sehr intensiv. Manchmal sind es lediglich wenige Augenblicke auf der Straße oder im Bus, manchmal sind es Kinder von Freunden, mit denen ich mehr Zeit verbringe. Von Weisheit würde ich in diesem Zusammenhang nicht sprechen, weil ich glaube, dass man dazu eine gewisse Lebenserfahrung braucht. Was Kinder auszeichnet,

ist eine direkte, unverstellte Verbindung zum Leben, zu seiner großen Kraft. Das ist etwas, was man durchaus schon sehr früh erfassen kann. Viele Menschen behaupten, man müsse sich davon lösen, wenn man erwachsen wird. Ich dagegen glaube, dass es sich lohnt, um diese Verbindung zu kämpfen. Wobei das sehr stark davon abhängt, was man im Leben erreichen möchte.

In Ihrem Buch spielt die Familie eine zentrale Rolle, die Ursprungsfamilie ebenso wie die Wahlfamilie. Welche Rolle spielt dieses soziale Netz in Ihrem Leben?
Lange war ich der Meinung, dass die Familie, die wir uns im Laufe des Lebens selbst suchen, wichtiger ist als die, aus der wir kommen. Deshalb habe ich viel Energie darauf verwandt, mir diese Familie zu suchen. Seit ein paar Jahren ist es mir gelungen, ein Gleichgewicht zwischen Ursprungsfamilie und Wahlfamilie zu finden. Die Zweite sagt mir, wer ich sein möchte, die Erste, wo ich herkomme. Um zu verstehen, wer jemand wirklich ist, muss man beide Familien kennen. Meine Eltern, mein Bruder, mein Neffe, meine Großeltern, die Onkel, die Männer, die ich geliebt habe, meine Freunde, Menschen, die mir geholfen haben, wenngleich bloß in einer bestimmten Lebensphase, das alles trage ich in mir, und sie haben mich zu dem gemacht, was ich heute bin. Und zwar nicht allein mit ihrem Tun, sondern auch mit ihren Worten, mit Geschichten, die sie mit mir geteilt haben. Diese Geschichten haben sich in mir verankert und mir in verschiedenen Lebensphasen geholfen, die richtige Entscheidung zu treffen, oder dafür gesorgt, dass ich mich weniger einsam fühlte.

Emilia wie Nicola sind begeisterte Leser. Welche Beziehung haben Sie zur Literatur?
Ich sage oft, ich habe gelesen, noch bevor ich laufen konnte. Wahrscheinlich stimmt das nicht, trotzdem sage ich das gerne, weil ich damit der Literatur einen zentralen Stellenwert einräume. Lesen ist für mich wie Laufen. Wer eine Geschichte liest, beginnt sich zu bewegen, aus seiner Persönlichkeit, aus seiner Zeit und seinem Raum heraus, wie ich bereits weiter oben sagte. Meine ersten besten Freunde waren die Figuren aus meinen Lieblingsbüchern, vor allem Joe March aus *Little Women*. Darüber hinaus war Lesen noch viel mehr für mich: Neues kennenlernen, Freunde finden, jemanden besuchen oder reisen. Lesen heißt, eigene Grenzen zu überwinden und in das Leben anderer zu schlüpfen. Und am Ende sind wir alle bessere Menschen, können andere besser verstehen, haben mehr Erfahrungen gesammelt. Vielleicht habe ich durch das Lesen sogar ein wenig Geduld gelernt, etwas, das mir nicht in die Wiege gelegt worden ist.

Beide Hauptfiguren sind zudem begeisterte Filmliebhaber. Lieben Sie das Kino ebenfalls?
Geschichten sind das, was Kino und Literatur verbindet, obwohl das Kino viel mehr sein kann und ist, als eine Geschichte aus Büchern nachzuerzählen, und es sich ganz autonom und unabhängig davon entwickelt hat. Aber es ist kein Zufall, dass viele berühmte Filme auf Romanvorlagen beruhen und in den Händen eines Regisseurs dann zu etwas Neuem werden. Dabei denke ich vor allem an Filme von Stanley Kubrick oder Alfred Hitchcock. Wenn ich an Federico Fellini, Jean Vigo oder sogar an François Truffaut denke, die desglei-

chen auf der Basis von Literatur vorgegangen sind, dann sind das selbst Erzähler, die sich das Kino als Medium ausgesucht haben, um ihre innere Welt zu erzählen, die aus erlebten und ausgedachten Geschichten besteht, aus Realität und Fantasie. Und beim Kino geht es nicht zuletzt um die Schauspieler, die den Figuren Leben einhauchen. Natürlich treffen Schriftsteller in ihrer Fantasie auf Menschen, die dann auf eine bestimmte Art Realität werden, doch ein Schauspieler aus Fleisch und Blut hat einen ganz anderen Einfluss und kann die Geschichten eines Films oder die Sichtweise eines Autors verändern, wie bei *Sie küssten und sie schlugen ihn* von Truffaut zum Beispiel.

Sie sind Radiosprecherin, also Expertin für Hörer. Hat Ihnen das beim Schreiben des Buches geholfen und wie?
Die Arbeit beim Radio hat dazu geführt, dass ich ein besseres Leben führe. Wenn man morgens um sechs hinter dem Mikrofon zu sitzen hat, dann muss man das eigene Unwohlsein, alle Ängste und Sorgen beiseiteschieben, um gegebenenfalls die Ängste auf der Hörerseite nachzuvollziehen und zu lindern zu versuchen. In den neunzig Minuten meiner Sendung möchte ich den Hörern auf freundliche Art und Weise Gesellschaft leisten, mit einer Leichtigkeit etwa, wie sie Italo Calvino in seinen Vorlesungen in Harvard beschrieben hat. Ich bin seit sechs Jahren Radiosprecherin und Hörfunkautorin, und ohne diese Jahre wäre der Roman nie entstanden, auch weil ich die »Risvegli« nicht geschrieben hätte. Das sind die zweihundert Wörter, mit denen ich meine Sendung auf Rai2 beginne, eine tägliche Schreibübung, die mich kaum merklich zu Emilia und ihrer Geschichte gebracht hat.

Deshalb verdanke ich dem Radio und meinen Hörern viel, das ist eine Beziehung, die täglich wächst.

Wie ist Ihre Beziehung zu Ihren Nachbarn?
Das hing immer davon ab, wo ich gelebt habe. In einigen Wohnungen hatte ich kaum Kontakt mit den Nachbarn, in anderen kannte ich die Namen meiner Mitbewohner auf meinem Stockwerk, plus ein paar andere, wir grüßten uns auf dem Gang. Heute verstehe ich mich besonders mit meinem Nachbarn von gegenüber, wir sind gute Freunde. Darüber hinaus gibt es engere Beziehungen zu den Besitzern der kleinen Geschäfte in meiner Straße oder den Barbesitzern aus der Nachbarschaft.

Denken Sie schon an den nächsten Roman?
Nein, aber ich lausche immerhin seinen ersten Signalen.

Ein tragischer Unfall …
Und drei Leben, die plötzlich
vollkommen verändert sind …

DANI ATKINS

Sag ihr, ich war bei den Sternen

ROMAN

Stell dir vor, an deiner Seite steht der Mann, den du liebst. Du spürst seine Hand, und sie passt perfekt in deine. Es ist sein Lächeln, das dich morgens weckt. Die Zukunft gehört euch beiden, ihr werdet heiraten. Und in deinem Bauch wächst euer Kind heran. Allein der Gedanke daran lässt dein Herz überlaufen vor Glück.

Doch dann: ein unachtsamer Schritt. Ein abgelenkter Autofahrer. Ein schrecklicher Unfall. Du fällst in einen tiefen Schlaf. Und während du schläfst, geht das Leben einfach weiter. Wenn du erwachst, wird nichts mehr so sein wie zuvor. Denn dein Happy End gehört nun einer anderen …

»Taschentücher bereitlegen!« *Closer*

KNAUR

*»Eine Ode an das Leben
und das Glück der einfachen Dinge.«*
Page des libraires

VALÉRIE PERRIN

Unter den hundertjährigen Linden

ROMAN

Violette Toussaint ist Friedhofswärterin in einem kleinen Ort in Burgund. Dort lebt und arbeitet sie, kümmert sich liebevoll um die Gräber und die Trauernden.
Julien Seul ist Kommissar und hat ein ungewöhnliches Anliegen: Seine Mutter ist gestorben und möchte neben einem Mann beerdigt werden, den Julien nicht kennt. Seine Geschichte weckt Violettes Interesse, und bald verbringen sie immer mehr Zeit miteinander, während das Tagebuch von Juliens Mutter ihnen eine berührende Liebesgeschichte offenbart.
Violette jedoch trauert selbst um einen geliebten Menschen und hat Angst, Julien ihr Herz zu öffnen. Schafft sie es, noch einmal neu anzufangen?

»Violette hat durch ihre sanfte Art und ihre Fantasie den malerischen Charme einer Amélie Poulain.« *Elle*

KNAUR

Würden Sie sich nicht auch manchmal gerne eine Katze ausleihen?

ANTONIA MICHAELIS

Mr. Widows Katzenverleih

ROMAN

In seinem alten Haus mit dem verwunschenen Garten mitten in der Großstadt verleiht der alte Mr. Widow samtpfotige Stubentiger an Menschen, die zu viel oder auch zu wenig haben, um das sie sich sorgen müssen. Je nach Bedarf verbreiten seine Katzen von Behaglichkeit bis Chaos vor allem eines: Glück. Eines Abends entdeckt Mr. Widow in einer Mülltonne neben einem Wurf neugeborener Kätzchen eine schwangere junge Frau, und auf einmal sieht er sein beschauliches Leben auf den Kopf gestellt. Denn vor irgendetwas scheint die junge Frau auf der Flucht zu sein …

»Ein Roman, voller Poesie, Liebe, Freundschaft und Lebensweisheiten. (…) Nicht nur Katzenliebhabern wird dieses Buch lange im Gedächtnis und im Herzen bleiben!«

Neue Ruhr-Zeitung

KNAUR